D1879068

खुली आँखों का सपना

(उपन्यास)

आरती पण्ड्या

जन्म : 1 जुलाई 1949 (आगरा)

शिक्षा : लखनऊ विश्वविद्यालय से संस्कृत में एम.ए.

अनुभव : साहित्य मनीषी श्री अमृतलाल नागर की सुपुत्री होने के नाते साहित्यिक माहौल में आँखें खोली। पुस्तकों से दोस्ती बचपन से रही। रंगमंच, रेडियो और टी.वी. से भी जुड़ाव। साथ ही छुट-पुट लेखन चलता रहा। लेकिन उपन्यास लिखने का यह पहला प्रयास। इसीलिए कोई गहन-गम्भीर विषय उठाने के बजाय हल्का विषय हाथ में लेना ही उचित समझा।

विवाह एक फौजी से हुआ इसलिए जीवन में सीखने को बहुत कुछ मिला। देश के अलग-अलग प्रदेशों में रहने और वहाँ के लोगों से मिलने के अनुभव तो हुए ही साथ ही वायु सेना के लोगों के बीच रहकर एक सच्ची भारतीय होने का अहसास भी मन में घर कर गया।

समस्त भारत दर्शन के बाद अब अपने पतिदेव के साथ एक अवकाश प्राप्त जीवन का आनन्द ले रही हैं।

खुली आँखों का सपना

आरती पण्ड्या

लोकभारती पेपरबैक्स

पहला पेपरबैक संस्करण : 2017

लोकभारती पेपरबैक्स : उत्कृष्ट साहित्य के लोकप्रिय संस्करण

लोकभारती प्रकाशन
पहली मंजिल, दरबारी बिल्डिंग, महात्मा गाँधी मार्ग
इलाहाबाद-211 001

वेबसाइट : www.lokbhartiprakashan.com
ईमेल : info@lokbhartiprakashan.com

शाखाएँ : 1-बी, नेताजी सुभाष मार्ग, दरियागंज, नई दिल्ली-110 002
अशोक राजपथ, साइंस कॉलेज के सामने, पटना-800 006 (बिहार)
36-ए, शेक्सपियर सरणी, कोलकाता-700 017

इण्डियन प्रेस
इलाहाबाद द्वारा मुद्रित

मूल्य : ₹ 150

KHULI ANKHON KA SAPNA
by Arti Pandya

ISBN : 978-93-5221-035-0

यह उपन्यास उन लोगों को समर्पित है जो खुलकर हंसने और हंसाने में यकीन रखते हैं।

अपनी बात

समाचार पत्रों और इन्टरनेट पर विवाह के रिश्तों के बारे में विज्ञापन देख देखकर अचानक इस विषय पर कुछ लिखने की इच्छा हुई लेकिन विषय ऐसा था कि सामान्य ढंग से लिखने पर शायद कहानी गम्भीर मोड़ ले लेती। इसलिये विषय को हास्य का मुलम्मा चढ़ाना तय किया और सोचते-सोचते न जाने कैसे रत्ना जैसी बेचैन माँ का विचार कौंधा। जब उसके इर्द गिर्द अन्य पात्रों और घटनाओं का जाल बुनना शुरू किया तो रत्ना को तंग करने में मुझे मज़ा आने लगा और मैं उसे मुश्किलों में फँसाती चली गई। क्योंकि जितनी रत्ना उलझेगी उतना ही पाठकों को आनन्द आएगा। इस उपन्यास को लिखते समय बेटी अर्पिता और बेटे अभिषेक ने इसे संवारने में मदद की। उपन्यास पूरा होने पर मेरे दामाद नितेश पांडे (सुपरिचित अभिनेता) और श्री सी. डी. सिंह (एल. आई. सी. अधिकारी) ने हिन्दी टाइपिंग सिखाने से लेकर कार्य पूरा होने तक अपना सहयोग दिया वर्ना यह कहानी कागज़ों के ढेर में कहीं पड़ी रह जाती। अपनी बहु माधवी को भी धन्यवाद दूंगी कि उसने एक अच्छी श्रोता की तरह अनेक बार उपन्यास के अंशों को सुना।

आरती पण्ड्या

हलकी-हलकी बारिश की फुहारों में भीगी दिल्ली का मौसम यूँ तो ख़ुशनुमा हो रहा है, लेकिन पृथ्वीराज रोड के इस बँगले में हवा कुछ गर्म और माहौल तना-तनीवाला नज़र आ रहा है। यह बँगला दिल्ली के नामी वकील अरविन्द शंकर वर्मा का है, जिनके बारे में मशहूर है कि इनकी तक़दीर में 'हार' शब्द लिखा ही नहीं। कमज़ोर-से-कमज़ोर मुक़द्दमा भी अपनी ताक़तवर दलीलों से वर्मा जी जीत ही लेते हैं। यह भी कहा जाता है कि इनके सामने अच्छे-से-अच्छों की बोलती बन्द हो जाती है।

लेकिन इस समय तो मामला कुछ और ही नज़र आ रहा है। अपने शानदार ड्राइंग-रूम में वकील साहब ऐसे मुँह लटकाये हुए खड़े हैं जैसे इनके मुँह में ज़ुबान ही नहीं है। माथे पर पसीना और आँखों से झलकती बेबसी यह साबित कर रही है कि पुरुष चाहे कितना ही प्रभावशाली और शातिर हो, घर की अदालत में वह पिटे हुए मोहरे की तरह लुढ़क ही जाता है। जी हाँ! इस समय वकील साहब की पत्नी श्रीमती रत्ना वर्मा अपने पति को आड़े हाथों ले रही हैं और वर्मा जी सर झुकाकर पत्नी की लताड़ सुन रहे हैं। उसी समय उनका नौकर माखनलाल कमरे के दरवाज़े तक आता है लेकिन कमरे के अन्दर के गर्म माहौल को देखकर हाथ में पकड़ा हुआ लिफ़ाफ़ा धीरे से कोने में रखी मेज़ पर रखकर वहाँ से खिसकने लगता है। मगर मेमसाब की नज़र उस पर पड़ जाती है और कुछ पलों के लिए वकील साहब से हटकर निशाना माखनलाल पर सध जाता है। "माखन, तुम यहाँ क्या कर रहे हो? कोई काम नहीं है जो यहाँ चहलक़दमी करने चले आये हो?"

मैडम जी की आवाज़ सुनते ही माखनलाल फ़ौरन पलटे और बेहद तमीज़ से बोले, "जी, मैडम जी, काम ही कर रहे थे लेकिन कुछ देर पहले एक बिना वर्दीवाला डाकिया आकर यह कारड दे गया था सो वो ही आप तक पहुँचाने आ गये।" मैडम वर्मा ने माखन को जाने का इशारा किया और फ़ौरन कार्ड पर नज़र डाली तो लिफ़ाफ़े पर बने स्वस्तिक को देखकर माथे पर बल पड़ गये। कार्ड उठाकर मज़मून पढ़ना शुरू किया तो फ़ौरन बोली, "अच्छा! प्रकाश अवस्थी के बेटे की शादी है।"

अरविन्द जी, जो कि अभी तक गुमसुम थे, प्रकाश अवस्थी का नाम सुनकर चौकन्ने हो गये और पत्नी के कार्ड पाठ का इन्तज़ार करने लगे। मगर रत्ना ने पढ़ने के बजाय कार्ड वापस मेज़ पर पटक दिया और ख़ुद सोफ़े पर निढाल होकर बैठ गयीं। जब पत्नी की आवाज़ नहीं सुनायी दी तो पूछ ही बैठे, "कब है शादी? प्रकाश के यहाँ तो जाना पड़ेगा वरना मेरा यार बुरा माना जायेगा।" रत्ना ने गुस्से से पति को घूरकर

कहा, "तुम्हीं जाना अपने दोस्त के बेटे की शादी में। मुझे किसी के बेटे की शादी-वादी में नहीं जाना है। हर साल ही दस-पन्द्रह कार्ड आ जाते हैं, किसी-न-किसी के शादी के...बस मेरे अंशु की शादी का ही कार्ड छपने की नौबत नहीं आ रही है।"... और रत्ना सिसकने लगी। वर्मा जी ने पत्नी को रोते देखा तो पास जाकर उसको समझाते हुए बोले, "अरे! रो क्यों रही हो रत्ना, अपने अंशु की शादी भी हो जायेगी।" आँसू पोंछकर रत्ना ने जलती निगाहों से पति को देखा और फिर बेटे के प्रति पिता की ज़िम्मेदारियों के बारे में उपदेश देते हुए कहा, "कोशिश करोगे तभी तो होगी शादी। ऐसे ज़ुबान हिला देने भर से थोड़े हो जायेगी। मुझसे पूछो कि एक माँ का दिल कितना दुखता है जब उसका कमाऊ, सुन्दर और सुशील बेटा कुँवारा बैठा हो। कब से बहू और पोते-पोती से भरे-पूरे अपने घर के सपने देख रही हूँ लेकिन भगवान् ने तो जैसे मेरी तरफ़वाला अपना कान ही बन्द कर लिया है।"

माहौल को हलका करने के इरादे से अरविन्द शंकर ने हँसकर कहा, "मैडम, भगवान् के घर में सिर्फ़ तुम्हारी ही अर्ज़ी थोड़े न लगी हुई है। न जाने कितनी माताएँ अपने बच्चों की शादी करवाने के लिए भगवान् को मक्खन लगा रही होंगी, इसीलिए देर लग रही है। थोड़ी प्रतीक्षा करिये, आप क़तार में हैं..." बात पूरी भी नहीं हुई थी कि रत्ना भड़ककर बोली, "देखो मुझे गुस्सा मत दिलवाओ। तुम्हारी यह बेकार की बातें सुनकर मेरा मूड बिलकुल ठीक नहीं होगा..."

पत्नी के उखड़े मूड को देखकर वर्मा जी ने अब वहाँ से खिसकने में ही अपनी भलाई समझी और वहाँ से रफ़ूचक्कर हो गये। पतिदेव की पीठ मुड़ते ही रत्ना ने कार्ड उठाकर उसमें प्रकाश अवस्थी के बेटे की जगह अपने बेटे अंशुमन के नाम की कल्पना करते हुए भगवान् को मस्का लगाना शुरू कर दिया, "हे प्रभु! मेरे अंशु की शादी करवा दो, मैं बाँकेबिहारी के मन्दिर में पाँच तोले सोने का मुकुट चढ़ाऊँगी, 51 किलो लड्डुओं का भोग लगाऊँगी..." यह सिर्फ़ एक दिन का क़िस्सा नहीं है बल्कि रोज़ का 'रूटीन' है। किसी-न-किसी बहाने से अंशु की शादी का मुद्दा उठता है और पति-पत्नी की नोक-झोंक शुरू हो जाती है जिसमें या तो वर्मा जी हारकर मैदान छोड़ देते हैं या पत्नी के सामने सर झुकाकर बेटे की शादी न हो पाने का सारा इलज़ाम अपने सर पर लेकर पत्नी का गुस्सा शान्त करते हैं।

अरविन्द शंकर वर्मा यूँ रहनेवाले तो इलाहाबाद के हैं लेकिन रत्ना से शादी होने के बाद अपने सफल राजनेता ससुर जी के दम पर अपने सपने साकार करने के इरादे से डेरा-डण्डा उठाकर दिल्ली चले आये। स्वयं प्रकाश जी ने भी दामाद को सर आँखों पर बैठाया और दामाद की सहायता करने के साथ-साथ अपने क़ानूनी मामलों में उनसे मदद भी ली। बहरहाल अपने राजनैतिक जोड़-तोड़ से स्वयं प्रकाश जी ने बेटी-दामाद को पृथ्वीराज रोड पर एक प्लाट दिलवा दिया जिस पर वर्मा जी ने अपना शानदार नीड़

बनवा लिया और पूरी तरह से दिल्ली के रंग में रँग गये। अब तो इस शहर के जाने-माने तबक़े में अरविन्द शंकर वर्मा का ख़ासा दबदबा है। इतना ही नहीं, उनकी पत्नी भी शहर के हर राजनैतिक और सांस्कृतिक कार्यक्रम की शोभा बढ़ाने के लिए निमन्त्रित की जाती हैं, जिसकी वजह है रत्ना की अपने बाबू जी और पति के नाम और रुतबे को भुनाने की क्षमता, जिसका उपयोग समय और स्थान के अनुकूल करना रत्ना को बख़ूबी आता है। कहने का तात्पर्य यह है कि क़िस्मत ने वर्मा दम्पति को दिल खोलकर सुख और सम्मान दिया है लेकिन फिर भी एक जगह पर आकर तक़दीर की सुई ऐसी अटकी है कि वह परेशानी इन लोगों के कलेजों की फाँस बन गयी है और यह फाँस है उनके बड़े बेटे अंशुमन की शादी का मुद्दा।

अंशुमन एक होनहार और स्मार्ट लड़का है जो कि अमरीका में एक बहुत नामी कम्पनी में ऊँचे ओहदे पर काम करता है। ऐसा भी नहीं है कि उसके लिए रिश्ते नहीं आते हैं, लेकिन जो रिश्ते आते हैं वे वर्मा दम्पति को पसन्द नहीं आते हैं। या तो लड़की की सूरत-शक्ल साधारण होती है या लम्बाई कम रह जाती है। सब-कुछ ठीक होता है तो बेचारी पढ़ाई-लिखाई में मात खा जाती है और यह बात भी सटीक बैठती है तो बेटी के रईस माँ-बाप मानो अपनी दौलत से वर्मा जी के बेटे को ख़रीद ही लेना चाहते हैं। बस इन्हीं सब कारणों से बत्तीस साल का हो जाने पर भी अंशुमन वर्मा अभी तक कुँवारा है। जब अंशुमन अमरीका गया था तब रत्ना ने उसको अपनी क़सम देकर कहा था कि वहाँ वह अपनी पसन्द से शादी नहीं करेगा लेकिन कुछ महीनों पहले जब उसने फ़ोन करके बताया कि उसको किसी चीनी लड़की से प्रेम हो गया है तो रत्ना ने कलेजे पर पत्थर रख बेटे से उस लड़की जूली येंग से शादी कर लेने का आग्रह किया जिस पर अंशु ने चिढ़कर माँ से कहा कि अब वह बच्चा नहीं रहा है इसलिए उसके मामलों में दख़ल देने की रत्ना को ज़रूरत नहीं है। अंशु का कहना था कि अभी वह और जूली येंग एक-दूसरे को समझने की कोशिश कर रहे हैं। उसके बाद एक साथ रहकर देखेंगे कि आपस में निभती है या नहीं उसके बाद कहीं जाकर शादी का नम्बर आयेगा। बेटे की बात से बौखलायी हुई रत्ना उसको कुछ सलाह देती उसके पहले ही अंशु ने फ़ोन काट दिया और रत्ना का दिल जलकर रह गया। उसी दिन रत्ना ने तय कर लिया था कि छोटे बेटे सुदीप को हरगिज़ विदेश नहीं जाने देगी वरना वह न जाने बाहर जाकर क्या गुल खिलायेगा।

मगर रत्ना को सुदीप पर अपनी मर्ज़ी थोपने की ज़रूरत ही नहीं पड़ी क्योंकि उसने ख़ुद ही अपनी माँ से एक नहीं बल्कि अनेकों बार कहा है कि वह विदेश में नहीं बल्कि अपने देश में ही रहकर काम करेगा। वर्मा जी का छोटा बेटा सुदीप एक न्यूज़ चैनल में काम करता है। बहुत ही समझदार और परिवार पर जान छिड़कनेवाला लड़का है लेकिन अपनी ज़ाती ज़िन्दगी में किसी की, और ख़ास तौर से अपनी मम्मी की,

दख़लन्दाज़ी बिलकुल पसन्द नहीं करता है। अपने बड़े भाई की शादी करवाने के चक्कर में पड़ी अपनी माँ से वह साफ़-साफ़ कह चुका है कि अपनी ज़िन्दगी के फ़ैसले वह ख़ुद ही लेगा और अगर मम्मी ने ज़बरदस्ती करने की कोशिश की तो वह घर छोड़कर चला जायेगा। बेचारी श्रीमती वर्मा छोटे बेटे पर वश न चलने की सारी कसर बड़े बेटे पर निकालना चाहती हैं। आख़िर माँ का कोई हक़ होता है बच्चों पर! जहाँ तक श्रीमान् सुदीप वर्मा का सवाल है तो वह जब पाँचवीं क्लास में पढ़ते थे तभी से एक लड़की के दीवाने हैं। स्कूल में साथ पढ़नेवाली अनुष्का कपूर के साथ दोस्ती न जाने कब प्यार में बदल गयी और प्यार इस हद तक बढ़ गया कि जब अनुष्का ने मास कम्युनिकेशन में दाख़िला लेने की बात कही तो सुदीप ने भी अपना सिविल सर्विस में जाने का इरादा छोड़कर अनुष्का के साथ ही दाख़िला ले लिया और अब दोनों एक ही चैनल में काम करते हैं। सुदीप ने अपने प्यार की भनक तक अपनी माँ को नहीं लगने दी है क्योंकि वह जानता है कि बड़े भैया की शादी से पहले अगर उसने अपने दिल का राज़ खोला तो उसकी हिटलर मम्मी हंगामा खड़ा कर देंगी। अनुष्का एक प्यारी और सरल प्रकृति की लड़की है और वह भी सुदीप को बेहद चाहती है। उसके माता-पिता इन दोनों की दोस्ती के बारे में जानते हैं और अनुष्का के पिता श्री सुरेन्दर कपूर सुदीप को पसन्द भी करते हैं मगर श्रीमती मधु कपूर को इन दोनों की दोस्ती ज़रा भी रास नहीं आती है और आये दिन पति और पत्नी में इस बात को लेकर चख-चख होती रहती है। मधु जी ने एकाध बार सुदीप के सामने अनुष्का से शादी कर लेने का प्रस्ताव भी रखा था जिसे सुदीप ने यह कहकर टाल दिया कि पहले उसके बड़े भाई की शादी हो जाये तभी वह अपनी शादी के बारे में घर में बात करेगा और शादी करने से पहले वह अपने पैरों पर खड़ा होना चाहता है। सुदीप की इसी बात से नाराज़ होकर मधु जी हमेशा अपनी बेटी को 'उस लफ़ंगे' से मिलने-जुलने के लिए मना करती हैं।

यह तो है सुदीप की एक प्रेम कहानी लेकिन कोई और भी है जिसको वह जान से ज़्यादा प्यार करता है और वह है एक सफ़ेद लाब्रेडॉर कुत्ता ड्यूक जिसको घर में लाकर रखने के लिए उसको न जाने कौन-कौन-से पापड़ बेलने पड़े थे। सुदीप के लिए ड्यूक उसके बच्चे की तरह है। उसका हर काम वह ख़ुद ही करना पसन्द करता है। अरविन्द तो कई बार रत्ना से कहते भी हैं कि तुम्हारी बहुएँ घर में बाद में आयेंगी लेकिन पोता ड्यूक तो आ गया है तो उसी को गोदी में खिलाकर अरमान पूरा कर लिया करो और पति का यह मज़ाक रत्ना को सर से पाँव तक पटाखे की लड़ी-जैसा जला देता है।

इस वर्मा परिवार के विभिन्न स्वभावोंवाले लोगों को जोड़कर रखनेवाली कड़ी हैं इस परिवार की वरिष्ठ सदस्या अम्माँ जी यानी अरविन्द शंकर की माता जी, जो एक बेहद

सुलझी हुई महिला हैं और अपने परिवार के सभी सदस्यों के स्वभाव को भली प्रकार समझती हैं। विशेष रूप से अपनी बहू रानी रत्ना की हड़बड़ी करने की आदत पर अपनी सीख से रोक लगाने का काम सिर्फ़ वही कर पाती हैं। रत्ना भी अपनी सास की बात का कभी बुरा नहीं मानती हैं और बहुत-सी बातें विशेष रूप से अंशुमन के विवाह से जुड़ी बातें और समस्याएँ वह केवल अम्माँ के साथ ही बाँटना पसन्द करती हैं। अंशुमन और सुदीप के लिए भी उनकी दादी परिवार की बुज़ुर्ग से ज़्यादा उनकी दोस्त हैं जो हमेशा अपने पोतों की तरफ़दारी करने के लिए तैयार रहती हैं। अम्माँ जी यानी श्रीमती सरला वर्मा पुराने ज़माने की ग्रेजुएट हैं और आम भारतीय दादियों और नानियों की तरह दक़ियानूसी सोच नहीं रखती हैं। सुबह अपने कमरे में बैठकर टीवी पर सत्संग सुनना उनको जितना पसन्द है उतना ही आनन्द उनको सुदीप और अंशुमन के साथ बैठकर पाश्चात्य संगीत सुनने में भी आता है। कहने का तात्पर्य यह कि अम्माँ जी हर उम्र के लोगों के बीच में पानी की तरह घुल-मिल जाती हैं और इस परिवार की धुरी हैं।

●

शाम को कचहरी से लौटने के बाद वर्मा जी अपने चैम्बर में बैठकर अगले दिन के मुक़द्दमों की फ़ाइलें देख रहे थे तभी मेज़ पर रखी डाक से झाँकते एक नीले रंग के लिफ़ाफ़े पर उनकी नज़र अटक गयी। फ़ौरन लिफ़ाफ़ा खोलकर देखा तो अन्दर से उनकी बहन साधना की चिट्ठी के साथ किसी लड़की की फ़ोटो निकली। साधना ने लिखा था, "भैया, रत्ना भाभी ने अंशु के लिए लड़की ढूँढ़ने को कहा था तो हमने यह लड़की पसन्द कर ली है और इसके माँ-बाप बेटी को अमरीका भेजने के लिए तैयार भी हैं। लड़की बारहवीं पास है, घर के काम-काज में होशियार है, उन्नाव के एक स्कूल में मास्टरनी है, एकदम गाय-जैसी सीधी है। भैया, हमको अपना जवाब जल्दी बताइयेगा क्योंकि लड़की के पिता जी आपके पास रिश्ता पक्का करने के लिए आना चाहते हैं।"

चिट्ठी पढ़कर अरविन्द जी का पारा चढ़ गया, "जब रत्ना को पता है कि अंशु एक लड़की को पसन्द करता है और उसके साथ ही शादी करेगा तो सारे ज़माने को लड़कियाँ देखने के काम पर क्यों लगा रखा है मेरी बीवी ने? मेरा एन.आर.आई. बेटा उन्नाव की मास्टरनी से शादी करेगा?" गुस्से में फ़ोटो और चिट्ठी लेकर वह दनदनाते हुए रत्ना के कमरे में पहुँचे तो देखा कि श्रीमती जी पलँग पर कुछ ज़ेवरों के डिब्बे खोलकर बैठी हैं। अरविन्द ने सर पकड़ लिया, "हे भगवान्! मेरी बीवी आज फिर से अपनी अनदेखी बहू के लिए गहने ख़रीद लायी।" जी तो चाहा कि इस फ़ज़ूलख़र्ची

के लिए रत्ना को आड़े हाथों लें लेकिन फिर हँसकर मीठी छुरी मारते हुए बोले, "अरे रत्ना, तुम्हारी चीनी बहू यह सब थोड़े पहनेगी।" अपनी बात में मज़ाक का पुट देने के लिए उन्होंने हलका-सा ठहाका लगाना चाहा मगर तभी रत्ना तमककर बोली, "जब भी बोलते हो कुछ अशुभ ही बोलते हो। एक बात सुन लो, मेरे काम में टाँग अड़ाने की कोशिश मत किया करो।" बीवी के तेवर देखकर वर्मा जी गला खखराते हुए बोले, "भाई हम तो यह कह रहे थे कि वह तुम्हारी चीनी बहू यह सब कहाँ..."

पति की बात को काटकर रत्ना ने बड़े इत्मीनान से कहा, "भूल जाओ उस चीनी नूडल को। समझ लो वह गयी अंशु की ज़िन्दगी से।" पत्नी की बात से चौंककर अरविन्द ने पूछा, "कहाँ चली गयी? क्या अंशु का ब्रेकअप हो गया?" रत्ना ने आराम से पलँग के सिरहाने से टिककर चैन की एक साँस ली और फिर जवाब दिया कि उसने आज हेरम बाबा जी को अंशुमन की जन्म कुण्डली दिखायी थी और उन्होंने बताया है कि उसके ऊपर से मंगल की छाया हट गयी है और अब वह अपनी माँ की पसन्द की भारतीय लड़की से ही विवाह करेगा। यह सुनकर वर्मा जी ने हँसकर कहा, "तुम्हारे बाबा जी की जय हो। उन्होंने भविष्यवाणी की और तुम्हारी होनेवाली बहू की फ़ोटो साधना ने भेज दी। देखो गाय-जैसी लड़की है, उन्नाव के स्कूल में पढ़ाती है। मैं अभी अंशु को फ़ोन करके बता देता हूँ कि उसकी बारात उन्नाव जायेगी।"

रत्ना ने पति के हाथ से लेकर फ़ोटो पर सरसरी नज़र डाली और फिर मुँह बनाकर बोली, "दीदी को लिख दो कि अपने गौरव के साथ इस मास्टरनी का ब्याह करवा दें, अपने अंशु के लिए मैं ख़ुद बहू ढूँढ़ लूँगी। बाबा जी ने यह भी कहा है कि 21 दिनों के अन्दर मेरे अंशु की शादी हो जायेगी।"

अरविन्द ने अब चुप रहने में ही अपनी भलाई समझी और कपड़े बदलने के लिए चले गये। यह देखकर रत्ना ने पति की हार पर एक मुस्कराहट बिखेरी और ज़ेवरों के डिब्बे उठाकर अलमारी में रखे और फिर इत्मीनान से आकर पलँग पर लेट गयी। अरविन्द शंकर ने कमरे में आकर जब पत्नी को लेटे हुए देखा तो ख़ुद भी चुपचाप आकर लेट गये और सोने की कोशिश करने लगे।

सुबह के झुटपुटे में अचानक अरविन्द शंकर के कानों में पूजा की घण्टी बजने की आवाज़ पड़ी तो नींद में करवट बदलते हुए सोचा कि शायद अम्माँ आज जल्दी उठकर पूजा कर रही हैं लेकिन तभी शंख ध्वनि सुनायी पड़ी तो आँखें पूरी तरह खुल गयीं। मेज़ पर से घड़ी उठाकर समय देखा तो सुबह के 5 बज रहे थे। बग़ल के बिस्तर पर नज़र डाली तो रत्ना नदारद थी। "यह रत्ना इतनी सुबह कहाँ चली गयी?" तभी शंख की आवाज़ दोबारा सुनायी दी तो वर्मा जी उठकर बैठ गये। "अम्माँ तो शंख बजा नहीं सकती हैं तो फिर यह आवाज़ आ कहाँ से रही है? छि छि!! लोगों को दूसरों की परेशानी का ज़रा भी ख़याल नहीं रहता है। धर्म के नाम पर पड़ोसियों की नींद ख़राब

करना कहाँ की इन्सानियत है? मैं छोड़ूँगा नहीं, जिसने भी यह हरकत की है उस पर केस ठोक दूँगा।'' गुस्से में भनभनाते हुए वर्मा जी कमरे से बाहर निकले तो अगरबत्ती और कपूर का धुआँ आँखों और मुँह में भर गया जिसके कारण गुस्सा और तेज़ हो गया और क़दम भी तेज़ी से पड़ने लगे। मगर कुछ दूर जाते ही पाँव किसी चिकनी चीज़ पर ऐसा फिसला कि लाख सम्हलने की कोशिश की लेकिन बेचारे वर्मा जी औंधे मुँह ज़मीन पर गिर पड़े। जब मुँह में घी, बताशे, कपूर और फूलों के 'कॉकटेल' का स्वाद आया तो मुँह को हथेली से पोंछते हुए उठने की कोशिश की लेकिन कमर फिर से लचक गयी। बेचारे वर्मा जी बड़ी मुश्किल से कमर को सम्हालते हुए उठकर बैठक में पहुँचे तो वहाँ का हाल देखकर उनका मुँह खुला-का-खुला रह गया। हॉल का सारा फ़र्नीचर कबाड़ की तरह एक कोने में पड़ा था और कमरे के बीचोंबीच केले के पत्तों का मण्डप बनाकर उसके अन्दर देवी की मूर्ति रखी गयी थी। आस-पास पूजन-सामग्री, फूल और मिठाइयों के थाल रखे थे। हवनकुण्ड के सामने बैठे कंकाल जैसे हेरम बाबा जी एक बड़े कटोरे में से चम्मच भर-भरकर घी निकालकर कुण्ड में डालते हुए मुँह-ही-मुँह में कुछ मन्त्र पढ़ रहे थे। वर्मा जी की इच्छा हुई कि बाबा जी को घी के साथ ही हवनकुण्ड में झोंक दें। रत्ना पर भी गुस्सा आ रहा था, जिसने उनकी नाक के नीचे यह धार्मिक अत्याचार करवाया और उनको बताने की भी ज़रूरत नहीं समझी! श्रीमती जी ख़ुद तो अपने बाबा जी की भक्ति में लीन होकर वहाँ बैठी पूजा का आनन्द ले रही थीं और वर्मा जी की नींद ख़राब कर दी थी। कमरे में घी, फूल और पूजन-सामग्री ऐसे बिखरी पड़ी थी मानो उनसे वहाँ होली खेली गयी हो। बैठक की यह दुर्दशा देखकर आपे से बाहर होते हुए उन्होंने रत्ना से इस सारे तमाशे की वजह पूछी तो उसने शोर न मचाने की ताक़ीद करते हुए अपना ध्यान फिर से पूजा की तरफ़ केन्द्रित कर लिया और आँखें बन्द करके और हाथ जोड़कर बैठ गयी। अपनी इतनी तौहीन देखकर अरविन्द ने पत्नी से बाद में निबटने का मन बनाया और जाने के लिए मुड़ लिये। तभी अम्माँ को आते देखकर उनका ज्ञान चक्षु जागृत हुआ और वह समझ गये कि यह सारा ड्रामा अंशु के विवाह से जुड़ा हुआ है। कैसे समझाऊँ इन लोगों को कि इस तरह शोर मचाकर भगवान् को ख़ुश करने का ढोंग रचने से शादी-ब्याह नहीं होते हैं। मेरी मेहनत की कमाई से इस ढोंगी बाबा की झोली भरने से बहू नहीं मिल जायेगी। पता नहीं आज की इस पूजा में कितना रुपया फूँका होगा। मन की इसी उथल-पुथल के साथ अपने कमरे में पहुँचकर अरविन्द अपनी दुखती कमर को सम्हालते हुए बिस्तर पर लेट गये और सोने की कोशिश करने लगे मगर नींद तो मानो हवनकुण्ड में स्वाहा हो चुकी थी। कमर दर्द और पत्नी पर आ रहा गुस्सा आँखें झपकने ही नहीं दे रहा था। नाराज़गी से ज़्यादा चिन्ता इस बात की थी कि सुबह इस लचकती कमर के साथ कचहरी कैसे जायेंगे? सभी मुक़द्दमों की तारीख़ें आगे बढ़वानी होंगी। यह सोचकर कुछ

देर बाद अपने सहयोगी वकील को फ़ोन करके अपनी स्थिति बताते हुए काम के बारे में हिदायतें दीं और दोबारा आराम करने की कोशिश करने लगे तभी कमरे का दरवाज़ा खुला और रत्ना आरती की थाली लेकर अन्दर आयी। पत्नी को देखते ही वर्मा जी ने ज़ोर से कराहना शुरू कर दिया मगर रत्ना पर उनकी कराहट का कोई असर नहीं हुआ और उसने पति का हाल पूछने के बजाय आरती की थाली आगे करते हुए आँखों के इशारे से आरती लेने को कहा। अरविन्द ने मौक़ा देखकर पत्नी को आड़े हाथों लेते हुए पूछा, "इतना बड़ा ड्रामा करवाने से पहले एक बार मुझसे पूछ तो लिया होता। कम-से-कम मेरा यह हाल तो न होता। तुम्हारे इस ढोंग के चक्कर में मेरे मुवक्किल बेचारे परेशान होंगे। पता नहीं कब कोर्ट जाने लायक़ हो पाऊँगा। आख़िर..."

पति की बात पूरी होने का इन्तज़ार किये बग़ैर रत्ना ने टोका, "इतनी बड़ी पूजा को ढोंग कहते हुए तुमको शर्म आनी चाहिए। एक बेचारे हेरम बाबा जी हैं जो अपने सारे ज़रूरी काम छोड़कर यह पूजा करवाने के लिए इसलिए आये थे ताकि अंशु की शादी जल्द-से-जल्द हो सके और एक तुम हो जिसको बेटे की शादी की कोई चिन्ता ही नहीं है।" वर्मा जी ने चिढ़कर जवाब दिया, "हाँ भाई, तुम्हारे बाबा जी को तो फ़िक्र होगी ही क्योंकि पूजा करवाकर उस ढोंगी की जेब अच्छी तरह गर्म हो गयी होगी। उसका वश चले तो वह रोज़ आ जाये। हुँह! बहुत बड़े बाबा जी लगे हैं।" पति की बात को अनसुनी करके रत्ना दनदनाती हुई बाहर चली गयी। इस समय उसके पास पति की फ़ज़ूल बातें सुनने की फ़ुर्सत नहीं थी, क्योंकि इस समय उसके दिमाग़ में अंशु के लिए लड़की ढूँढ़ने के उपाय सोचने की प्रक्रिया तेज़ी से चल रही थी। "सोचा था कि अरविन्द के साथ मिलकर इस बारे में कुछ सोचूँगी लेकिन उनको तो अपनी टूटी कमर और कोर्ट से ही फ़ुर्सत नहीं है तो मेरी क्या मदद करेंगे!" झुँझलाती हुई जाकर हॉल में बैठ गयी। लेकिन खाली बैठना तो उसकी आदत में ही नहीं है लिहाज़ा अंशुमन को फ़ोन लगा दिया मगर उसने फ़ोन नहीं उठाया तो रत्ना ने फ़ोन काट दिया। आमतौर पर अंशुमन पलटकर फ़ोन करता है लेकिन आज उसने ऐसा नहीं किया इसलिए रत्ना ने कुछ देर बाद दोबारा नम्बर घुमा दिया। इस बार अंशु ने फ़ोन तो उठाया लेकिन बेटे के बात करने के ढंग से चौंककर रत्ना ने पूछा, "अंशु...बेटा...तुमने पी रखी है क्या?" माँ के सवाल के जवाब में अंशु ज़ोर-ज़ोर से हँसने लगा तो रत्ना ने अपना सवाल दोहराते हुए इतनी ज़्यादा पीने के लिए बेटे को डाँटना शुरू कर दिया। तब अंशुमन ने कहा कि आज वह किसी की नहीं सुनेगा क्योंकि वह अपने ब्रेकअप का जश्न मना रहा है। बेटे की बात सुनकर रत्ना ने मन-ही-मन हेरम बाबा जी को धन्यवाद देते हुए बेटे को बड़े प्यार से समझाते हुए कहा, "कोई बात नहीं बेटा, एक जूली येंग के जाने से ज़िन्दगी ख़त्म नहीं हो जायेगी। तुझे उससे भी अच्छी लड़की मिल जायेगी। मैं तो कब से कह रही हूँ कि तू छुट्टी लेकर इण्डिया आ जा, मैं तेरे लिये प्यारी-सी

लड़की ढूँढ़कर लाऊँगी और तेरी शादी करवाऊँगी बेटा। अभी थोड़ी देर पहले ही मैंने तेरी शादी करवाने के लिए पूजा भी करवायी है और बाबा जी ने कहा है कि 21 दिनों के अन्दर तेरी शादी हो जायेगी।'' अंशु ने चिढ़कर माँ को शादी की बात न करने को कहकर फ़ोन काट दिया।

अंशु से बात करने के बाद अब बेटे के ब्रेकअप की ख़बर सबको सुनाकर बाबा जी के गुणगान करने के इरादे से रत्ना ने एकान्तवास त्यागकर सास के कमरे की तरफ़ प्रस्थान किया क्योंकि वही हैं जो उसकी बात को सुनेंगी। बहू को आते देखकर अम्माँ ने टीवी पर चल रहे सत्संग को बन्द करके बहू के सत्संग की तरफ़ अपना ध्यान केन्द्रित किया और पूछा, ''अरे बेटा, तुमने आराम नहीं किया?'' अम्माँ के पास बैठते हुए रत्ना बोली, ''अरे अम्माँ, मेरी तो सारी थकान अंशु से बात करते ही दूर हो गयी।'' अम्माँ ने आँखों का प्रश्नचिह्न चमकाया तो रत्ना ने हँसते हुए सास को बताया कि अंशु की चीनी प्रेमिका उसको छोड़कर चली गयी है। ''सच अम्माँ, हेरम बाबा जी की बात शत-प्रतिशत सही हो रही है। उन्होंने कहा था न कि अंशु की शादी मेरी पसन्द की लड़की से होगी तो देख लीजिये, पूजा ख़त्म होते ही उस फ़िरंगिन के जाने की ख़बर मिल गयी। बस अब तो मैं ज़ोर-शोर से लड़की ढूँढ़ना शुरू कर दूँगी और लड़की मिलते ही अंशु को यहाँ बुलाकर शादी करवा दूँगी।''

बहू की बेसब्री पर अंकुश लगाते हुए अम्माँ ने समझाया, ''रत्ना, इतनी जल्दबाज़ी ठीक नहीं है। अंशु को इस चोट से ज़रा सम्हल जाने दो।'' सास की बात से असहमति जताते हुए उसने जवाब दिया कि अभी लोहा गरम है इसलिए उस पर इसी समय हथौड़ा मारना उचित रहेगा। बहू के ज़िद्दी स्वभाव से परिचित अम्माँ ने बात बदलते हुए उसको समझाया, ''बेटा, चिन्ता मत करो, राम जी की कृपा होगी तो सब ठीक होगा।'' रत्ना कुछ कहना चाहती थी कि तभी अरविन्द शंकर की आवाज़ सुनायी दी, ''अरे भाई, आज की तारीख़ में इस घर में चाय मिलेगी या सिर्फ़ पूजा से ही पेट भरा जायेगा।'' चाय के लिए बेताब पति की आवाज़ सुनकर रत्ना सास के कमरे से उठकर बैठक में आयी तो वर्मा जी को वहाँ बड़ी बेचैनी से चक्कर लगाते हुए देखकर पूछ ही लिया, ''क्या हो गया? तबीयत तो ठीक है?''

वर्मा जी ने तुरन्त पत्नी से शिकायती लहज़े में कहा, ''मैडम, यहाँ का बिगड़ा हुआ हॉल ज़रा ठीक करवा दीजिये घर कम कबाड़ख़ाना ज़्यादा लग रहा है।'' रत्ना ने भी तुरन्त माखनलाल को आवाज़ देते हुए कहा कि वह फ़ौरन आकर बैठक को ठीक कर दे वरना साहब का मिज़ाज बिगड़ जायेगा और अरविन्द की प्रतिक्रिया का इन्तज़ार किये बग़ैर वह रसोई-घर की तरफ़ चल दी। वर्मा जी भी बड़बड़ाते हुए बाहर लॉन में आकर बैठ गये। तभी ड्यूक के साथ सुदीप को गेट के अन्दर आता हुआ देखकर अरविन्द ने उसको आवाज़ देकर लॉन में आने को कहा तो सुदीप उनके पास आकर बोला, ''अरे पापा, आज आप बाहर कैसे बैठे हैं?''

वर्मा जी ने खीजकर जवाब दिया, ''बेटा, यह तुम्हारी मम्मी की मेहरबानी है। घर के अन्दर तो बैठने की जगह ही नहीं है। सब जगह पूजा का सामान और धुआँ भरा हुआ है तुम भी कुछ देर यहीं बैठ जाओ।'' पापा की बात सुनकर सुदीप एक कुर्सी खींचकर अरविन्द के पास ही बैठ गया और ड्यूक घास में कुलाँचें मारने लगा। सुदीप ने बड़ी गम्भीरता से उनसे पूछा, ''पापा, यह धुआँ वगैरह, मेरा मतलब यह पूजा किस लिए करवायी गयी थी?'' वर्मा जी ने हँसते हुए बेटे को जवाब दिया, ''बेटा, तुम्हारी माताश्री के परम आदरणीय बाबा जी ने यह पूजा तुम्हारे बड़े भाई साहब की शादी जल्दी करवाने के लिए की थी।'' सुदीप ने हैरानी से पूछा, ''पापा, क्या जल्दी शादी करवाने के लिए भी पूजा होती है?'' अरविन्द ने बेटे को छेड़ते हुए पूछा कि क्या उसको भी ऐसी पूजा करवानी है तो सुदीप ने जवाब दिया कि उसने तो सारी प्लानिंग कर रखी है और अगर रत्ना ने उसकी ज़ाती ज़िन्दगी में ज़्यादा टाँग अड़ायी तो वह ड्यूक और ग़ज़ल को लेकर घर से चला जायेगा क्योंकि मम्मी की तानाशाही में वह नहीं रह सकता है। बेटे के गुस्से पर प्यार के छींटे मारते हुए अरविन्द ने उसे समझाया कि इस तरह गुस्से में कभी कोई फ़ैसला नहीं लेना चाहिए फिर कुछ सोचकर बेटे से पूछा कि यह ग़ज़ल कौन है? तो सुदीप ने कुछ शरमाते हुए बताया, ''पापा, ग़ज़ल मेरी गर्ल फ्रेण्ड है, हम लोग एक ही चैनेल में काम करते हैं। उसका असली नाम अनुष्का कपूर है लेकिन उसके पापा ग़ज़ल पुकारते हैं और मुझे भी यह नाम अच्छा लगता है तो मैं भी उसे ग़ज़ल ही बुलाता हूँ।''

वर्मा जी ने पूछा, ''तो उसके पापा गायक हैं?'' ''अरे नहीं'', सुदीप ने बताया कि वह गाते नहीं हैं सिर्फ़ सुनते हैं और वह भी जगजीत सिंह की ग़ज़लें।'' पापा, ग़ज़ल बता रही थी कि जब उसके पैदा होने की ख़बर उसके पापा को मिली तब वह जगजीत सिंह की ग़ज़ल ही सुन रहे थे इसीलिए बेटी का नाम भी ग़ज़ल रख दिया। अरविन्द ने बेटे की पीठ थपथपाते हुए कहा, ''यह तुमने अच्छा किया बेटा कि अपने लिये लड़की पहले ही पसन्द कर ली और हम लोगों को अपनी मम्मी के इमोशनल अत्याचार से बचा लिया।'' सुदीप ने हँसकर जवाब दिया कि अब तो वह अंशु की शादी होने का इन्तज़ार कर रहा है। उसके बाद मम्मी को ग़ज़ल से मिलवाकर अपना भी मामला फिट कर लेगा। वर्मा जी ने ठण्डी साँस भरकर कहा, ''हाँ बेटा, इतना इन्तज़ार तो करना ही पड़ेगा क्योंकि तुम्हारी मम्मी अंशु से पहले तो तुम्हारी शादी कभी होने नहीं देंगी।'' तभी उनकी नज़र बाहर आती रत्ना पर पड़ी और वह बेटे को सतर्क करते हुए बोले, ''तुम्हारी हिटलर माँ पधार रही हैं अब ग़ज़ल का ज़िक्र बन्द।'' तब तक रत्ना और उसके पीछे चाय लेकर माखनलाल वहाँ आ चुके थे। सुदीप को देखकर रत्ना ने पूछा कि क्या आज वह ड्यूक को घुमाने नहीं लेकर गया? इस पर सुदीप ने बताया कि वह घूमकर ही लौटा है लेकिन अन्दर धुआँ भरा होने की वजह से बाहर बैठ गया है।

फिर माँ को छेड़ने के लिए पूछा, ''मम्मी, आपने यह क्या ड्रामा करवाया है? घर को बाबा जी का आश्रम बना दिया है।'' रत्ना ने बेटे को गुस्से से देखते हुए कहा, ''बिलकुल अपने पापा की बोली बोलते हो। बेटा, तुम्हारे पापा को तो समझा-समझाकर थक गयी हूँ लेकिन कम-से-कम तुम तो समझ लो कि परिवार की सुख-शान्ति के लिए न चाहते हुए भी बहुत-कुछ करना पड़ता है। आज की पूजा तुम्हारे भाई की शादी के लिए करवायी थी और अब इसका फल भी देख लेना। बाबा जी ने कहा है कि 21 दिनों के अन्दर अंशु की शादी हो जायेगी क्योंकि इस हवन के प्रभाव से सारी बाधाएँ दूर हो गयी हैं। अब देख लो इधर पूजा हुई और उधर अंशु की वह चीनी नूडल उसका पीछा छोड़कर चली गयी। मगर तुम लोगों को तो इन बातों पर विश्वास ही नहीं है मेरे बोलने का फ़ायदा ही क्या है।'' और वह बड़बड़ाती हुई अन्दर जाने लगी लेकिन फिर कुछ सोचकर वापस मुड़ी और अपना फ़रमान सुनाया, ''एक बात सुन लो तुम लोग, आज घर में अन्न कोई नहीं खायेगा, सब लोग फलाहार करेंगे।'' और किसी जवाब का इन्तज़ार किये बग़ैर अन्दर की तरफ़ चल दी तो सुदीप बोला कि ड्यूक को तो वह अण्डे और चिकन ज़रूर खिलायेगा। बेटे की बात का सहारा लेकर वर्मा जी भी अपनी दुखती कमर सहलाते हुए बोले, ''रत्ना, मेरी कमर में भी बहुत दर्द है, फल खाऊँगा तो तक़लीफ़ और बढ़ जायेगी इसलिए मैं भी सुदीप के कमरे में बैठकर अण्डे खा लूँगा।'' अपने बेटे और पति की बग़ावत पर अपना अंकुश लगाते हुए रत्ना बोली, ''एक दिन फल और दूध खाने-पीने से कोई मर नहीं जाता है और न ही किसी की कमर टूटती है इसलिए कोई नाटक नहीं होगा।'' अपना नादिरशाही फ़रमान सुनाकर रत्ना तो अन्दर चली गयी मगर सुदीप गुस्से में पहलू बदलने लगा। यह देखकर अरविन्द ने बेटे के कन्धे पर हाथ रखकर धीरे से कहा, ''बेटा जी, हमने कमर दर्द का ज़िक्र बेवजह नहीं किया था। अब डॉक्टर को दिखाने के बहाने से बाहर चलेंगे और पेट पूजा करके आयेंगे। ड्यूक को भी ले चलना उसकी भी दावत बाहर हो जायेगी।'' पापा की बात सुनकर सुदीप की बाछें खिल गयीं।

दोपहर में जब अरविन्द शंकर और सुदीप तैयार होकर बाहर निकलने लगे तो रत्ना ने पति को टोकते हुए कहा, ''यह लचकती कमर लेकर जनाब कहाँ चले?'' पापा की मदद के लिए आगे आकर सुदीप बोला, ''पापा को बहुत दर्द हो रहा है इसलिए मैं इन्हें लेकर अपने दोस्त के घर जा रहा हूँ। उसके पापा डॉक्टर हैं और उनका क्लिनिक घर में ही है।'' तभी रत्ना की नज़र सुदीप के हाथ पर पड़ी और उसने सुदीप से तुरन्त अपनी कार की चाभी वापस लेते हुए कहा कि उसको कुछ देर बाद किटी पार्टी में जाना है इसलिए सुदीप अपने पापा की गाड़ी लेकर जाये। रत्ना के सवालों से किसी तरह बचकर बाप-बेटे घर से बाहर निकले और फिर होम मिनिस्टर को टोपी पहनाने के अपने हौसले की दाद देते हुए क्लब की तरफ़ मुड़ लिये।

क्लब में शानदार लंच करने के बाद वापस लौटते हुए वर्मा जी ने सुदीप से पूछा कि घर पहुँचकर रत्ना के फलाहार से कैसे बचा जायेगा तो सुदीप ने पल्ला झाड़ते हुए कहा कि वह तो कह देगा कि दोस्त के घर पर लस्सी पी ली थी और मिठाई खा ली थी। बेटे का जवाब सुनकर अरविन्द ने कहा, ''वाह मेरे कलयुगी सपूत! मैं तो तेरी माँ से झूठ बोलकर तुझे और तेरे इस ड्यूक को बाहर लाया और तू मुझे ही अँगूठा दिखा रहा है!'' पापा को मनाते हुए सुदीप ने कहा, ''अरे नहीं पापा, मैं भला अपने पापा को कैसे धोखा दे सकता हूँ। ऐसा करेंगे कि मम्मी को अब एक ही बात बतायी जायेगी कि हम दोनों ने जूस सेण्टर पर जाकर फ्रूट चाट और जूस ले लिया था।'' बहाना तय करने के बाद जब घर पहुँचे तो पता चला कि रत्ना अभी तक वापस नहीं आयी है। बाप-बेटे ने चैन की साँस ली और जाकर अपने-अपने कमरे में सो गये। लज़ीज़ बिरयानी और रोग़न जोश की दावत के बाद नींद भी बहुत ज़बरदस्त आयी। अरविन्द की आँख तब खुली जब माखनलाल ने शाम की चाय के लिए जगाया। पूछने पर पता चला कि मैडम अभी तक पार्टी से वापस नहीं लौटी हैं। अरविन्द ने परेशान होकर पत्नी को फ़ोन मिलाया लेकिन रत्ना ने फ़ोन काट दिया। अब वर्मा जी के पसीने छूटने लगे, ''आख़िर बात क्या है? रत्ना ने मेरा फ़ोन क्यों काट दिया? कहीं उसको पता तो नहीं चल गया कि हम लोग बाहर खाना खाने गये थे।'' और यह सोचते ही वर्मा जी को घबराहट का दौरा-सा पड़ने लगा। ''अगर ऐसा हुआ तो हम लोगों का न जाने क्या हश्र होगा। हे ऊपरवाले! अब तो तेरे ही हाथों में हमारी इज़्ज़त है, बचा लेना हम ग़रीबों को।'' इस घबराहट में चाय भी ठण्डी हो गयी, किसी तरह कुछ घूँट हलक़ के नीचे उतारे और फिर मुँह-हाथ धोने ग़ुसलखाने में चले गये। लौटकर कमरे में आये तो देखा कि रत्ना हाथों में सर दिये हुए सोफ़े पर बैठी है। ''शेरनी को छेड़ूँ या न छेड़ूँ'' इसी सोच में कुछ पल वहीं खड़े रहे फिर रत्ना का ध्यान अपनी तरफ़ आकर्षित करने के इरादे से अलमारी खोलकर ज़ोर से पल्ला बन्द किया मगर जब रत्ना ने फिर भी उनकी तरफ़ नहीं देखा तो पास जाकर उसका कन्धा थपथपाकर उसकी चुप्पी की वजह जाननी चाही। इस पर रत्ना ने आँखें खोलकर उनकी तरफ़ देखा और फिर ज़ोर-ज़ोर से रोने लगी। वकील साहब को लगा जैसे कमरे में भूचाल आ गया हो क्योंकि रोते हुए वह कमरे का सामान उठा-उठाकर फेंक रही थी। पत्नी को इस तरह रोते देखकर अरविन्द परेशान हो गये और उसको दिलासा देने की कोशिश करने लगे। ''क्या हुआ रत्ना? रो क्यों रही हो?'' पूछने की देर थी कि रत्ना का रोना गुस्से में बदल गया और सिसकियाँ लेते हुए बोली, ''उन लोगों की ज़ुबानें कटकर गिर जायें जो मेरे इतने प्यारे और शरीफ़ बच्चे के लिए उलटा-सीधा बोल रही थीं। वह मिसिज़ दत्ता, मिसिज़ पुरी, अर्चना और वह मिसिज़ शर्मा...!! मेरी बड़ी हमदर्द बन रही थीं। इतनी सारी लेडीज़ के सामने मेरे अंशु की शादी न होने का इतना बड़ा 'इशू' बना दिया जैसे मेरे बेटे की फ़िक्र उन लोगों को मुझसे भी ज़्यादा है।''

जब पत्नी का रोना और बड़बड़ाना नहीं रुका तो वर्मा जी ने बात की तह तक पहुँचने के लिए ज़ोर से पूछा, ''आख़िर किसने क्या कह दिया कुछ बताओगी या ऐसे ही रोती रहोगी।'' अब तो रत्ना गुस्से से बिफर उठी, ''उस मिसिज़ दत्ता को तो मैं अच्छा मज़ा चखाऊँगी। आज ही बाबा जी से कहकर उसके पति का पुल बनाने का कॉण्ट्रैक्ट कैन्सिल करवाने के लिए पूजा करवाऊँगी, जानते हो, वह चुड़ैल मुझसे पूछ रही थी कि आपके बेटे ने वहाँ कोई मेम तो नहीं रखी हुई है? हो सकता है आप यहाँ बहू ढूँढ़ने का नाटक कर रही हों और आपका बेटा वहाँ ऐश कर रहा हो। और वह मिसिज़ पुरी!! उसका तो गला दबाने की इच्छा हो रही थी...बेशर्म औरत...मुझसे बोली, मिसिज़ वर्मा, आपका बेटा वह तो नहीं है? मेरा मतलब है उसका किसी के साथ दोस्ताना तो नहीं है...अब ऐसा है कि अमरीका में तो यह आम बात है... और उस बदतमीज़ औरत की बात सुनकर सारी लेडीज़ दाँत निकालकर हँसने लगीं।...तुम्हीं बताओ ऐसी बातें सुनने के बाद किस माँ का मन नहीं दुखेगा।''

अरविन्द जानते हैं कि बेटे की शादी का मुद्दा रत्ना की दुखती रग है और आज तो महिलाओं ने उस रग पर हाथ नहीं बल्कि अपनी बातों का पत्थर ही रख दिया। फिर भी वर्मा जी ने पत्नी को समझाते हुए कहा कि इन फ़ज़ूल की बातों पर ध्यान न देने में ही अक़्लमन्दी है। ''देखो रत्ना हमारी स्टेटस, अंशु की डॉलरों में होनेवाली कमाई और उसकी 'पर्सनालिटी'...यह सारी बातें लोगों को हज़म नहीं होती हैं और इसीलिए लोग बेकार की बातें बनाते हैं। इन बातों से तुम अपना मन क्यों दुःखी करती हो?'' लेकिन रत्ना को पति की बात समझ में नहीं आयी और उसने सभी औरतों को सबक सिखाने की अपनी बात दोहराते हुए वर्मा जी से पूछा, ''तुम्हारे पास राकेश पुरी का एक केस है न?'' पति के हाँ कहते ही रत्ना ने तुरन्त पतिदेव को आदेश दिया कि वह इस केस को छोड़ दें ताकि मिसिज़ पुरी को भी पता चले कि मिसिज़ वर्मा की बेइज़्ज़ती करने का क्या अंजाम होता है। पत्नी की बात सुनकर अरविन्द बौखला गये और बोले, ''देखो रत्ना, अपने व्यक्तिगत झगड़ों को मेरे काम के साथ जोड़ना छोड़ दो, मैं ऐसे बिना वजह किसी का केस नहीं छोड़ सकता हूँ।'' रत्ना चिढ़कर बोली, ''हाँ हाँ! तुमको तो अपने बेटे से ज़्यादा अपनी वकालत प्यारी है। लोग उसके बारे में कुछ भी कहें, उससे तुमको क्या? लेकिन मैं अंशु की माँ हूँ और उसके बारे में कही गयी हर ग़लत बात मेरे दिल में बहुत चुभती है। बस...बहुत हुआ...अब मैं बर्दाश्त नहीं करूँगी और आज हो अंशु से कहूँगी कि जैसी भी लड़की मिले उसके साथ वह शादी कर ले मैं अब लोगों के ताने नहीं सुन सकती हूँ।''

पत्नी को शान्त करते हुए वर्मा जी ने समझाया कि लोगों की बातों में आकर अंशु से ऐसा कुछ नहीं कहना चाहिए कि वह जल्दबाज़ी में कोई ग़लत फ़ैसला ले ले और फिर ज़िन्दगी भर हम सबको पछताना पड़े। मगर श्रीमती वर्मा को समझाना इतना

आसान नहीं है क्योंकि पति की बात समझने की जगह वह उन्हीं को समझाने लगीं, ''तुम्हारा फ़र्ज़ बनता है कि बेटे को शादी करने के लिए मनाओ लेकिन नहीं, ...तुम तो एक अच्छे और सीधे पिता बने रहना चाहते हो इसलिए बेटे को कभी कुछ कहते ही नहीं हो, सारी ज़िम्मेदारी मेरे सर पर ही आ गयी है।'' रत्ना की बात का जवाब देने की हिम्मत अब अरविन्द में नहीं थी इसलिए मुजरिम की तरह सर झुकाकर खड़े हो गये। यह देखकर रत्ना ने फिर से वार किया, ''इस तरह मुँह लटकाकर खड़े होने से कुछ नहीं होगा वकील साहब, बेटे को समझाइये और शादी करने के लिए राज़ी करिये।'' अपनी जान छुड़ाने के लिए अंशु से बात करने का आश्वासन देकर वकील साहब मैदान छोड़कर भाग गये।

●

रत्ना बग़ीचे में बैठी माली को समझा रही थी कि किस क्यारी में कौन-से रंग के फूलों के बीज डालने हैं कि तभी उसको अरविन्द अपने चैम्बर की तरफ़ जाते दिखायी दे गये और वह तुरन्त उनके पास जाकर पूछने लगी कि उन्होंने अंशु से बात की या नहीं। वर्मा जी ने बात को टालते हुए पत्नी को ही सलाह देने की कोशिश करते हुए कहा कि वह ख़ुद क्यों नहीं लड़कियाँ ढूँढ़ती है। पति की इस हिमाकत से चिढ़कर उसने कहा, ''अगर बाज़ार में बहुएँ मिलतीं तो कभी की ढूँढ़ ली होती, हर वक़्त फ़ज़ूल की सलाहें देते रहते हो।'' वर्मा जी पत्नी की झिड़की से ज़रा भी नहीं डगमगाये और बात आगे बढ़ाते हुए बोले, ''श्रीमती जी, हमारी बात में दम है इसलिए कह रहे हैं, ज़रा ध्यान से सुन लीजिये। दिल्ली के सभी अख़बारों में शादी का इश्तहार छपवा दीजिये और नहीं तो एक काम करिये मैडम, आजकल तो इण्टरनेट पर कई ऐसी वेबसाइटें हैं जिन पर शादी लायक़ लड़कों और लड़कियों के प्रोफ़ाइल्स रहते हैं। तुम भी अंशु का प्रोफ़ाइल ऐसी ही किसी साइट पर डाल दो फिर देखना कितनी जल्दी तुम्हारी चिन्ता दूर हो जायेगी।'' बात तो वकील साहब ने अच्छी बतायी है लेकिन इनको भी तो कुछ मेहनत करनी चाहिए, यह सोचकर पतिदेव को पिता का धर्म समझाते हुए यह शुभ कार्य स्वयं करने की सीख देकर रत्ना देवी घर के अन्दर चली गयी।

जब से बाबा जी ने अंशुमन की शादी 21 दिनों के अन्दर हो जाने का आश्वासन दिया है तब से अंशु की माँ का दिमाग़ सिर्फ़ एक ही बात सोचता रहता है कि कहाँ और कैसे अच्छी-सी लड़की ढूँढ़ी जाये। इतना ही नहीं, बाबा जी ने कुछ उपाय भी बताये हैं जिनके करने से शादी जल्दी हो जायेगी और बहू भी अच्छी और सुशील मिलेगी और

इसलिए इन सारे उपायों पर रत्ना पूरी श्रद्धा से अमल कर रही है। उसने एक कैलण्डर अपने कमरे की दीवार पर टाँगकर 21 तारीख़ों पर लाल घेरे बना लिये हैं और हर घेरे के पास लड़कियाँ ढूँढ़ने के तरीक़े लिख लिये हैं। आजकल उसकी दिनचर्या भी हलचल से भरपूर रहती है। जैसे कि सुबह नहा-धोकर पूजा-घर में बैठकर पानी से भरे एक बर्तन में अँगुली से हज़ार बार राम नाम लिखती है फिर दोपहर में 2 से 4 बजे के बीच मौन व्रत रखती है। शाम को 6 से 7 बजे तक एक कीर्त्तन-मण्डली आकर ढोलक-मजीरों के साथ घर के अन्दर भजन-कीर्त्तन करती है जिसकी वजह से वर्मा जी के लिए अपने काम में ध्यान देना एक तपस्या के समान कठिन हो जाता है। बात सिर्फ़ यहीं आकर नहीं थमी है, बाबा जी ने घर के वास्तु में दोष बताकर कुछ ऐसे उपाय भी करने को कहे हैं जिनके कारण वकील साहब की गाढ़ी कमाई पानी की तरह बह रही है। 21 दिनों के बाबा जी के इस मन्त्र के कारण वर्मा हाउस में जैसे बवण्डर आ गया है। पत्नी की इस फ़ज़ूलख़र्ची से तंग आकर अरविन्द शंकर ने एक दिन अपने ससुर जी की सहायता लेने के इरादे से उनको फ़ोन करके अपनी परेशानी बतायी तो स्वयं प्रकाश जी ने तो दामाद के सर पर अपनी बातों का बम ही फोड़ दिया। वह बोले, ''अरविन्द जी, अब हम स्वीटी को क्या समझायें जब आप ही हमारी बात समझने को तैयार नहीं हैं।'' ससुर जी की बात से हड़बड़ाकर वर्मा जी बोले, ''बाबू जी, हमने.. .क्या...कर दिया? हम तो हमेशा आपकी आज्ञा का पालन करते रहे हैं।'' अपनी कड़क आवाज़ को और भी तराशकर बाबू जी ने जवाब दिया, ''नहीं बेटा जी, वे ज़माने लद गये, जब आप हमारी सुनते थे, अब तो आप दिल्ली के वरिष्ठ वकील बन गये हैं इसलिए इस बार आपने सुनना तो दूर, बात को अपने कान तक पहुँचने भी नहीं दिया है।'' ससुर जी के बे-सिरपैर की बातों से खीजकर वर्मा जी ने स्वयं प्रकाश जी से साफ़-साफ़ बात करने का आग्रह किया जिस पर ससुर जी ने गला साफ़ करते हुए अपने हृदय के उद्‌गार व्यक्त करने आरम्भ किये, ''तो, फिर सुनिये बरख़ुरदार, हमारी पार्टी के वरिष्ठ नेता श्री मार्तण्ड सिंह जी ने शायद आपको फ़ोन करके अपनी बेटी के लिए अंशुमन का हाथ माँगा था। कितने सौभाग्यशाली हैं आप कि दिल्ली के भावी मुख्यमन्त्री ने स्वयं आपके सामने आपके बेटे के सुनहरे भविष्य का प्रस्ताव रखा लेकिन आपने क्या किया? आपने उनको दो-टूक जवाब पकड़ा दिया कि आपका बेटा अपनी पसन्द से शादी करेगा और भारत वापस नहीं आयेगा और हाँ, यह भी कहा कि अंशुमन के लिए लम्बी लड़की चाहिए क्योंकि वह बहुत लम्बा है। अरे! यह भी कोई बात हुई? लड़की की लम्बाई देखोगे या बेटे की तरक्क़ी? अरविन्द बेटा, अगर यह रिश्ता हो जाता तो आपका अंशुमन आज जिस कम्पनी में मातहत है ऐसी दो-चार कम्पनियों का मालिक बना दिया जाता।'' ससुर जी के धाराप्रवाह भाषण को किसी प्रकार रोककर अरविन्द ने बताना चाहा कि शादी का फ़ैसला अंशु ख़ुद ही लेगा और वह इसमें कुछ

नहीं कर सकते हैं। इस पर स्वयं प्रकाश ग़रज़कर बोले, ''उस गधे को समझाइये की शादी-ब्याह के फ़ैसले अपना फ़ायदा देखकर किये जाते हैं इसमें लड़की की लम्बाई और ख़ूबसूरती नहीं बल्कि उसके बाप की हैसियत देखी जाती है। बरख़ुरदार मेरी बात गाँठ बाँध लीजिये अगर आप लोगों का यही हाल रहा तो अंशुमन की शादी कभी नहीं हो पायेगी।'' अपना उपदेश सुनाकर ससुर जी ने तो फ़ोन काट दिया लेकिन दामाद जी की परेशानी बढ़ गयी। 'जैसी बेटी वैसा ही बाप' दूसरों की तो बात सुनना इन लोगों ने सीखा ही नहीं है। मेरी समस्या तो वहीं-की-वहीं रह गयी, कैसे श्रीमती जी की फ़ज़ूलख़र्ची को रोकूँ। अपनी परेशानी में उलझे वर्मा जी को देखकर सुदीप वहाँ आया और पापा से उनकी परेशानी की वजह पूछने लगा तो अरविन्द ने गहरी साँस लेते हुए उसके नाना जी का क़िस्सा बयान कर दिया। सुदीप ने पापा को इन बातों पर ध्यान न देने की सलाह देते हुए बताया कि अंशु भइया इस समय स्कायप पर अपना घर दिखा रहे हैं। वर्मा जी ने अपनी गर्दन घुमाकर एक नज़र उधर डाली और फिर अंशुमन से बोले, ''वाह बेटा, सब-कुछ बहुत सुन्दर है। अब ज़रा तुम हमारे घर का भी हाल देख लो।'' फिर उन्होंने जगह-जगह पड़े मरम्मत के सामान और तोड़-फोड़ के नज़ारे बेटे को दिखाने शुरू किये तो अंशुमन ने इस तोड़-फोड़ की वजह जाननी चाही जिस पर वर्मा जी ने बताया कि यह सब उसकी शादी करवाने के लिए किया जा रहा है तो अंशु ने पूछा, ''पापा, मेरी शादी का इन सब चीज़ों से क्या सम्बन्ध है?'' वर्मा जी ने मन की सारी खीज शब्दों में उँड़ेलते हुए जवाब दिया, ''मेरे लाल, तुम्हारी माताश्री अपने ढोंगी बाबा जी के कहने पर मेरा मूँड़न करवा रही हैं।'' अब तो सुदीप ने भी नमक-मिर्च लगाकर सारा क़िस्सा सुनाते हुए कहा, ''भैया, आपकी शादी के चक्कर में ड्यूक सहित पूरे परिवार ने उपवास भी रखा और पापा बेचारे हवन के घी पर फिसल भी गये थे। इतना ही नहीं भैया, अब तो घर में रोज़ कीर्त्तन भी होता है। क्या बताऊँ भैया, आपकी शादी के चक्कर में कितना अत्याचार झेल रहे हैं हम लोग।'' सुदीप की बात सुनकर उसको तो अंशुमन ने हँसकर टाल दिया लेकिन अन्दर-ही-अन्दर परेशान हो गया, ''आख़िर मम्मी क्यों यह सब ढोंग करवाती रहती हैं! मैं जिस हाल में हूँ ख़ुश हूँ। अच्छा ही है कि मेरी ज़िन्दगी में किसी की दख़लन्दाज़ी नहीं है। आराम से अकेले ज़िन्दगी गुज़ार रहा हूँ।'' लेकिन दूसरे ही पल दिल ने दिमाग़ को एक परे करके कहा, ''और इस ख़ालीपन का क्या? यह सूना घर, अकेले गुज़रते रात-दिन...क्या ऐसी ही ज़िन्दगी की कल्पना की थी?'' तभी उसके फ़ोन की घण्टी बजी, उसके दोस्त मयंक का फ़ोन था और वह अगली छुट्टी में डिज़्नीलैण्ड चलने का आग्रह कर रहा था। मयंक ने कहा, ''वर्मा, चल यार, मज़ा आयेगा। आकाश भी अपनी फ़ेमिली के साथ चल रहा है, तू चलेगा तो बच्चों को भी अच्छा लगेगा।'' पता नहीं क्यों मयंक की बात सुनकर अंशुमन चिढ़ गया, ''मझे क्या बेबी सिटर समझ रखा है? बच्चों को अच्छा

लगेगा...माय फूट।'' मयंक ने फिर से साथ चलने का आग्रह किया तो अंशुमन ने उसे ऑफ़िस में काम ज़्यादा होने का बहाना करके टाल दिया और फ़ोन काट दिया लेकिन उसका दिमाग़ फिर से अपने अकेलेपन के जाल में उलझकर रह गया। ''सभी लोग अपने परिवारों के साथ छुट्टी बिताते हैं और मैं या तो अपने-जैसे कुछ तनहा लोगों के साथ किसी बार में बैठकर शामें गुज़ार देता हूँ या फिर अपने दोस्तों के बच्चों को कम्पनी देने के लिए ले जाया जाता हूँ। शायद मम्मी ठीक ही कहती हैं, मुझे शादी कर लेनी चाहिए, लेकिन कैसे...कहाँ से लाऊँ एक पर्फ़ेक्ट जीवन साथी।'' अपने मन की इस उलझन का कोई हल न सूझने पर उसने अपना लैपटॉप सोफ़े पर पटका और घर से बाहर निकल गया।

●

अपने ऑफ़िस के लिए घर से निकलते समय अनुष्का ने माँ के गले में हाथ डालकर बड़े प्यार से 'बाय' किया तो श्रीमती मधु कपूर ने बेटी को ऊपर से नीचे तक देखते हुए पूछा, ''क्या बात है, मेरे ऊपर इतना सारा प्यार क्यों आ रहा है?'' अनुष्का ने माँ की बात सुनकर बुरा-सा मुँह बनाते हुए कहा कि वह तो हमेशा ऐसे ही अपनी माँ को प्यार से बाय करती है। लेकिन मधु जी ने बेटी की बात को नकारते हुए कहा कि ''यहवाला प्यार कोई मतलब होने पर ही उमड़ता है। अब साफ़ बोल दे क्या बात है?'' माँ की बात सुनकर अनुष्का हँस पड़ी और बोली, ''मम्मा, आज रात को मुझे आने में देर हो जायेगी और हाँ खाने पर मेरा इन्तज़ार मत करना। मैं डिनर करके आऊँगी।'' मधु जी ने बेटी को अपनी नज़रों से तौलते हुए पूछा, ''आज फिर उस लफ़ंगे के साथ जा रही है न? देख ग़ज़ल, बहुत हो गया। अब उस लड़के के साथ घूमना-फिरना बन्द कर दे वरना मुझे तेरा ब्याह अपनी मर्ज़ी से करवा देना है।'' अनुष्का ने इस तरह से सुदीप को लफ़ंगा कहकर उसकी बेइज़्ज़ती करने के लिए अपनी माँ को टोकते हुए कहा कि सुदीप एक अच्छे परिवार का लड़का है और वह उसको पसन्द करती है। इसलिए किसी और के साथ उसकी शादी करवाने की बात उनको सोचनी भी नहीं चाहिए। अपनी बात कहकर अनुष्का तेज़ी से बाहर निकल गयी और मिसिज़ कपूर बेटी की खीज अपने पति पर उतारने के इरादे से ड्राइंग-रूम में पहुँची तो कपूर साहब को क्रिकेट मैच देखने में तल्लीन पाकर उनका क्रोध चरम सीमा पर पहुँच गया। आव देखा न ताव, रिमोट उठाकर टीवी बन्द किया और सोफ़े पर आसन जमाते हुए कपूर साहब से बोलीं, ''कपूर साब, कभी इस टीवी को छोड़कर अपनी बीवी का दुःख-दर्द

भी सुन लिया करो जी।'' सुरेन्दर कपूर ने फ़ौरन पत्नी की तरफ़ रुख़ करते हुए बेहद अपनेपन से कहा, ''अजी कैसी बात करती हैं मधु जी, हम तो आपके सारे रंजोग़म अपने सीने में समेटने को तैयार बैठे हैं, हुक्म तो कीजिये।'' मिसिज़ कपूर ने पति के शायराना मूड पर ठण्डे छींटे मारते हुए कहा, ''हर वक़्त जगजीत सिंह बनने की ज़रूरत नहीं है। कभी इस शायराना तबीयत के जामे से बाहर निकलकर हक़ीक़त की ज़मीन पर भी क़दम रख लिया करिये।'' कपूर साहब ने पत्नी की बात की दाद देते हुए उनसे अपनी परेशानी बयान करने को कहा तो मधु कपूर तमककर बोलीं, ''अपनी बेटी को ज़रा कसिये कपूर साब, हाथ से बेहाथ हो रही है आपकी लाड़ली।''

सुरेन्दर कपूर ने हैरानी से पूछा, ''क्यों, मेरी लाड़ली ने क्या कर दिया मधु जी?'' मधु जी ने बताया कि वह रात को देर से आने को कह गयी है और मधु जी को उसका इस तरह देर तक बाहर रहना बिलकुल पसन्द नहीं है। सुरेन्दर जी ने पत्नी को जब बेटी के काम से जुड़ी व्यस्तता को देर से घर आने का कारण बताते हुए समझाना चाहा तो पत्नी जी ने बताया कि बेटी दफ़्तर के काम से नहीं बल्कि अपने उसी दोस्त के साथ डिनर-शिनर करने के प्रोग्राम की वजह से देर से आयेगी। ''पता नहीं उस लड़के ने ग़ज़ल पर कौन-सी जादू की छड़ी घुमायी है कि जब देखो तब सुदीप-सुदीप की रट लगाये रहती है। मैं आपसे कह रही हूँ कपूर साब, अब जल्दी से कोई चंगा-मुण्डा देखकर इसका ब्याह करवा दीजिये नहीं तो कुड़ी हाथ से निकल जानी है।'' कपूर साहब ने बेटी का पक्ष लेते हुए सुदीप की तारीफ़ों के पुल बाँधने शुरू कर दिये, ''मुझे समझ नहीं आता है मधु जी, कि आप उस बेचारे लड़के से इतनी ख़फ़ा क्यों रहती हैं? अच्छे ख़ानदान का कमाऊ लड़का है हमारे साथ इज़्ज़त से पेश आता है और सबसे बड़ी बात यह है, कि ग़ज़ल पर जान छिड़कता है। आप मुझे बताइये क्या कमी है सुदीप में?''

पति की बात का विरोध करते हुए मधु जी ने तेज़ आवाज़ में जवाब दिया, ''सबसे बड़ी कमी यह है कि मुण्डा पंजाबी नहीं है। इसीलिए ग़ज़ल का उसके साथ घूमना-फिरना मुझे पसन्द नहीं है। आपसे तो कोई कुछ नहीं बोलता है लेकिन मुझको तो दुनिया को जवाब देना होता है, अब आप ही बताओ मैं किस-किस को सफ़ाई देती फिरूँ?'' सुरेन्दर कपूर ने बहुत ही शान्त मगर ठहरी हुई आवाज़ में अपनी श्रीमती जी से कहा, ''मधु जी, मुझे दुनिया की दख़लन्दाज़ी से नहीं बल्कि अपनी बेटी की ख़ुशी से मतलब है। ग़ज़ल अगर सुदीप से शादी करना चाहती है तो वही होगा और रही बात बिरादरी और ग़ैर-बिरादरी की तो मैं इन दक़ियानूसी बातों में यक़ीन नहीं करता हूँ।'' मिसिज़ कपूर आयी तो थीं पति को समझाने लेकिन उनका रुख़ देखा तो वह आपे से बाहर होकर बोलीं, ''अगर वह अच्छा लड़का वाक़ई ग़ज़ल से ब्याह करना चाहता है तो अभी तक बोला क्यों नहीं है?'' मैंने तो एक बार शादी की बात की भी थी तो बोला, ''आण्टी जी, पहले अपने पैरों पर खड़ा हो जाऊँ तब सोचूँगा।'' अरे, अब

तो अच्छी नौकरी में है फिर भी ब्याह की बात नहीं कर रहा है! ऐसे अपनी ग़ज़ल तो बदनाम हो जायेगी न!

पत्नी की बात सुनकर कपूर साहब को सुदीप की अच्छाइयाँ गिनवाने का और भी अच्छा मौक़ा मिल गया, "वाह वाह, कितना नेक बन्दा है, देखिये इतने बड़े वकील का बेटा है फिर भी अपने पैरों पर खड़ा होना चाहता है इससे बढ़कर और क्या अच्छाई चाहिए लड़के में?" पति का झुकाव अपने विरोध में देखकर मधु कपूर ने पति परमेश्वर को अल्टीमेटम देते हुए कहा कि आज रात में जब सुदीप ग़ज़ल को घर छोड़ने आयेगा तब कपूर साहब उससे शादी की बात करेंगे और अगर उसकी तरफ़ से कोई ढील-ढाल होती है तो फिर मधु जी अपनी पसन्द से बेटी का रिश्ता करवाकर ही दम लेंगी। जब कपूर जी ने बात को टालने की कोशिश करनी चाही तो मधु जी ने उनको हाथ पकड़कर उठाया और घर के बाहर बरामदे में बैठाकर दिन-भर वहीं बैठकर सुदीप का इन्तज़ार करने को कहा और ख़ुद अन्दर चली गयीं। बेचारे सुरेन्दर जी ने मजबूर होकर जेब से मोबाइल निकालकर बेटी को फ़ोन मिलाया और घर के बढ़े हुए तापमान का हवाला देते हुए तुरन्त सुदीप से शादी के बारे में बात करने को कहा। पापा की बात सुनकर अनुष्का सोच में पड़ गयी। "सुदीप से कैसे कहूँ कि मेरी मम्मा को हमारा साथ घूमना-फिरना पसन्द नहीं है।" अनुष्का को गुमसुम देखकर सुदीप ने उसकी इस चुप्पी का कारण पूछा तो अनुष्का ने दबी ज़बान से कहा, "अभी पापा का फ़ोन आया था। वह कह रहे थे कि मेरी मम्मा ने हमारी 'रिलेशनशिप' को लेकर काफ़ी हंगामा किया है और कहा है कि अगर तुम अपने घर पर हमारी शादी की बात नहीं करोगे तो वह मेरा रिश्ता अपनी पसन्द से किसी और के साथ करवा देंगी।" इस बेवक़्त के धमाके से घबराकर सुदीप ने अपनी समस्या बताते हुए कहा कि उसकी मम्मी अंशु भैया से पहले उसकी शादी करवाने के लिए कभी राज़ी नहीं होंगी।

अनुष्का ने भी अपनी परेशानी बताते हुए कहा कि उसकी मम्मा बहुत ज़िद्दी हैं। अगर सुदीप ने अपने घर में बात नहीं की तो उसकी माँ किसी भी कार्टून के साथ अनुष्का की शादी करवा देंगी। हारकर सुदीप ने अनुष्का को तो अपनी माताश्री से बात करने का आश्वासन दे दिया लेकिन मम्मी से बात करने की हिम्मत जुटाना उसके वश की बात नहीं थी इसलिए रात में ग़ज़ल को उसके घर पर छोड़ने के बाद रास्ते से ही उसने अपने पापा को फ़ोन करके सूरते हाल का ब्यौरा देकर मदद की माँग की तो वर्मा जी भी सोच में पड़ गये। शेरनी के मुँह में हाथ कौन डाले यह बहुत बड़ा सवाल था। वकील साहब का शातिर दिमाग़ भी बीवी के सामने छोटे बेटे की शादी पहले करवाने की बात रखने की कोई वज़नदार वजह नहीं सोच पा रहा था। सारी रात उधेड़बुन में निकली लेकिन सुबह का सूरज उम्मीद की किरण लेकर उगा। रत्ना ने जब बातों-बातों में कहा कि आज शाम को उसे बाल शिक्षा केन्द्र के वार्षिक कार्यक्रम में

मुख्य अतिथि के रूप में भाषण देना है और पुरस्कार वितरण करना है तो वर्मा जी को रत्ना और अनुष्का की मुलाक़ात करवाने का ज़रिया मिल गया।

अगली सुबह नाश्ते की मेज़ पर सुदीप का उतरा हुआ चेहरा देखकर अरविन्द ने धीरे से उसके कान में फुसफुसाते हुए कहा, ''बेटा, घबराओ मत, आज शाम को ही तुम्हारा काम हो जायेगा, बस तुमको और अनुष्का को बाल शिक्षा केन्द्र के वार्षिक कार्यक्रम में जाना पड़ेगा।'' सुदीप ने जब वर्मा जी को बताया कि अनुष्का को टीवी कवरेज के लिए आज वहीं जाना है तो उन्होंने सुदीप को भी उसके साथ जाने की सलाह देते हुए कहा कि कार्यक्रम ख़त्म होने के बाद मौक़ा देखकर सुदीप अपनी माँ से अनुष्का को मिलवा देगा तो बाद में अरविन्द इस रिश्ते के लिए रत्ना को राज़ी कर लेंगे। अपने पापा की योजना सुनकर, सुदीप को इत्मीनान हो गया और दफ़्तर पहुँचते ही उसने यह सूचना अनुष्का को भी दे दी।

बाल शिक्षा केन्द्र के कार्यक्रम की कवरेज करने के बाद सुदीप अनुष्का और अपनी यूनिट के बाक़ी लोगों को रत्ना से मिलवाने ले गया तो रत्ना की आँखें तो जैसे अनुष्का पर टिककर रह गयीं और जब सुदीप ने उसका परिचय अपनी माँ से करवाया तो रत्ना ने बड़े प्यार से उसको घर आने की दावत भी दे डाली। अपनी मम्मी का रुख़ देखकर सुदीप ने चैन की साँस ली और इत्मीनान से अपने दफ़्तर वापस गया। दूसरी तरफ़ अरविन्द जी के लिए एक-एक पल काटना भारी हो रहा था। वह अनुष्का से मिलने के बाद हुई रत्ना की प्रतिक्रिया को जानने के लिए बेचैन हो रहे थे। तभी रत्ना आती हुई दिखायी दी तो वर्मा जी ऐसी जगह पर आकर बैठ गये कि कमरे के अन्दर घुसते ही रत्ना की नज़र उन पर पड़े और वह अनुष्का के बारे में उनसे बात शुरू कर सकें। मगर अन्दर आकर रत्ना हाथों में पकड़े हुए गुलदस्ते कमरे में सजाने लगी और अरविन्द से बात तक नहीं की तो उनसे नहीं रहा गया और शिक्षा केन्द्र के कार्यक्रम की बात छेड़ते हुए पत्नी से पूछा कि कार्यक्रम की टीवी कवरेज हुई या नहीं? तीर निशाने पर बैठा और श्रीमती जी ने तुरन्त बताया कि टीवी यूनिट के साथ सुदीप ख़ुद आया था और उसके साथ एक बहुत प्यारी-सी लड़की भी आयी थी। वर्मा जी ने पत्नी के सामने ऐसे ज़ाहिर किया जैसे किसी लड़की का सुदीप के साथ वहाँ आना कोई ख़ास बात नहीं है। ''हाँ! आजकल तो लड़कियाँ सब जगह काम करती हैं।'' पति की नासमझी पर अफ़सोस जताते हुए रत्ना ने बताया कि लड़की बहुत ही सुन्दर, सुशील और मिलनसार थी। ''मेरी तो तबीयत ख़ुश हो गयी उससे मिलकर...नाम भी कितना प्यारा था...अनुष्का। एकदम अंशु के साथ मैच करनेवाला नाम है। मैंने तो सोच लिया है, किसी दिन सुदीप के साथ अनुष्का के घर जाकर अंशु और उसके रिश्ते की बात करके आऊँगी।'' रत्ना की बात सुनते ही वर्मा जी के हाथों के तोते उड़ गये। यह क्या हो गया, मेरी चाल मुझी पर भारी पड़ गयी!

उन्होंने हिम्मत बटोरकर तुरन्त बीवी के ख़याली घोड़ों की लगाम को कसते हुए कहा, "अरे वाह सुदीप को अपने भाई की इतनी चिन्ता है कि तुमको उसने अंशु के लिए लड़की दिखायी! फिर तो सुदीप ने तुमसे यह भी कहा होगा कि वह उस लड़की को अपनी भाभी बनाना चाहता है! वाह! कितना सीधा और अच्छा बच्चा है हमारा सुदीप।" रत्ना ने पति की मन्द बुद्धि पर तरस खाते हुए बताया कि सुदीप ने ऐसा कुछ नहीं कहा था, रत्ना ने अपनी इच्छा से इस रिश्ते की बात सोची है। अब वर्मा जी की बारी थी पत्नी की अक़्ल पर तरस खाने की और उन्होंने ऐसा ही किया, अपने सर पर दोनों हाथ रखकर ऐसे दिखाया जैसे उनके सामने रत्ना नहीं बल्कि कोई बहुत ही मूर्ख व्यक्ति खड़ा हो और फिर अपने उद्गार प्रकट करते हुए बोले, "अरे देवी जी, ज़रा सोचिये! कोई लड़का अपनी माँ को किसी लड़की से कब मिलवाता है?..." पति की बात सुनकर रत्ना ऐसे चौंकी जैसे उसे बिजली का ज़बरदस्त झटका लग गया हो। "नहीं...नहीं! ऐसा नहीं हो सकता। सुदीप भला कैसे अपने लिये किसी लड़की को पसन्द कर सकता है वह तो अभी छोटा है।" अरविन्द ने पत्नी को याद दिलाना चाहा कि सुदीप बच्चा नहीं है, वह अंशुमन से सिर्फ़ तीन साल छोटा है और उसकी भी शादी लायक़ उम्र हो गयी है। लेकिन रत्ना ने इस बात को नकारते हुए कहा, "नहीं, अंशु से पहले सुदीप की शादी हरगिज़ नहीं हो सकती है। अरे दुनियावाले न जाने क्या-क्या बातें बनायेंगे कि हमारे अंशु में कोई कमी है इसीलिए हमने छोटे बेटे की शादी करवा दी।"

पत्नी की मूर्खतापूर्ण दलील से खीजकर वर्मा जी ने पूछा कि अगर सुदीप की जगह उनकी बेटी होती तो उसकी शादी भी क्या अंशुमन के कारण रोक दी जाती? जब रत्ना ने कोई जवाब नहीं दिया तो अरविन्द का हौसला थोड़ा बढ़ गया और उन्होंने इत्मीनान से पत्नी को अक़्ल की ख़ुराक पिलानी शुरू की। "रत्ना, दुनिया क्या कहेगी और क्या नहीं इसमें अपना दिमाग़ उलझाने से अच्छा है कि अपने बेटे की ख़ुशी के बारे में सोचो, उसकी ज़िन्दगी बर्बाद मत करो। तुम क्या समझती हो? अंशु तुम्हारी बात मानकर सुदीप की प्रेमिका से शादी करने को राज़ी हो जायेगा? मेरी बात मानो और सुदीप से पूछो कि वह क्या चाहता है और अगर वह शादी के लिए हाँ करता है तो हम लोग कल ही लड़की के यहाँ जाकर यह रिश्ता पक्का करके आयेंगे।" शायद जीवन में पहली बार रत्ना को अपनी ग़लती का एहसास हुआ और उसने वर्मा जी की बात से अपनी सहमति जताते हुए सुदीप से बात करने का वायदा किया। वर्मा जी को भी आज पहली बार पत्नी को बातों में हराने का सुख प्राप्त हुआ, साथ ही, सुदीप के जीवन में आनेवाली ख़ुशी की कल्पना करके उन्होंने चैन की साँस ली और फिर यह शुभ समाचार अम्माँ को सुनाने के लिए उनके कमरे की तरफ़ चल दिये। रात को खाना खाते समय अम्माँ ने पोते को छेड़ते हुए पूछा, "अरे छोटे, सुना है तूने अपनी माँ को किसी लड़की से

मिलवाया है, बेटा, हमें भी दिखला दो कौन-सी लड़की है।'' सुदीप दादी की बात सुनकर झेंप गया और रत्ना सकपका गयी कि अम्माँ को इस बात की ख़बर कैसे मिली। वर्मा जी ने तुरन्त मोर्चा सम्हालते हुए अम्माँ से कहा कि मिलना-मिलाना क्या, कल चलकर शादी की बात पक्की ही कर देंगे। इस ख़बर से घर में सभी ख़ुश थे और अगले दिन अनुष्का के माता-पिता से मिलकर और सुदीप का रिश्ता पक्का करके तो ख़ुशी में चार चाँद लग गये थे मगर अंशुमन की शादी पहले न हो पाने की कसक रह-रहकर रत्ना को कचोट रही थी। आख़िर उससे नहीं रहा गया और अपना दर्द उसने अरविन्द के सामने ज़ाहिर कर ही दिया, ''मैं सोच रही थी कि अंशु को इस बात का बुरा तो नहीं लगा है कि हमने सुदीप की शादी उससे पहले तय कर दी है।'' वर्मा जी के आश्वासन देने पर भी जब रत्ना को तसल्ली नहीं हुई तो उन्होंने अंशुमन का नम्बर मिलाकर फ़ोन पत्नी को पकड़ाकर बेटे से बात करने को कहा।

अंशु ने माँ को बताया कि वह सुदीप की शादी का समाचार सुनकर बहुत ख़ुश है और रत्ना को अंशु के विवाह को लेकर परेशान होने की कोई ज़रूरत नहीं है। लेकिन रत्ना जब तक अपने उपदेशों का ख़जाना बेटे के साथ बाँट न ले तब तक उसको चैन कहाँ? इसलिए उसने बेटे को लम्बी छुट्टी लेकर भारत आने को कहा और समझाया कि यहाँ वह अंशुमन को एक-से-एक अच्छी लड़कियाँ दिखायेगी तो उसको ज़रूर कोई लड़की पसन्द आ ही जायेगी। अपनी माँ की वही पुरानी राम धुन सुन-सुनकर परेशान अंशुमन ने अपनी माँ को आश्वासन दिया कि वह जल्दी ही शादी करके उसको ख़बर कर देगा। बेटे की बात से घबराकर रत्ना ने पूछा, ''बेटा, क्या फिर कोई फ़िरंगिन मिल गयी है?'' यह सुनते ही अंशु ने फ़ोन काट दिया तो रत्ना और परेशान हो गयी और दोबारा फ़ोन मिलाने लगी तो वर्मा जी ने रोक दिया। उस समय तो वह मन मसोसकर रह गयी लेकिन देर रात में मन नहीं माना और उसने बेटे को फ़ोन मिला ही दिया। अंशुमन ने भी माँ के पूछने से पहले ही बता दिया कि उसको कोई फ़िरंगिन नहीं मिली है इसलिए मम्मी कोई टेन्शन न लें। अंशु के जवाब से तसल्ली हो जाने पर रत्ना ने सुदीप की शादी के बारे में बताते हुए कहा कि शादी की तारीख़ अक्टूबर में निकलवाने का विचार है क्योंकि उस समय मौसम भी अच्छा होगा और दिल्ली में शादियों का ज़्यादा ज़ोर न होने से शादी के लिए होटल वगैरह आराम से मिल जायेंगे। फिर रत्ना ने बेटे को ज़्यादा दिनों की छुट्टी लेकर आने को कहा और अंशु के हाँ कहने पर फ़ोन रखकर यह योजनाएँ बनाने में जुट गयी कि सुदीप की शादी के मौक़े पर कैसे और कहाँ अंशु को लड़कियाँ दिखायी जायेंगी। बेटे से बात करके यूँ तो रत्ना के मन का बोझ हलका हो गया था लेकिन फिर भी माँ की ममता रह-रहकर अपने बड़े बेटे के अकेलेपन के बारे में सोचकर तड़प उठती थी और वह भगवान् को मिठाइयों और दक्षिणा का लालच देकर पटाने की कोशिश में जुट जाती थी।

●

अंशुमन अपने भाई की शादी के समाचार से उत्साहित होकर सुदीप और अनुष्का के लिए ढेर-सारे उपहार ख़रीदकर वापस लौटा तो कार पार्किंग में उसका दोस्त वैभव मिल गया और अंशु को गाड़ी में से बहुत-सारे थैले निकालते देख उससे इतनी सारी ख़रीदारी करने की वजह पूछने लगा। जब अंशु ने सुदीप की शादी की ख़बर उसको सुनायी तो वैभव हँसकर बोला, "लगता है आण्टी ने तुम्हारी शादी की उम्मीद छोड़ दी है तभी सुदीप की शादी करवा रही हैं।" अपने दोस्त की बात सुनकर अंशु ने गहरी साँस भरते हुए कहा कि, "काश! ऐसा ही हो और उसकी मम्मी अब रोज़-रोज़ इस बात को लेकर उसको परेशान करना छोड़ दें।"

वैभव और अंशुमन बहुत अच्छे दोस्त ही नहीं बल्कि पड़ोसी भी हैं। अपने परिवारों से हज़ारों मील दूर रहते हुए एक-दूसरे का साथ और अपनापन ही इन लोगों का सहारा है। वैभव की पत्नी लिपिका अंशु को अपना भाई मानती है और अक्सर ही उसको अपने घर पर खाने के लिए बुलाती रहती है। कहने का मतलब यह है कि दोनों दोस्तों के बीच दाँत काटी रोटी है। सामान उठाकर लिफ़्ट की तरफ़ जाते हुए वैभव ने बताया कि आज लिपिका ने फ़िश फ्राई बनायी है और अंशुमन को खाने के लिए बुलाया है इसलिए सामान अपने घर पर रखकर वह जल्दी से वैभव के घर आ जाये। कुछ देर के बाद वैभव के घर पर उसके साथ बैठकर कॉफ़ी और फ़िश फ्राई का मज़ा लेते हुए वैभव के पूछने पर जब अंशुमन ने बताया कि सुदीप की शादी अक्टूबर में है और वह एकाध दिन में भारत जाने के लिए अपने टिकट करवानेवाला है तो वैभव ने कहा, "दोस्त, मेरी बात मानकर अब तू भी सेटल हो जा यार।" वैभव अपना प्रवचन शुरू न कर दे इसलिए अंशुमन उसके पास से उठकर बालकनी में आ गया लेकिन वैभव ने पीछा नहीं छोड़ा तो अंशु ने अपनी सहायता के लिए अपनी मुँहबोली बहन को पुकारा जिसे सुनकर लिपिका तुरन्त आ पहुँची और हँसते हुए बोली, "माफ़ करना अंशु, आज मैं तुम्हारा नहीं बल्कि अपने प्यारे पति का साथ दूँगी क्योंकि फ़िश फ्राई तुम्हें यूँ ही नहीं खिलायी है इसके बदले में तुमसे कुछ पूछ-ताछ करनी है।" लिपिका की बात सुनकर अंशुमन उठकर अपने घर जाने लगा तो लिपिका ने उससे कहा कि उसका इरादा अंशु को परेशान करने का नहीं है, वह सिर्फ़ यह जानना चाहती है कि आख़िर क्यों वह शादी का नाम सुनकर बेचैन और मायूस हो जाता है। लिपिका की बात सुनकर अंशुमन थोड़ा तैश में आकर सोफ़े पर बैठते हुए बोला, "तुम जानना चाहती हो न कि मैं शादी क्यों नहीं करना चाहता हूँ तो सुनो...तुम लोग भी जानते हो कि आजकल शादी का रिश्ता एक मज़ाक बनकर रह गया है। अपने दोस्तों को ही देख

लो, कितने लोग शादी के बाद सुखी हैं? या तो अपनी शादी को एक बोझ की तरह ढो रहे हैं या फिर तलाक़ देकर अलग हो रहे हैं और मैं ऐसा कुछ भी नहीं करना चाहता हूँ। ख़ास तौर से तलाक़ के झमेले में फँसकर अपनी सारी कमाई को एक झटके में गँवाना नहीं चाहता हूँ।'' वैभव ने अपने दोस्त के मन के इस डर को निकालने के इरादे से उसको अपना और लिपिका का उदाहरण देकर समझाया कि ज़रूरी नहीं होता है कि हर एक की ज़िन्दगी में ऐसी परेशानी आये। ''अंशुमन तुम एक सुलझे हुए इन्सान हो और मुझे पूरा यक़ीन है कि तुम्हारी अपनी पत्नी के साथ अच्छी निभेगी। यह तलाक़ का फ़ज़ूल का डर अपने दिमाग़ से निकाल दो।'' अंशुमन ने कोई जवाब नहीं दिया तो लिपिका ने उससे पूछा कि जूली इतने समय तक अंशुमन के साथ रहने के बाद अचानक उसको छोड़कर क्यों चली गयी?

लिपिका के इस सवाल को सुनकर अंशुमन के चेहरे पर एक अनचाहा दर्द झलकने लगा तो लिपिका ने उससे माफ़ी माँगते हुए कहा कि, ''वह अंशुमन को अपने सवालों से दुःखी नहीं करना चाहती है बल्कि उसकी पीड़ा को बाँटकर उसका मन हलका करना चाहती है और अगर वह नहीं बताना चाहता है तो कोई बात नहीं...'' अंशुमन ने लिपिका को बीच में रोकते हुए कहा, ''इट्स ओके लिपिका, मैं ठीक हूँ। बस यूँ ही जूली की याद आ गयी थी। मैं उसको बहुत प्यार करता था, उसके साथ ज़िन्दगी गुज़ारने का सपना देखता था... मगर मुझे क्या पता था कि वह मेरे साथ सिर्फ़ टाइम पास कर रही थी। असल में उसको रहने की जगह चाहिए थी और इसीलिए उसने मुझसे दोस्ती की थी। मैं ही बेवकूफ़ था जो उसे प्यार समझ बैठा। जानती हो लिपिका, जब मैंने उसे प्रोपोज़ किया तो उसने क्या कहा था? उसने मुझसे कहा, ''स्टॉप डे ड्रीमिंग यू इण्डियन, आई डोण्ट लव यू'' और उसी वक़्त मेरा सपना टूट गया और मैंने उसको अपने घर से और अपनी ज़िन्दगी से चले जाने को कह दिया।'' बात करते हुए अंशुमन का गला भर आया और वह चुप हो गया तो वैभव ने माहौल को हलका करने के लिए हँसकर कहा, ''अरे यार मैं तो कहता हूँ बहुत अच्छा हुआ कि वह चीनी अध्याय ख़त्म हुआ वरना बड़ी प्रॉब्लम हो जाती।'' लिपिका ने कुछ न समझने के अन्दाज़ से पति की तरफ़ देखा तो वैभव बोला, ''यार एक तो चीनी माल की कोई गारण्टी नहीं होती है और दूसरी बात यह कि आगे चलकर जूली को काफ़ी परेशानी का सामना करना पड़ता। जब भारतीय व्रत और त्योहारों की कथाएँ सुनने और सुनाने का वक़्त आता उस समय वह क्या करती? चाइना में सब-कुछ बनता है लेकिन अभी तक उन लोगों ने हमारे तीज-त्योहारों की किताबें चीनी भाषा में नहीं छापी हैं। अब सोच लो वह जूली बेचारी कितनी परेशान हो जाती?'' वैभव की बात सुनकर लिपिका ज़ोर से हँस पड़ी लेकिन अंशु ने कोई प्रतिक्रिया नहीं दिखायी तो लिपिका ने उसके कन्धे पर हाथ मारते हुए कहा, ''अंशुमन, मुझे मालूम है कि यहाँ बे एरिया में ऐसी कई भारतीय लड़कियाँ

हैं जो तुमको पसन्द करती हैं और तुमसे शादी भी करना चाहती हैं, लेकिन तुम उन लोगों की तरफ़ ध्यान ही नहीं देते हो। मेरें कहने से ज़रा उन पर ध्यान दो तो उन्हीं में से तुम्हें तुम्हारी 'ड्रीम लाइफ़ पार्टनर' ज़रूर मिल जायेगी।'' अंशुमन ने हँसकर लिपिका की बात को टाल दिया तो वैभव ने भी अपने दोस्त को इस अकेलेपन से बाहर निकलने की सलाह दे डाली तब अंशुमन का उखड़ा हुआ मूड देखकर लिपिका ने कहा, ''अब तुम लोग सारा टेन्शन छोड़ दो क्योंकि अब मैं अपने भाई के लिए प्यारी-सी दुल्हन ढूँढ़कर लाऊँगी।''

लिपिका की बात से खीजकर अंशु ने उससे कहा कि वह उसकी माँ की तरह बर्ताव करना बन्द करे वरना वह लिपिका के घर आना ही छोड़ देगा। लेकिन लिपिका ने उसकी बात पर कान न देकर अपनी ही बात कहनी जारी रखते हुए अंशुमन को आदेश दिया कि वह लिपिका की पसन्द की लड़की से मिलने आज शाम को सात बजे उन लोगों के साथ लिवरमोर के मन्दिर में जायेगा। लिपिका की बात पर वैभव और अंशुमन ने लगभग एक साथ ही पूछा, ''अरे कौन-सी लड़की...कैसी लड़की...कुछ बताओ तो यार...'' तब लिपिका ने बताया कि लड़की का नाम चन्दना है और वह लास अन्जेलस में एक फैशन स्टोर में काम करती है और जल्दी ही अपना फैशन ब्राण्ड शुरू करनेवाली है। आजकल वह लिवरमोर में अपने किसी रिश्तेदार के यहाँ आयी हुई है। वैभव अपनी बीवी के सामान्य ज्ञान से प्रभावित होकर पूछने लगा कि उसने लड़की के बारे में इतनी जानकारी कहाँ से और कैसे इकट्ठी की तब लिपिका ने बताया कि रत्ना आण्टी ने यह सारे डिटेल्स भेजकर कहा था कि अंशु को लड़की से जरूर मिलवा दिया जाये। इसलिए लिपिका ने चन्दना को ईमेल डाला और इस तरह आज मिलने की बात तय हुई।

लड़की से मन्दिर में मिलने की बात सुनकर अंशुमन को हँसी भी आ रही थी और कुछ अजीब-सा भी लग रहा था इसलिए उसने लिपिका से पूछा कि, ''तुम्हारी यह चन्दना कोई बूढ़ी माता जी तो नहीं हैं जो कॉफ़ी शॉप के बजाय मन्दिर में मिलना चाहती हैं। अंशु की बात का बुरा मानकर लिपिका ने कहा कि उसने इतनी मेहनत से चन्दना से अंशुमन को मिलवाने की योजना बनायी है और वह मज़ाक कर रहा है तब वैभव भी अपने दोस्त की सहायता के लिए सामने आकर बोला, ''लिपि, अंशु ठीक ही तो कह रहा है, आख़िर टेम्पल में मिलने की क्या ज़रूरत है?'' परेशान होकर लिपिका ने बताया कि चन्दना मन्दिर के पास ही किसी के यहाँ ठहरी हुई है इसीलिए मन्दिर में मिलने का प्लान बनाया गया है। अब वैभव ने लड़की से चलकर मिलने के लिए अंशुमन को मनाना शुरू कर दिया तो न चाहते हुए भी अपने दोस्त का दिल रखने के लिए वह चलने के लिए राज़ी हो गया। शाम को अंशु को लेकर मन्दिर जाने से पहले लिपिका ने रत्ना आण्टी को फ़ोन करके लड़की से मिलने जाने की बात बतायी तो आण्टी ने चैन की साँस ली और वापस लौटने पर विस्तृत रिपोर्ट देने की माँग की।

मन्दिर पहुँचकर लिपिका ने अंशुमन और वैभव से बाहर इन्तज़ार करने को कहा और स्वयं चन्दना को ढूँढ़ने अन्दर चली गयी। अब मौक़ा पाकर अंशुमन ने अपना सारा गुस्सा वैभव पर उतारना शुरू कर दिया तो वैभव ने कहा, ''यार, जब कोई गर्ल फ्रेण्ड न हो तो फिर इसी तरह लड़कियाँ देखनी पड़ती हैं।'' मित्र की बात से जला-भुना अंशुमन हाथ जोड़कर बोला, ''कितने महान् हैं आप और कितनी ऊँची सोच है आप लोगों की, तभी इतने पवित्र स्थान पर मुझे लेकर आये हैं। बेवकूफ़! आज तक एक भी स्मार्ट लड़की देखी है इस मन्दिर में? तुझे क्या लगता है मेरी पसन्द की लड़की यहाँ...मन्दिर में मिलेगी?'' वैभव कोई जवाब सोच ही रहा था कि तभी सामने से लिपिका किसी लड़की के साथ आती हुई नज़र आयी तो वैभव ने झट से कहा, ''अब ख़ुद ही देख ले तेरे स्टैण्डर्ड की है या नहीं?'' अंशुमन ने जवाब नहीं दिया लेकिन उसका ध्यान उस लड़की की तरफ़ ही था। तब तक वे दोनों पास आ गयीं और लिपिका ने चन्दना का इन दोनों से परिचय करवाया तो वैभव मन्दिर में दर्शन करने के बहाने से अपनी पत्नी को लेकर वहाँ से चला गया और अंशुमन ने ग़ौर से चन्दना पर नज़र घुमायी तो वह उसको अपने से उम्र में बड़ी लगी। तभी चन्दना ने अंशु का हाथ पकड़कर बड़े ही प्यार से उसको 'थैंक' करते हुए कहा, ''आपने आज मुझसे मिलकर मेरे टूटे हुए दिल और बिखरी हुई ज़िन्दगी को एक नयी दिशा दी है मिस्टर अंशुमन। मैंने तो सोचा भी नहीं था कि आप इतने हैण्डसम होंगे। वाक़ई मैं और मेरा बोंगू बहुत ही क़िस्मतवाले हैं जो आपने हम लोगों को अपनाने की बात सोची। बोंगू तो आपसे मिलकर बहुत ही ख़ुश होगा और अब उसको अपने बाबा की कमी महसूस नहीं होगी।'' चन्दना की बात सुनकर असमंजस में पड़े अंशुमन ने पूछ ही लिया कि बोंगू और बाबा कौन हैं? तब चन्दना ने बताया कि बोंगू उसका बेटा है। वह हमेशा अपने पिता के बारे में पूछता रहता है। यह बात सुनकर अंशुमन और भी दुविधा में पड़ गया। ''यानी बोंगू आपका गोद लिया हुआ बेटा है?'' अंशुमन के इस सवाल से चन्दना कुछ पलों के लिए सोच में पड़ गयी फिर बोली, ''नहीं अंशुमन, बोंगू मेरा अपना बेटा है। कॉलेज के दिनों में मुझे एक लड़के से प्यार हो गया था और हमने घरवालों से छिपाकर मन्दिर में शादी कर ली थी लेकिन उसकी माँ ने अपने बेटे के लिए एक बहुत अमीर घराने की लड़की पसन्द कर ली और प्रवीर भी अपनी माँ की बात मानकर मुझे छोड़ गया। मैं क्या करती? अपने छोटे-से बच्चे को कहीं फ़ेंक तो नहीं सकती थी इसलिए बोंगू को लेकर कोलकता से चेन्नई आ गयी और तीन साल पहले अमरीका आकर बस गयी। मैंने अपने बेटे को हर ख़ुशी देने की कोशिश की लेकिन वह हमेशा अपने पिता के बारे में ही पूछता रहता है, तब मैंने तय किया कि मैं शादी कर लूँगी ताकि मेरे बेटे को पिता का प्यार मिल सके। अब मुझे आप मिल गये हैं तो मेरे बेटे की ज़िन्दगी में कोई कमी नहीं रहेगी।''

चन्दना की बातें सुनकर अंशुमन के पैर काँपने लगे। उस महिला पर उसको तरस आ रहा था लेकिन वह इतना आदर्शवादी और महान् भी नहीं बन सकता है कि चन्दना का हाथ थाम सके। परेशान होकर वह वैभव और लिपिका को चारों तरफ़ आँखें घुमाकर देखने लगा तो चन्दना बोली, "आप शायद बोंगू को देख रहे हैं, लेकिन वह बाहर खेल रहा है। आप यहीं रुकिये मैं उसको बुलाकर लाती हूँ।" चन्दना जाने लगी तो अंशुमन ने उसे रोककर उसकी ग़लतफ़हमी दूर करते हुए बताया कि वह उसके साथ विवाह नहीं कर सकता है और अभी तक चन्दना के साथ जो भी बातचीत होती रही है वह अंशुमन की जानकारी के बिना उसकी माँ ने की थी जिसके लिए वह बहुत शर्मिन्दा है। अपनी बात कहकर अंशु मन्दिर के अन्दर वैभव और लिपिका को देखने चला गया और चन्दना उदास होकर बाहर चली गयी।

मन्दिर के अन्दर अंशु को अकेले आते देखकर वैभव तुरन्त उसके पास आया और चन्दना के बारे में पूछने लगा तो अंशु ने उसे जवाब दिया कि वह अपने बेटे को बुलाने के लिए गयी है। वैभव उसकी बात सुनकर कुछ न समझने के अन्दाज़ में देखने लगा तो अंशुमन ने उसको चन्दना की पूरी कहानी सुनायी जिसे सुनकर वैभव लिपिका को भला-बुरा कहने लगा, तो अंशुमन ने अपनी मुँहबोली बहन की तरफ़दारी करते हुए कहा कि यह सब गड़बड उसकी मम्मी की करी-धरी है इसलिए लिपिका को दोष देने की ज़रूरत नहीं है। "लेकिन भविष्य में अगर मेरी मम्मी किसी लड़की को देखने या मिलने की बात करें तो पहले उसके बारे में मुझे बताना, अपने-आप कोई निर्णय मत लेना।" लिपिका ने भी अपने कान पकड़कर क़सम खायी कि आण्टी की बातों में आकर वह ऐसी कोई ग़लती नहीं करेगी। इस असफल बहू खोज प्रक्रिया से थके हुए अंशु ने घर आकर अपने पापा को फ़ोन मिलाकर मम्मी की शिकायत करते हुए आज का सारा क़िस्सा बयान किया तो बेचारे वर्मा जी भी सकते में आ गये। अपनी श्रीमती जी को कैसे समझायें इसी गुत्थी में उलझकर रह गये। इच्छा तो हुई की उसी समय जाकर रत्ना को आड़े हाथ लें लेकिन रत्ना जी तो किसी राजनैतिक सभा में गयी हुई थीं। सोच में डूबे वर्मा जी हाथों में सर को थामे बैठे हुए थे तभी फ़ोन की घण्टी की आवाज़ कानों में गयी। देखा तो सामने मेज़ पर रखा फ़ोन घनघनाये जा रहा था। झल्लाकर फ़ोन उठाया और ज़ोर से हलो बोला तो उधर से आवाज़ आयी, "सर, क्या मैं आपकी बेटी मिस रत्ना प्रकाश से बात कर सकता हूँ?"

एक तो पहले ही अंशु की बातों ने दिमाग़ ख़राब कर दिया था ऊपर से यह कॉल! अरविन्द के दिमाग़ का फ़्यूज़ एकदम उड़ गया। "लगता है यह रत्ना का कॉलेज के समय का कोई आशिक़ है...अभी इसको मज़ा चखाता हूँ" और उन्होंने डाँटकर कहा, "मिस्टर, कान खोलकर सुन लो, रत्ना प्रकाश आज से 35 साल पहले मिसिज़ रत्ना वर्मा बन चुकी हैं और मैं उनका पति बोल रहा हूँ। गुण्डे बदमाश...इतने सालों बाद

भी पीछा नहीं छोड़ा रत्ना का? वैसे यह नम्बर तुम्हे मिला कहाँ से?'' उधर से सहमा हुआ जवाब आया, ''माफ़ करियेगा सर, मैं आपकी पत्नी को पहले से नहीं जानता हूँ। यारी/दोस्ती.काम पर उनको फ्रेण्डशिप रिक्वेस्ट भेजी थी जिसका उन्होंने जवाब नहीं दिया, इसलिए आज फ़ोन किया था। यह नम्बर वहीं से मिला था। सॉरी सर...'' सारी बात सुनकर वर्मा जी और सोच में पड़ गये। यह कौन-सा नया ड्रामा है श्रीमती जी का! जब कुछ समझ में नहीं आया तो कम्प्यूटर खोलकर यारी/दोस्ती पर रत्ना का प्रोफ़ाइल देखने लगे और फिर सारा चक्कर समझ में आ गया। यह भी अंशुमन के लिए लड़की की खोज का ही एक हिस्सा था, क्योंकि रत्ना के मित्रों में सभी कम उम्र की लड़कियाँ थीं और छोटी उम्र की लड़कियों से मित्रता करने के लिए रत्ना देवी जी ने अपनी फ़ोटो भी कॉलेज के समय की डाली हुई थी।

जैसे ही रत्ना घर वापस आयी तो वर्मा जी ने उसको अपने सोशल नेटवर्क के प्रोफ़ाइल पर से अपना फ़ोन नम्बर हटाने को कहा और कहा, ''तुमने अपनी जवानी की फ़ोटो डालकर जो हरकत की है उसकी बदौलत अंशु के लिए लड़की मिले-न मिले मगर तुम्हारे लिये रिश्ते आने ज़रूर शुरू हो जायेंगे, इसलिए देवी जी अपनी सही उम्रवाली फ़ोटो अपलोड करो और यह तमाशा बन्द करो।''

●

सुदीप की शादी की तारीख़ तय होने के बाद घर में धूम-धाम शुरू हो गयी है। ख़रीदारी और दूसरे ज़रूरी काम ज़ोर-शोर से शुरू हो गये हैं। लेकिन इन सारी व्यस्तताओं के बीच भी रत्ना का मन अंशुमन के विवाह को लेकर भटकने लगता है। चन्दना काण्ड के बाद तो वह और भी दुःखी हो गयी है और बड़े बेटे का विवाह उसके लिए संसार की सबसे बड़ी और कठिन समस्या बन गयी है। अब तो वह बेचारी भगवान् के आगे हाथ जोड़-जोड़कर भी थक चुकी है।

एक दिन लैपटॉप पर सुदीप की बहू के लिए लहँगे के नये डिज़ाइन देखते हुए उसकी नज़र शादीवाली एक साइट पर पड़ी और वहाँ लड़के-लड़कियों के सैकड़ों प्रोफ़ाइल्स देखकर उसको अरविन्द की बात याद आयी तो रत्ना ने बग़ैर देर किये हुए अंशुमन का प्रोफ़ाइल और फ़ोटो बहू/दामाद.कॉम नामक एक साइट पर डाल दिया और फिर अपने कारनामे की सूचना अपने पतिदेव को देने के इरादे से वह अरविन्द को ढूँढ़ती हुई बैठक में पहुँची तो देखा अरविन्द और सुदीप किसी विचार-विमर्श में व्यस्त हैं। रत्ना को देखते ही वर्मा जी ने सुदीप से अंशुमन का प्रोफ़ाइल दिखाने को कहा तो

रत्ना ने सवालिया निगाहों से बेटे की तरफ़ देखकर पूछा, "तेरे पापा किस प्रोफ़ाइल की बात कर रहे हैं बेटा?" सुदीप ने अपनी माँ को बताया कि उसने भैया का प्रोफ़ाइल जोड़ी बनाओ क़ॉम पर अपलोड कर दिया है और अब रत्ना आराम से अपनी बहू पसन्द कर सकती है। बेटे की बात सुनकर रत्ना हँसकर बोली, "यह तो कमाल हो गया, मैं भी तो यही बात बताने यहाँ आयी थी कि मैंने अंशु का प्रोफ़ाइल बहू/दामाद.कॉम पर डाल दिया है। चलो अच्छा है, अब दो साइटों पर ज़्यादा चेहरे देखने को मिल जायेंगे।" अरविन्द और सुदीप ने इस बात पर अपनी सहमति जतायी और माँ को 'हैप्पी बहू खोज' कहकर सुदीप वहाँ से चला गया। तब वर्मा जी ने रत्ना को बताया कि कुछ देर पहले अनुष्का के पिता जी का फ़ोन आया था और वह सुदीप और अनुष्का की जन्म-पत्रिकाएँ मिलवाने के बारे में पूछ रहे थे। रत्ना ने तुरन्त इनकार में सर हिलाते हुए कहा, "पत्रियाँ मिलवाकर फ़ज़ूल का वहम पालने की कोई ज़रूरत नहीं है क्योंकि अगर पत्रियाँ नहीं मिलीं तब भी सुदीप शादी करने से इनकार तो करेगा नहीं, फिर क्या फ़ायदा इन सब बातों का? कपूर साहब को मना कर देना और अब मेरे साथ बैठकर थोड़ा काम करवा लो। पहले तो मेहमानों की लिस्ट बना लेते हैं, उसके बाद उनको ठहराने के लिए होटल और लेडीज़ संगीत के लिए जगह तय कर लेते हैं। अरे शादी के कार्ड भी तो छपवाने हैं। हे भगवान्! कैसे निबटेंगे इतने सारे काम!" "मैं तो कहती हूँ अंशु को थोड़ा जल्दी आने के लिए कह दो तो कुछ काम वह सम्हाल लेगा और हमारी दौड़-भाग कम हो जायेगी।" वर्मा जी ने पत्नी की घबराहट को कम करने के लिए उसको कहा, "इतनी फ़िक्र क्यों कर रही हो, आजकल तो सारे काम घर बैठे ऑन लाइन हो जाते हैं और वैसे भी शादी में अभी महीना भर बाक़ी है। सबसे पहले तो तुम ख़रीदारी का काम निबटाओ।" तभी वर्मा जी की वकीलवाली अक़्ल ने ज़ोर मारा और उन्होंने कहा, "रत्ना, अगर तुम मेरी एक बात मान लो तो तुम्हारी भाग-दौड़ कुछ कम हो सकती है।" रत्ना के पूछने पर अरविन्द जी ने अपने ईश्वर को मन-ही-मन याद करके अपना सुझाव पत्नी के सामने रखते हुए कहा कि जो ज़ेवर और कपड़े अंशुमन की होनेवाली बहू के लिए इतने सालों से ख़रीदकर रखे हैं वही अनुष्का को दे दिये जायें तो बहू के लिए की जानेवाली ख़रीदारी में वक़्त भी बचेगा और पैसा भी। रही बात अंशुमन की बहू की, तो जब उसकी शादी होगी तब सारा सामान नया ले लिया जायेगा। बात पते की थी लेकिन अगर एक बार में ही रत्ना वर्मा पति की सलाह मान जायें तो उनकी नाक नहीं कट जायेगी! फलस्वरूप पति की बात को ख़ारिज करते हुए बोलीं, "हरगिज़ नहीं, वह सब मैंने अंशु की बहू के लिए ख़रीदकर शुभ कार्य होने का शगुन किया था इसलिए उसको हाथ नहीं लगाऊँगी।"

अरविन्द ऐसे ही किसी जवाब की कल्पना कर रहे थे और अपना जवाब भी तैयार करके बैठे हुए थे इसलिए फ़ौरन हँसकर बोले, "देवी जी! तुमने ख़रीदारी का जो शगुन

किया था उसका फल तो तुमको मिल ही रहा है फ़र्क़ सिर्फ़ इतना है कि बड़ी की जगह छोटी बहू घर में पहले आ रही है और वैसे भी तुम तो जानती हो कि आजकल हर चीज़ के फ़ैशन कितनी जल्दी बदलते हैं। इसीलिए कह रहा था कि बड़ी बहू के लिए बाद में लेटेस्ट कपड़े और ज़ेवर ख़रीद लेना।'' आख़िर पति की बात रत्ना को समझ में आयी लेकिन थोड़े ट्विस्ट के साथ। उसने कहा कि इनमें से कुछ ज़ेवर वह बड़ी बहू के लिए ज़रूर रखेगी उससे अंशु की शादी जल्दी हो जायेगी। वर्मा जी की यह पूछने की इच्छा तो बहुत हुई कि क्या यह उपाय भी हेरम बाबा जी का बताया हुआ है? लेकिन इस डर से कि कहीं देवी दोबारा रूठ न जायें उन्होंने अपने उद्‌गारों को हृदय के अन्दर ही रोक लिया और दूसरी बातों में पत्नी को व्यस्त कर लिया। उसी समय सुदीप ने आकर बताया कि अनुष्का की मम्मी ने उसको अँगूठी पसन्द करने के लिए बुलाया है और वह उनके घर जा रहा है। यह सुनते ही रत्ना ने उसके हाथ में दो भारी-भारी लहँगे पकड़ाते हुए कहा कि अनुष्का से कहना इसमें से एक पसन्द कर लेगी। बेचारा सुदीप पचास किलो का वज़न उठाकर किसी तरह अपनी गाड़ी तक पहुँचा। सुदीप के जाने के बाद रत्ना ने अरविन्द से भी दस मिनट के अन्दर तैयार होकर चलने को कहा और ख़ुद अन्दर चली गयी। अरविन्द को समझ में नहीं आ रहा था कि आख़िर जाना कहाँ है, मगर मैडम का हुक्म है इसलिए झट से कपड़े बदलकर बाहर आकर बैठ गये तो देखा अम्माँ भी वहाँ बैठी हुई हैं। अम्माँ ने बेटे को जूते और कपड़ों से लैस देखकर पूछा, ''बेटा कहीं जाने की तैयारी है क्या?'' अरविन्द ने गहरी साँस भरकर जवाब दिया, ''हाँ अम्माँ, देवी जी का आदेश तो हुआ है लेकिन अभी तक मालूम नहीं है कि जाना कहाँ है।'' अम्माँ ने कहा कि, ''शादी का घर है, रोज़ ही कोई-न-कोई काम निकलते रहते हैं। हो सकता है कुछ ज़रूरी सामान ख़रीदना हो।''

अम्माँ को अपनी बहू की हिमायत लेते देख अरविन्द ने शिकायत की, ''अम्माँ आपकी बहू जिस बेदर्दी से मेरी गाढ़ी कमाई को उड़ा रही है उसे देखकर मेरा तो दिल बैठा जा रहा है।'' तभी रत्ना वहाँ आ पहुँची और वर्मा जी चुप हो गये तो अम्माँ ने बहू से पूछा कि वह क्या ख़रीदने जा रही है और रत्ना ने सास को अपनी पूरी फ़ेहरिस्त पढ़कर सुनानी शुरू कर दी तो अरविन्द ने शाम को आनेवाले अपने मुवक्किलों का हवाला देते हुए रत्ना से जल्दी चलने का आग्रह किया और पत्नी को लेकर बाहर चले गये।

अपनी मम्मी के भेजे हुए लहँगों के वज़न से परेशान सुदीप जब हाँफता हुआ अनुष्का के घर पहुँचा तो उसको अपना इन्तज़ार करते हुए पाया। उसको देखते ही अनुष्का दौड़ती हुई आयी और उसके गले से लग गयी तो सुदीप जो कि पहले ही लहँगों के बोझ तले दबा हुआ था अनुष्का के इस तरह आकर मिलने से ख़ुद को सम्हाल नहीं पाया और अनुष्का और लहँगों सहित धम से गिर पड़ा और अनुष्का को चिढ़ाने के

लिए बोला, ''यार, तुमने तो अभी से अपने प्यार का सारा बोझ मुझ पर डाल दिया है, शादी के बाद क्या करोगी? थोड़ा प्यार शादी के बाद के लिए भी छोड़ दो, कहीं ऐसा न हो कि तुम्हारी मम्मा हम लोगों को ऐसे देख लें और शादी ही कैन्सिल कर दें।'' किसी तरह दोनों उठकर खड़े हुए तो सुदीप ने उसको अपनी मम्मी का सन्देश देते हुए अपने लिये एक लहँगा पसन्द करने को कहा तो अनुष्का ने झट से उनको खोलकर देखना शुरू कर दिया और बोली, ''अच्छा हुआ कि तुम आ गये वरना हम लोग अब अपनी शादी के दिन ही मिल पाते। अनुष्का ने अपनी माँ के अत्याचार का बखान शुरू करते हुए बताया कि आज के बाद उन दोनों को शादी के दिन तक मिलने नहीं दिया जायेगा। सुदीप ने बड़े इत्मीनान से कहा कि उन लोगों की मुलाक़ात तो रोज़ ऑफ़िस में होगी फिर चिन्ता की क्या बात है। लेकिन अनुष्का ने बताया कि वह कल से छुट्टी ले रही है इस पर सुदीप ने अपनी होशियारी दिखाते हुए बताया कि वह आज अपना मोबाइल, चश्मा और घड़ी अनुष्का के घर में छोड़ जायेगा और फिर उन्हें लेने के बहाने से आकर उससे मुलाक़ात कर लिया करेगा लेकिन अनुष्का ने उसके सारे मन्सूबों पर पानी फेरते हुए बताया, ''मेरी मम्मा बहुत स्मार्ट हैं, तुम्हारी चीज़ें बाहर से ही तुम्हें थमा देंगी अन्दर घुसने भी नहीं देंगी। तुम क़तई जानते नहीं हो उनको।'' अब तो इज़्ज़त पर बन आयी थी इसलिए वज़नदार जवाब देना ज़रूरी था लिहाज़ा श्रीमान् जी ने कहा कि अगर सासू माँ ने घर में नहीं घुसने दिया तो वह पाइप के सहारे चढ़कर सीधा अनुष्का के कमरे में आ जायेगा। अनुष्का ने अपने दीवाने आशिक़ को समझाते हुए कहा, ''मेरे हीरो, ऐसी बेवकूफ़ी भूलकर भी मत करना क्योंकि अगर किसी ने देख लिया तो तुम सीधे जेल जाओगे और मैं शादी के मण्डप के बजाय अपने घर के बाहर खड़ी होकर यह 'ब्रेकिंग न्यूज़ कवर' कर रही होऊँगी कि शहर के एक नामी वकील का बेटा अपनी होनेवाली पत्नी के घर में पाइप से चढ़ते हुए रँगे हाथों पकड़ा गया।''

•

बात करते अक्टूबर भी शुरू हो गया। शादी के लगभग सभी इन्तज़ाम पूरे हो चुके थे और अब अंशुमन के आने का इन्तज़ार हो रहा था। विशेष रूप से इसलिए क्योंकि अंशु की माताश्री सुदीप के विवाह के मौक़े पर अपने बड़े बेटे को सभी विवाह योग्य कन्याओं से मिलवा देना चाहती थीं और इस बार बेटे के गले में शादी का फन्दा डालकर ही उसे वापस भेजना चाहती थीं। लेकिन इन सारी योजनाओं को बनाते हुए बीच-बीच में समय निकालकर वह इण्टरनेट पर भी लड़कियाँ ढूँढ़ती रहती थीं और उनमें से दो-चार

प्रोफ़ाइल छाँटकर अंशु को भी भेज देती थी। आज दिन-भर काम की व्यस्तता में कम्प्यूटर खोलने का समय नहीं मिला तो रात को बैठकर दो लड़कियाँ पसन्द कीं और अंशुमन को न सिर्फ़ उनके प्रोफ़ाइल भेजे बल्कि बेटे को फ़ोन मिलाकर बताया कि यह दोनों लड़कियाँ अमरीका में ही रहती हैं इसलिए दिल्ली आने से पहले वह इन दोनों से मिलकर आये। अंशु ने अपनी व्यस्तता और अमरीका की दूरियों का हवाला दिया तो मिसिज़ वर्मा ने बेटे को अपने जवाब से चारों खाने चित करते हुए बताया कि उनमें से दीपिका राय नामक लड़की अंशु के घर के पास सन्ताक्लारा में रहती है और भारत आने से पहले कम-से-कम उससे मिला जा सकता है।

अंशुमन समझ गया कि इस बार मम्मी पीछा नहीं छोड़नेवाली हैं इसलिए दोनों लड़कियों के प्रोफ़ाइल देखकर दोनों को ईमेल भेजकर मिलने की इच्छा ज़ाहिर कर दी और यह सोचकर बेफ़िक्र हो गया कि उनके जवाब आने में दो-तीन दिन तो लग ही जायेंगे और तब तक उसका भारत जाने का समय आ जायेगा इसलिए मिलना-मिलाना फ़िलहाल टल जायेगा। इस मुसीबत से छुटकारा पाकर वह अपने ऑफ़िस का काम करने बैठ गया। कुछ ही देर में उसका फ़ोन बजा तो अंशु ने सोचा कि मम्मी ने फिर कुछ बताने के लिए फ़ोन किया होगा लेकिन फ़ोन पर बे एरिया का नम्बर देखा तो फ़ोन उठा लिया और बात करने पर पता चला कि सन्ताक्लारा से दीपिका राय के पिता का फ़ोन है। मिस्टर राय ने आवाज़ में शक्कर घोलते हुए बताया, ''अंशुमन जी, आपकी मम्मी ने मुझे आपका नम्बर देकर आपसे बात करने को कहा था। आप शायद इण्डिया जानेवाले हैं इसलिए आपकी मदर चाहती हैं कि आप आज शाम को ही दीपिका से मिल लें। इसलिए शाम को सात बजे हम लोग आपका अपने घर पर इन्तज़ार करेंगे। मिस्टर राय ने अपने घर का पूरा पता बताया और एक बार फिर शाम को मिलने की बात कहकर फ़ोन रख दिया। अपनी मम्मी की इस होशियारी से अंशुमन वर्मा पस्त हो गये, लेकिन इतनी बात होने के बाद राय साहब के घर न जाना उचित नहीं होगा यह सोचकर जाने का मन बना लिया और शाम को फूलों का बड़ा-सा गुलदस्ता लेकर वह बताये हुए पते पर पहुँच गया। घर काफ़ी शानदार था। आगे बढ़कर घण्टी बजायी तो एक भारी-भरकम साँवले-से व्यक्ति ने दरवाज़ा खोलकर अंशुमन पर नज़र घुमाते हुए पूछा, ''मिस्टर अंशुमन वर्मा?'' और अंशु के हाँ कहते ही उस व्यक्ति की आँखों में प्रशंसा की चमक आ गयी। ''वेल, आई ऐम नरेश राय, दिपिकाज़ डैड। अन्दर आओ बेटा।'' और वह बड़े प्यार से हाथ पकड़कर अंशुमन को अन्दर ले गये। उनका दिल ख़ुशी से बल्लियों उछल रहा था। ''लड़का तो बहुत अच्छा है, बस दीपिका को पसन्द आ जाये तो मैं झटपट दोनों की शादी करवा दूँगा।'' यह सोचते हुए नरेश जी अंशुमन को अपने कारोबार और धन-सम्पत्ति का ब्यौरा ऐसे देने लगे जैसे उसको अपनी समृद्धि से प्रभावित करने की कोशिश कर रहे हों। अंशु भी उनकी नीयत को अच्छी तरह समझ

रहा था लेकिन फ़िलहाल राय साहब के साथ घूम-घूमकर उनका घर देखने के साथ ही उनके बड़बोलेपन को भी झेल रहा था और उनकी कलात्मक रुचि की प्रशंसा भी करता जा रहा था। अंशुमन की इस सहजता को मिस्टर नरेश राय ने उस पर अपनी दौलत का प्रभाव समझ लिया और बड़ी शान से बताने लगे कि अगर उनको कोई चीज़ पसन्द आ जाती है तो वह क़ीमत की परवाह नहीं करते हैं और मुँह माँगे पैसे फेंककर उस चीज़ को हासिल कर लेते हैं। इसी बीच बात करते-करते अचानक उन्होंने अंशु की बाँह कसकर पकड़ ली तो अंशुमन को अच्छा नहीं लगा और उसने झटके से उनका हाथ अपनी बाँह पर से हटा दिया तो राय साहब ने माफ़ी माँगते हुए कहा कि भावावेश में आकर उन्होंने ऐसा कर दिया था, क्योंकि अंशुमन को देखकर उनको ऐसा लग रहा है जैसे उसके साथ उनका ससुर और दामाद का रिश्ता जुड़ गया है। तभी मिसिज़ राय भी ढेर-सारा नाश्ता एक ट्राली में सजाकर इठलाती हुई आ पहुँचीं और बड़े ही बनावटी अन्दाज़ में 'हाय' कहकर पास में बैठ गयीं। जीन्स और टी शर्ट में कसी हुई और गहरे मेकअप से ढँकी हुई वह महिला ऊपर से नीचे तक बनावटी नज़र आ रही थी और बातों में तो अपने पति से भी चार हाथ आगे थी। अंशुमन इन दोनों के दिखावे के बीच में फँसा अपनी मम्मी को कोस रहा था।

कुछ देर के बाद अंशुमन ने दबी ज़बान में दीपिका को बुलाने की माँग की तो मिसिज़ नीतू राय ने पेस्ट्री की प्लेट उसके सामने करते हुए पहले कुछ खा लेने पर ज़ोर दिया तो नरेश राय ने कहा, "वाह नीतू जी! अभी से अपने होनेवाले दामाद की ख़ातिर करने में लग गयीं?" पति की बात सुनकर मुस्कराते हुए नीतू जी ने बड़ी अदा से जवाब दिया कि बड़े इन्तज़ार के बाद तो आज मौक़ा आया है अपने दामाद की ख़ातिर करने का उसमें भी आप टोक रहे हैं।" राय दम्पति की बातें सुनकर अंशुमन का दिल बैठा जा रहा था। आख़िर उससे नहीं रहा गया और उसने नीतू राय को टोकते हुए कहा कि वे लोग इतनी जल्दी इतनी उम्मीदें न बाँधें क्योंकि अभी न उसने उनकी बेटी को देखा है और न उससे बात की है, तो यह रिश्ते कैसे जुड़ गये? उसने फिर से दीपिका को बुलाने का आग्रह करते हुए इस रिश्ते के बारे में उसकी भी राय जानने को कहा तो नरेश जी ने बताया कि उनके परिवार को वह बहुत पसन्द है इसीलिए आज सारी बातें तय करने के लिए उसको बुलाया गया है। अब राय साहब ने अंशुमन के क़रीब आकर धीमी आवाज़ में बताना शुरू किया कि कैसे वह अपनी लाड़ली बेटी की ज़िद पूरी करने के लिए भारत से अमरीका आकर बस गये थे। उन्होंने अपनी बेटी के प्रति अपने बेहद प्यार का बखान करते हुए बताया कि दीपिका ने अपने चौदहवें जन्मदिन पर अपने पिता से कहा कि, "वह अपने परिवार के साथ अमरीका में रहना चाहती है और यही उसके लिए जन्मदिन का उपहार होगा अगर उसके पापा अमरीका चलकर बस जायें।" नरेश राय ने बड़े गर्व के साथ आगे बताया कि अपनी लाड़ली

बेटी की इच्छा पूरी करने के लिए उन्होंने अपनी ज़मीन-जायदाद बेची और अपने व्यापार और परिवार के साथ यहाँ चले आये। "अंशुमन जी दीपिका को इण्डिया बिलकुल पसन्द नहीं है। वह कभी भी वहाँ जाना पसन्द नहीं करती है इसीलिए हम उसके लिए यहीं का रहनेवाला कोई अच्छा-सा लड़का देख रहे थे, तभी आप मिल गये और हमारी खोज पूरी हुई।"

अंशुमन ने तुरन्त नरेश जी को टोका और कहा, "अंकल आपको कुछ ग़लतफ़हमी हुई है। मैं हमेशा अमरीका में नहीं रहनेवाला हूँ, तीन-चार सालों में वापस भारत चला जाऊँगा अपने परिवार के पास। क्योंकि मेरे लिये मेरा परिवार ही सब-कुछ है।" उसकी बात सुनकर नरेश राय सकते में आ गये, फिर कुछ सम्हलते हुए बोले, "लेकिन बेटा आपके 'पैरेण्ट्स' तो चाहते हैं कि आप हमेशा यहीं रहें, क्योंकि वे दोनों भी यहीं आकर बसना चाहते हैं। बाद में तुम अपने भाई को भी यहीं बुला लेना।" नीतू जी ने भी वर्मा दम्पति के विषय में अपनी जानकारी का पिटारा खोलते हुए बताया कि रत्ना जी भी अमरीका आना चाहती हैं और यहाँ पर नीतू जी के साथ मिलकर अपना रेस्टोरेण्ट खोलना चाहती हैं। अंशुमन ने इन बातों से असहमति जताते हुए कहा कि उसके माता-पिता ने उसके सामने कभी भी ऐसी कोई बात नहीं कही है, तब बात बदलते हुए नरेश राय ने बताया कि वर्मा जी ने तो उन लोगों को दीपिका के साथ सुदीप की शादी में आने का निमन्त्रण भी दिया है। इस पर नीतू जी ने कहा कि उन दोनों का तो जाना सम्भव नहीं हो पायेगा लेकिन वे लोग दीपिका को अंशुमन के साथ भेज देंगे तो रत्ना जी और अरविन्द जी को अच्छा लगेगा। इन पति-पत्नी की बातें सुनकर अंशु के पसीने छूटने लगे। अब तो अपनी मम्मी के साथ-साथ उसको अपने पापा भी खलनायक नज़र आने लगे थे। लेकिन इस समय तो उसको इस विषम परिस्थिति से बाहर निकलने की चिन्ता हो रही थी इसलिए झूठ का सहारा लेते हुए उसने बताया कि वह सीधा दिल्ली नहीं जा रहा है बल्कि ऑफ़िस के काम से पहले चिन्नई और बेंगलोर जायेगा और बेचारी दीपिका उसके साथ कहाँ-कहाँ घूमेगी! इसलिए अगर दीपिका सुदीप की शादी में जाना चाहती है तो उसको अकेले भेजकर मिस्टर राय अरविन्द जी को सूचित कर दें ताकि वह उसको लेने के लिए नयी दिल्ली एअरपोर्ट पर पहुँच जायेंगे। अंशुमन की बात सुनकर राय दम्पति का चेहरा उतर गया लेकिन अंशुमन के लिए अब वहाँ रुकना दूभर हो रहा था इसलिए उसने अपनी घड़ी की तरफ़ देखते हुए दीपिका को जल्दी बुलाने का अनुरोध किया तो मिसिज़ राय ने बताया कि दीपिका कल ही फ्रान्स से लौटी है और उसको 'सन टेन' हो गया है जिसको छुपाने के लिए मेकअप करने में उसको वक़्त लग रहा है। फिर वह बेटी को बुलाने के लिए चली गयी तब नरेश राय ने हँसते हुए कहा, "अंशुमन जी, आपको अब तो इन्तज़ार करने की आदत डालनी पड़ेगी क्योंकि हमारी बेटी को तैयार होने में बहुत समय लगता

है।'' अपनी बात ख़त्म करने के बाद भी वह ऐसे हँस रहे थे जैसे कि उन्होंने कोई बहुत बड़ा मज़ाक किया है मगर अंशुमन के चेहरे की मायूसी में कोई फ़र्क़ नहीं आया और वह बेचैन होकर पहलू बदलने लगा।

थोड़ा समय और बीता उसके बाद सीढ़ियों पर क़दमों की आहट सुनायी दी तो कौतूहलवश अंशुमन की नज़र उधर चली गयी। माँ और बेटी को आते देखकर मिस्टर राय ने चैन की साँस ली और बेटी से बोले, ''दीपिका, तैयार होने में कितना वक़्त लगा दिया! देखो अंशुमन जी कितनी देर से तुम्हारा इन्तज़ार कर रहे हैं। दीपिका ने पास आकर बड़े स्टाइल से 'सॉरी' कहा और फिर बग़ैर कोई भूमिका बाँधे अंशुमन से डिनर के लिए बाहर चलने का आग्रह किया तो अंशु सहित सभी लोग कुछ हैरान-से हो गये और नीतू जी ने बेटी को घर में ही सबके साथ खाना खाने का सुझाव दिया जिस पर ध्यान दिये बग़ैर दीपिका ने अपने पापा से कहा कि वह अंशुमन के साथ बाहर जाना चाहती है। नरेश राय को लगा कि बेटी को लड़का पसन्द आ गया है इसीलिए उसके साथ वह बाहर जाना चाहती है तो उन्होंने पत्नी को समझाया कि अगर वे दोनों बाहर जाना चाहते हैं तो इसमें हर्ज़ ही क्या है। घर पर तो एक साथ बाद में कभी भी डिनर किया जा सकता है। पिता की सहमति मिलते ही दीपिका ने अंशु से चलने को कहा और अपने माता-पिता से टाटा करके अंशु के साथ बाहर निकल गयी। राय दम्पति ने दोनों को साथ जाते हुए देखकर चैन की साँस ली और नरेश राय ने नीतू जी को इतना अच्छा दामाद मिलने की बधाई देते हुए जल्दी ही दोनों की शादी करवा देने का अपना निश्चय भी सुना दिया।

घर से बाहर आकर अंशुमन ने अपनी कार का दरवाज़ा खोलकर दीपिका से कार में बैठने को कहा और फिर उससे पूछा कि वह डिनर के लिए कहाँ चलना पसन्द करेगी, लेकिन दीपिका ने अपने जवाब से उसको अचम्भित करते हुए कहा, ''मिस्टर अंशुमन, एक्चुअली मुझे तुमसे कुछ बात करनी थी जो मैं घर में अपने पैरेण्ट्स के सामने नहीं कर सकती थी इसीलिए डिनर के बहाने से तुमको बाहर लेकर आयी हूँ। इफ़ यू डोण्ट माइण्ड, क्या हम लोग किसी कॉफ़ी शॉप में बैठकर बात कर सकते हैं?'' कॉफ़ी पीते हुए अंशुमन ग़ौर से दीपिका के मेकअप पुते चेहरे को देखने लगा तो दीपिका ने इतराकर पूछा, ''घर पर क्या मुझे देखा नहीं था जो ऐसे आँखें गड़ाकर देख रहे हो?'' अंशुमन ने उसकी बात का जवाब देने की कोई ज़रूरत नहीं समझी उलटे उससे पूछ बैठा कि इतना गहरा मेकअप वह हमेशा करती है या आज किसी ख़ास वजह से किया है। दीपिका उसके इस सवाल से नाराज़ होकर बोली कि उसको मेकअप करना बहुत पसन्द है और बग़ैर मेकअप के वह घर से बाहर नहीं निकलती है।

''यह सब बातें छोड़ो और अपने बारे में कुछ बताओ।'' दीपिका की यह बात सुनकर अंशुमन ने कहा, ''मिस राय, बात आपको करनी थी इसलिए आप बताइये क्या

कहना चाहती हैं।'' दीपिका ने बात शुरू करते हुए कहा, ''अंशुमन, मैं किसी से प्यार करती हूँ और अपने पापा को उसके बारे में बता भी चुकी हूँ लेकिन मेरे पापा ने तो तय कर लिया है कि वह मेरी बात नहीं मानेंगे इसीलिए मैं तुमसे रिक्वेस्ट करना चाहती हूँ कि तुम इस रिश्ते के लिए इनकार कर दो।'' दीपिका की बात सुनकर अंशु के सर से जैसे भारी बोझ उतर गया। उसने भी अपनी मजबूरी बताते हुए कहा कि उसको भी इस रिश्ते में कोई दिलचस्पी नहीं है और वह सिर्फ़ अपनी मम्मी के ज़ोर देने की वजह से उससे मिलने आया था। एक-दूसरे के दिलों की सच्चाई जानने के बाद तो दोनों ही खुलकर बातें करने लगे और अंशु ने दीपिका से उसके मित्र के बारे में पूछा तो उसने बताया कि वह श्रीलंका का रहनेवाला है, पेशे से एक वैज्ञानिक है। दीपिका ने बताया, ''पिछले चार सालों से हम एक-दूसरे को जानते हैं और अब शादी करना चाहते हैं इसलिए मैं अर्जुना को एक दिन पापा से मिलवाने के लिए घर लेकर भी आयी थी मगर तब तक वह तुम्हारा प्रोफ़ाइल देख चुके थे और तुम्हारे पैरेण्ट्स से जी भरकर बात कर चुके थे और तुम उनको इतने पसन्द आ गये थे कि उन्होंने मुझसे साफ़ कह दिया कि ''तुम्हारी शादी अब इसी लड़के के साथ होगी। अब एक ही तरीक़ा है...'' अपनी बात बीच में ही छोड़कर दीपिका चुप हो गयी और फिर अंशुमन के ज़ोर देने पर बोली कि अगर अंशुमन उसकी मदद करने को राज़ी हो जाये तो काम बन सकता है। अंशु ने इन्सानियत के नाते हाँ कर दी लेकिन जब दीपिका की बात सुनी तो वह पीछे हट गया...बात कुछ थी ही ऐसी कि वह हामी नहीं भर सका। दीपिका का कहना था, कि ''या तो तुम इस शादी से इनकार कर दो या फिर मुझसे शादी कर लो और फिर कुछ महीनों बाद तलाक़ दे दो। उस हालत में मैं अपने पापा को अर्जुना से मेरी शादी करवाने के लिए राज़ी कर लूँगी।''

अंशुमन ने दीपिका को वचन दिया कि वह मिस्टर राय से इस बारे में बात करके उनको समझायेगा और उन दोनों की शादी करवाने की पूरी कोशिश करेगा। दीपिका को उसके घर पर छोड़ते समय उसने अपना वायदा एक बार फिर दोहराया और वापस आ गया। घर आकर देर तक वह दीपिका की समस्या में उलझा रहा। आख़िर माँ-बाप क्यों अपनी पसन्द और नापसन्द अपने बच्चों पर थोपने की कोशिश करते हैं? उसकी इच्छा हुई की मिस्टर राय को फ़ोन मिलाकर इस बारे में बात करे मगर फिर उसने तय किया कि वह उनको एक अच्छी-सी ईमेल लिखकर समझाने की कोशिश करेगा तो शायद बात उनको ठीक से समझ में आयेगी यह तय करने के बाद अंशु तुरन्त राय साहब को मेल लिखने बैठ गया।

आजकल रत्ना की रातों की नींद उड़ी हुई है। अंशु की शादी के लिए पूजा करवाये हुए आठ दिन बीत चुके हैं और अभी तक शादी तो दूर कोई ढंग का रिश्ता भी नहीं आया है लेकिन बाबा जी कह रहे हैं कि शादी 21 दिनों में ज़रूर हो जायेगी। कैसे हो जायेगी, कुछ समझ में नहीं आ रहा है। लड़की अगर मिल भी जाती है तो शादी की तैयारी के लिए भी समय चाहिए...इतने कम समय में सब-कुछ कैसे होगा? यह ऐसी अन्तहीन चिन्ता थी जिसका कोई छोर रत्ना को कहीं दिखायी नहीं दे रहा था।

रात को खाने की मेज़ पर अरविन्द का इन्तज़ार हो रहा था लेकिन न जाने वह फ़ोन पर कौन-सी ज़रूरी बात करने में उलझे हुए थे कि आने का नाम ही नहीं ले रहे थे और रत्ना के लिए एक-एक पल भारी हो रहा था क्योंकि अभी उसको पूजाघर में जाकर पानी से भरे बर्तन में उँगली से एक हज़ार बार राम नाम लिखना था। बाबा जी ने बताया था कि अगर राम नाम सुबह और शाम दोनों समय लिखा जायेगा तो बहुत ही सुशील बहू मिलेगी मगर यह वर्मा जी की बातें ख़त्म होने का नाम ही नहीं ले रही हैं। आख़िर अरविन्द पधारे और पत्नी की जलती निगाहों से बचने के लिए ख़ुशामदी आवाज़ में बोले, ‘‘अरे भाई रत्ना, तुम्हारे बाबा जी की भविष्यवाणी तो लगता है सच होनेवाली है।’’ उनकी बात सुनकर सिर्फ़ रत्ना ही नहीं बल्कि अम्माँ और सुदीप भी चौंक गये। अम्माँ ने तुरन्त बेटे से जवाब तलब करते हुए पूछा, ‘‘क्यों बबुआ, ऐसा क्या हो गया जो तुम भी बाबा जी के भगत बन गये?’’ अरविन्द शंकर ने फ़ौरन अम्माँ की तरफ़ मुख़ातिब होकर बताया कि अभी दीपक का फ़ोन आया था और वह कल सुबह यहाँ आ रहा है। अम्माँ ने बेटे की बात सुनकर आँखें सिकोड़ते हुए अपने दिमाग़ पर ज़ोर डालना चाहा लेकिन जब कुछ याद नहीं आया तो पूछ ही लिया, ‘‘कौन दीपक?’’ अरविन्द ने जब अम्माँ को बताया कि यह दीपक बनारसवाली गुन्नो बुआ जी का बेटा है तो अम्माँ की आँखों में पहचान की तसल्ली झलकने लगी, लेकिन रत्ना इस फ़ज़ूल के वार्त्तालाप से ऊबकर दीपक के आने की वजह जानने के लिए बीच में टपक पड़ी तो अरविन्द ने हँसकर कहा कि अच्छी ख़बर मुफ़्त में नहीं सुनायी जाती है कुछ मिष्टान्न मिलने के बाद ही वह ख़बर सुनायेंगे।

पति की बात सुनकर बुरा-सा मुँह बनाते हुए रत्ना ने कहा, ‘‘तुम्हारी बेकार की बात सुनने को मरे नहीं जा रहे हैं।’’ और वह सबको खाना परोसने में लग गयी तो हारकर वर्मा जी कुर्सी खींचकर बैठ गये और चारों तरफ़ नज़र दौड़ाकर बड़े ही नाटकीय अन्दाज़ में बोले, ‘‘कल सुबह ग्यारह बजे दीपक अपने बॉस भूषण जी को लेकर आ

रहा है।'' इतना कहकर अरविन्द चुप हो गये और खाना खाने लगे यह देखकर रत्ना के हाथ रुक गये और उसकी आवाज़ तेज़ हो गयी, ''इतनी-सी बात बताने के लिए इतनी देर से नौटंकी कर रहे थे?'' पत्नी का पारा चढ़ने के बाद ही तो बात बताने में मज़ा आता है। अरविन्द ने पूरी-की-पूरी बत्तीसी निपोरते हुए बताया कि भूषण जी अंशुमन के लिए अपनी बेटी का रिश्ता लेकर आ रहे हैं। यह सुनना था कि रत्ना तो ख़ुशी से पागल हो गयी। ''यानी की बाबा जी की भविष्यवाणी सच होनेवाली है। क्यों अम्माँ, शगुन देकर कल ही रिश्ता पक्का कर दिया जाये?'' बहू की इतनी बेसब्री देखकर अम्माँ ने समझाया कि उन लोगों से मिलने और लड़की की तस्वीर अंशु को दिखाने के बाद ही शगुन-रोका जो भी करना हो वह करना।

अगली सुबह रत्ना ने कम-से-कम दस बार माखनलाल को मेहमानों के लिए नाश्ता और चाय बनाने के बारे में हिदायतें दे डालीं और दर्जनों बार हर खिड़की और दरवाज़े से झाँककर देख आयीं कि मेहमान आये या नहीं। लेकिन जब मेहमान आये तो उन्हें देखकर श्रीमती वर्मा का चेहरा उतर गया। भूषण जी तो सभ्य और ठीक-ठाक लग रहे थे लेकिन उनकी पत्नी श्रीमती भूषण नहीं बल्कि मिसिज़ आभूषण नज़र आ रही थीं। गहरे हरे रंग की जरी के काम की साड़ी और ढेरों ज़ेवर पहने हुए साक्षात् आभूषणों की चलती-फिरती दूकान लग रही थीं। शायद पहली बार ऊँची एड़ी की सैण्डल पहनी थीं क्योंकि एक-एक क़दम फूँक-फूँककर रख रही थीं। अरविन्द शंकर ने बड़े आदर के साथ उन लोगों को बैठाया और फिर दीपक और भूषण जी से बातें करने लगे मगर रत्ना का मूड ख़राब हो गया, ''ऐसी गँवार माँ की बेटी न जाने कैसी होगी?'' यह बात सोचते हुए हेरम बाबा जी पर गुस्सा आने लगा, जिनकी भविष्यवाणी लगता है आज भी झूठी साबित होनेवाली थी लेकिन साथ ही मिसिज़ भूषण की चुटकी लेने के लिए भी दिल बेहद तड़प रहा था, ''घर आयी मेहमान के साथ मज़ाक करूँ या नहीं...'' अपने-आपको रोकने की बहुत कोशिश की मगर रत्ना देवी का बेचारा दिल ठिठोली करने से नहीं माना और रत्ना का मुँह खुलवा ही दिया। उसने बड़े ही अपनेपन से श्रीमती भूषण से कहा, ''मिसिज़ भूषण बुरा मत मानियेगा, मैं अपना समझकर यह बात कह रही हूँ...आप हमारे यहाँ मिलने ही तो आ रही थीं तो फिर इतना 'गोल्ड' पहनकर आने का 'रिस्क' क्यों लिया? आप तो जानती ही हैं कि दिल्ली अब पहले जैसी सुरक्षित नहीं रही है। हमें तो शादी-ब्याह में भी अब इतना ज़ेवर पहनने में डर लगता है।'' श्रीमती जी की बात सुनकर वर्मा जी बग़लें झाँकने लगे और भूषण जी की त्योरियाँ चढ़ गयीं लेकिन मिसिज़ भूषण ने रत्ना को निस्संकोच होकर जवाब दिया कि बेटी के रिश्ते की बात करने सादे कपड़ों में और बिना गहनों के आना हमारे यहाँ अपशकुन मानते हैं क्योंकि लड़के के परिवार का सम्मान रखते हुए अपनी भी हैसियत दिखानी पड़ती है। बातों का रुख़ बदलने के इरादे से अरविन्द शंकर ने रत्ना को

चाय-नाश्ता लगवाने के बहाने से तानेबाज़ी के अखाड़े से रवाना किया तो भूषण जी ने तुरन्त दीपक को बात शुरू करने का इशारा किया और अपने बॉस की आज्ञा का पालन करते हुए दीपक ने वर्मा जी से कहा, ''अरविन्द भाई साहब, हमारे भूषण सर जी अपनी बेटी पारुल के लिए अच्छा घर और वर तलाश रहे थे तो मुझे अंशुमन का ध्यान आया और मैं इनको आपके घर ले आया क्योंकि आपके परिवार से बढ़कर नामी परिवार और अंशुमन से बेहतर लड़का अपनी बिरादरी में और कहाँ मिलेगा।'' वर्मा जी ने अपनी सज्जनता दर्शाते हुए उन लोगों के आने पर अपनी प्रसन्नता व्यक्त की और फिर असली मुद्दे पर आते हुए बोले, ''भूषण जी, बात को आगे बढ़ाने से पहले एक बात पूछना चाहूँगा कि आपकी बेटी की लम्बाई कितनी है? आपको शायद मेरा यह सवाल अजीब-सा लगेगा मगर क्या करूँ पूछना ज़रूरी है क्योंकि अंशुमन 6 फुट 2 इंच का लम्बा-चौड़ा लड़का है इसलिए वह लम्बी लड़की ही चाहता है।''

इस बीच में माखनलाल के साथ चाय और नाश्ता लेकर रत्ना भी वहाँ गयी थी और वर्मा जी की बात का अन्तिम हिस्सा सुनकर उसने भी पति के सुर-में-सुर मिलाते हुए अपनी होनेवाली बहू की लम्बाई पर ज़ोर डालना शुरू कर दिया। यह देखकर मिसिज़ भूषण फ़ौरन मैदान में कूदकर बोलीं, ''भाई साहब! आप हम दोनों की लम्बाई पर मत जाइये, हमारा बेटा मोहित भी छह फुट लम्बा है।'' मिसिज़ भूषण की बात पर तिलमिलाकर मिसिज़ वर्मा ने पलटवार किया, ''आप शायद भूल रही हैं बहन जी कि यहाँ आप अपनी बेटी का रिश्ता लेकर आयी हैं बेटे का नहीं।'' मिसिज़ भूषण भी कुछ कम नहीं थीं मुस्कराते हुए जवाब दिया कि बेटे के बाद वह बेटी के बारे में ही बतानेवाली थीं लेकिन रत्ना ने टोक दिया। वर्मा जी ने पत्नी के बोलने से पहले ही मिसिज़ भूषण से आग्रह किया कि वह अपनी बेटी के विषय में जो भी बताना चाहती हैं वह कह डालें और वकील साहब के आग्रह पर उन्होंने बेटी का वर्णन आरम्भ किया, ''ऐसा है कि हमारी बेटी टीना...मेरा मतलब है पारुल ख़ूब गोरी, सुन्दर और पतली-दुबली है अपने स्कूल में खो-खो की चैम्पियन थी और पढ़ाई में भी अव्वल रहती थी...'' बोलते-बोलते शायद सहसा उनको ख़याल आया कि अभी तक बेटी की 'हाइट' नहीं बतायी है, इसलिए अपना वार्त्तालाप आगे बढ़ाते हुए बोलीं, ''भाई साहब, हमारी पारुल...वैसे तो पाँच फुट दो इंच लम्बी है लेकिन हमेशा हाई हील की सैण्डल पहनती है...जैसी मैंने पहनी हुई है न वैसी ही पहनती है इसलिए ख़ूब लम्बी लगती है और ऐसा है कि लम्बाई बढ़ाना तो आपके हाथ में है। आपको अपनी बहू की जितनी 'हाइट' चाहिए उतनी ऊँची एड़ी की सैण्डल उसको पहना लीजियेगा।'' श्रीमती भूषण की बातें सुनकर और रत्ना के चेहरे पर होनेवाली उन बातों की प्रतिक्रिया को देखकर वर्मा जी का अपनी हँसी रोकना मुश्किल हो रहा था इसलिए अम्माँ को बुलाकर लाने के बहाने से वह उठकर चले गये। अब रत्ना ने दीपक को अपनी समस्या समझाने की कोशिश

करते हुए लड़की की लम्बाई ज़्यादा होने की अपनी माँग पर ज़ोर देना शुरू किया तो दीपक गाँधी ने बैंक में होनेवाली अपनी तरक़्क़ी को रत्ना भाभी के हाथों इस तरह बरबाद होने से रोकते हुए इस रिश्ते को जुड़वाने की जी-तोड़ कोशिश शुरू कर दी और बोले, ''भाभी जी, विवाह सम्बन्ध जोड़ते समय परिवार देखना चाहिए। हमारे भूषण सर ख़ानदानी रईस हैं और स्टेट बैंक में रीजनल मैनेजर हैं और...'' तभी दीपक की नज़र अरविन्द के साथ कमरे में दाख़िल होती अम्माँ जी पर पड़ी और वह उनके चरण पकड़कर अपना कार्य सिद्ध करवाने के इरादे से उनकी तरफ़ बढ़ लिये। अम्माँ ने उनको सदा सुखी रहने का आशीर्वाद देकर परिवार और गुन्नो बहन के हाल-चाल पूछे और आकर रत्ना की बग़ल में बैठ गयीं तब अरविन्द ने भूषण दम्पति से अम्माँ का परिचय करवाते हुए उनके आने का कारण बताया तो मौक़ा मिलते ही दीपक ने बातचीत की बागडोर अपने हाथ में लेते हुए अम्माँ से कहा, ''मामी जी, अभी कुछ देर पहले मैं रत्ना भाभी जी को समझा रहा था कि शादी-ब्याह तय करते समय ख़ानदान देखना बहुत ज़रूरी होता है। आप तो भूषण सर के ख़ानदान को जानती ही होंगी, बनारस में इनके दादा जी और पिता जी का कितना नाम है। आज तक लोग इनकी पुश्तैनी हवेली को टुण्डे राजा की कोठी के नाम से जानते हैं। जायदाद तो जाने दीजिये पुश्तैनी धन इतना है कि सर जी की अगली सात पीढ़ियाँ बैठकर खा सकती हैं। इसीलिए कह रहा हूँ मामी जी, आप भाभी जी को समझाइये कि लड़की की लम्बाई पर न जायें। अब बेचारी की हाइट थोड़ी कम रह गयी है तो इसमें उस बेचारी लड़की का क्या दोष है? वैसे भी हर लम्बे लड़के को तो लम्बी पत्नी मिलती नहीं है... आप ख़ुद ही देख लीजिये, वह फ़िल्मी हीरो हैं न अमिताभ बच्चन, ख़ुद कितने लम्बे हैं लेकिन पत्नी मिली है बालिश्त बराबर की तो क्या उनकी इज़्ज़त इस बात से कम हो गयी है? यह तो मैंने एक ही उदाहरण दिया है, और भी न जाने कितने ऐसे जोड़े इस दुनिया में मिल जायेंगे।''

दीपक को चुप रहने का इशारा करते हुए अम्माँ ने कहा, ''दीपक बेटा, हमने तुम्हारी सारी बातें सुनीं, अब तुम हमारी बात सुन लो। देखो बेटा, बुरा मत मानना, लेकिन हमें अपने पोते की शादी उसकी पसन्द से करनी है तुम्हारे अमिताभ बच्चन या दुनिया के दूसरे लोगों की पसन्द से नहीं करनी है और अंशु ने पहले ही कह रखा है कि वह लम्बी, सुन्दर और ख़ूब पढ़ी-लिखी लड़की के साथ ही ब्याह करेगा इसलिए बेटा यह रिश्ता तो नहीं हो सकता है। तुम इन लोगों को लेकर हमारे घर आये, अच्छा लगा। कभी-कभी ऐसे ही आते रहना और हाँ...हमारे छोटे पोते के ब्याह में सपरिवार आना बेटा।''

उन लोगों के जाने के बाद काफ़ी देर तक अम्माँ, रत्ना और अरविन्द उन्हीं लोगों की बातें करके हँसते रहे। तभी अम्माँ ने अपने सिरहाने से एक लिफ़ाफ़ा उठाकर खोलते हुए रत्ना को पकड़ाया और बोलीं कि कानपुर से सुषमा ने अंशु के लिए एक

लड़की की तस्वीर भेजी है और लिखा है कि लड़की कोई फ़िल्मी हिरोइन-जैसी लगती है। रत्ना ने फ़ोटो पर नज़र डाली तो अम्माँ ने कहा, ''कैसी लगी लड़की? मुझे तो कुछ ख़ास अच्छी नहीं लगी...कैसी सुरख लाल लिपस्टिक लगा रखी है। ऐसे लग रहा है जैसे दो-चार लोगों का ख़ून पीकर आ रही है।'' रत्ना ने कोई जवाब नहीं दिया और फ़ोटो अरविन्द की तरफ़ बढ़ा दी तो वह बोले, ''अम्माँ, बात सिर्फ़ शक्ल-सूरत की नहीं है, लड़की ऐसी भी तो होनी चाहिए जो अंशु के साथ जिन्दगी भर अच्छी तरह निभा सके।'' पति की बात सुनकर रत्ना ने लम्बी साँस भरकर मानो अपनी सारी निराशा व्यक्त करते हुए कहा, ''मेरी तो अक़्ल ने जवाब दे दिया है। कहाँ से और कैसे अपने बेटे के लिए दुल्हन ढूँढ़कर लाऊँ कुछ समझ नहीं आ रहा है।''

अम्माँ ने बहू को तसल्ली देने के लिए कहा, ''बेटा, जब-जब जो-जो होना है तब-तब सो-सो होता है। जब समय आयेगा तब पलक झपकते ऐसी अच्छी लड़की मिल जायेगी कि तुम्हें पता भी नहीं चलेगा।'' अरविन्द ने इस तनावभरी स्थिति में भी पत्नी को चिढ़ाने का अवसर नहीं छोड़ा और बोले, ''अरे रत्ना! इतनी कोशिश कर रही हो और अब तो अपने बाबा जी से पूजा भी करवा चुकी हो फिर चिन्ता किस बात की है। मैं तो कहता हूँ कि अपने बाबा जी से पूछो, ऐसी कोई पूजा अगर करवा सकें जिसके प्रभाव से, जहाँ भी अंशु की भावी पत्नी इस समय हो वह खिंची हुई दिल्ली चली आये बल्कि उसको पूजा करवाकर अपने घर ही बुलवा लो तो बस तुम्हारी समस्या हल हो जायेगी, अरे तुम्हारे पास तो बाबा जी की इतनी ज़बरदस्त शक्ति है तुम तो कुछ भी करवा सकती हो...वैसे मेरे पास एक सुझाव और भी है। हम सब लोग बाबा जी को लेकर अमरीका क्यों न चलें! वहाँ अपने बाबा जी से पूजा करवाओगी तब तो शर्तिया तुम्हें अपनी बहू मिल ही जायेगी। कितनी चॉइस मिलेगी वहाँ...अमरीकन, चीनी, जापानी, बँगलादेशी...और...'' पति के मज़ाक से जली-भुनी रत्ना ने अरविन्द को चुप कराते हुए कहा कि अपने बेटे की शादी वह दिल्ली में और अपनी पसन्द की लड़की से ही करवायेगी। सास ने बहू के बिगड़ते मूड को देखते हुए बेटे को चुप रहने का इशारा किया और रत्ना को समझा-बुझाकर शान्त किया। अम्माँ के सामने तो वह सामान्य होने का नाटक करती रही लेकिन अपने कमरे में आकर रत्ना के मन में फिर से लड़की ढूँढ़ने की चिन्ता घूमने लगी। ''अख़बार में विज्ञापन देकर देख लिया, वेब साइट्स पर भी तक़दीर आजमा ली लेकिन हाथ तो कुछ भी नहीं लगा। किसी का ब्वॉय फ्रेण्ड होता है तो कोई ख़ुद बच्चे की माँ होती है। अच्छी लड़कियाँ बनाना तो शायद भगवान् ने बन्द ही कर दिया है। मेरे बेटे का न जाने क्या होगा।'' तभी उसको अचानक बाबा जी की 21 दिनों की डेड लाइन का ख़याल आया और अचानक घबराहट बढ़कर दो-तीन गुना हो गयी। एक-एक दिन कम होता जा रहा है और लड़की का कहीं कोई पता नहीं है। कौन-सा हथकण्डा आजमाया जाये इस चिन्ता में डूबी रत्ना को सहसा अपनी भाभी का ध्यान आया और भाभी से कोई लड़की बताने का आग्रह करने

के इरादे से उसने अपने मायके में फ़ोन मिलाया तो फ़ोन अलका भाभी की जगह उनकी बड़ी बेटी ऋचा ने उठाया और वह अपनी रत्ना बुआ पर अपनी बातों का लाड़ उँड़ेलने लगी तो रत्ना ने प्यार से झिड़कते हुए कहा, "बदमाश लड़की, फ़ोन पर ही बस प्यार जताती है अपनी बुआ से मिलने का तेरा मन कभी नहीं होता है?" ऋचा ने जब अपनी पढ़ाई और कॉलेज का हवाला देते हुए कहा कि चाहकर भी वह समय नहीं निकाल पाती है तो रत्ना ने याद दिलाया कि कल रविवार है और कल वह अपनी छोटी बहन रीना के साथ अपनी बुआ से मिलने आ सकती है। ऋचा ने बताया कि कल उसके कॉलेज से सब लड़कियाँ पिकनिक पर जा रही हैं इसलिए वह अगले रविवार को बुआ के घर ज़रूर आयेगी। पिकनिक का नाम सुनते ही ऋचा की बुआ जी का भतीजी प्यार बहू खोज में परिवर्तित हो गया। कॉलेज पिकनिक यानी बहुत-सारी प्यारी लड़कियों से मिलने का अवसर! रत्ना ने तुरन्त ऋचा से पिकनिक की जगह पूछी और जब पता चला कि वे लोग कुतुबमीनार जा रही हैं तो चहककर भतीजी से बोली की अगर परिवार के सब लोग राज़ी हो गये तो वह भी सबको लेकर कुतुबमीनार आयेगी।

अगले दिन हर हाल में कुतुबमीनार पहुँचना ही है यह ठानकर रात के खाने के समय सबके सामने पिकनिक पर चलने का प्रस्ताव रखा जिसे सुनकर अम्माँ तो तुरन्त चलने को तैयार हो गयीं लेकिन अरविन्द और सुदीप ने अपनी-अपनी व्यस्तता का हवाला देकर किनारा कर लिया। यह देखकर रत्ना ने सबको तो कह दिया कि अम्माँ और वह अकेले जाकर क्या करेंगी लेकिन अब परेशानी यह थी कि कल किस बहाने से घर से बाहर निकला जायेगा। मन की उलझन में पास रखा अख़बार उठाकर यूँ ही पलटना शुरू किया तो रत्ना को अपनी समस्या का हल मिल गया। कल नारी शक्ति नामक किसी संस्था का मोर्चा जन्तर-मन्तर से चलकर इण्डिया गेट जानेवाला है जिसमें लड़कियों पर ज़रूरत से ज़्यादा पाबन्दियाँ लगाये जाने के विरोध में आवाज़ उठायी जायेगी। रत्ना ने अख़बार एक तरफ़ पटका और सबको बताया कि कल उसको एक मोर्चे में जाना है इसलिए पिकनिक के लिए जाना तो असम्भव है। घर में किसी को भी उसकी बात पर शक नहीं हुआ क्योंकि अक्सर ही वह इस तरह के आयोजनों में शामिल होती रहती थी। अब सवाल था अपने वक्तव्य को सही रूप देने का। मोर्चे में शामिल होनेवाली बात को सच साबित करने के लिए कुछ देर तक तो रत्ना को जुलूस के साथ चलना पड़ेगा ताकि परसों के अख़बार और टीवी के समाचारों में इस ख़बर के साथ उसकी तस्वीर देखकर घरवालों और ख़ास तौर से घरवाले को उस पर किसी भी तरह का शक न हो सके। फिर वहाँ से जल्दी निकलकर ऑटो से कुतुबमीनार पहुँचना मुश्किल नहीं होगा। प्लान पक्का होने के बाद रत्ना ने 'नारी शक्ति' के दफ़्तर में फ़ोन करके मोर्चे में शामिल होने की इच्छा ज़ाहिर की तो उन लोगों ने उसकी इच्छा का सहर्ष स्वागत किया और सुबह 10 बजे जन्तर-मन्तर पहुँचने का आग्रह किया। ●

सुबह जब रत्ना मोर्चे में शामिल होने के लिए घर से निकलने लगी तो अरविन्द ने उसे समय से घर वापस आने की ताक़ीद करते हुए कहा कि दिन-भर धूप में पैदल घूमने की ज़रूरत नहीं है। पति की बात पर हामी भरकर वह जल्दी से बाहर निकल गयी। जन्तर-मन्तर पहुँचने पर देखा कि वहाँ पर महिलाओं और लड़कियों की अन्तहीन भीड़ जमा है। किसी तरह से वह भीड़ में 'नारी शक्ति' की अध्यक्षा श्रीमती सुधा चावला को ढूँढ़कर उनसे मुलाक़ात करने में सफल हुई और उनको एक सफल मोर्चा निकालने के लिए बधाई दी तो सुधा जी ने भी रत्ना को आने के लिए धन्यवाद देते हुए महिलाओं से दो शब्द कहने का अनुरोध किया और उनको बोलने के लिए माइक पकड़ा दिया। श्रीमती वर्मा तो ऐसे मौक़े की तलाश में ही थीं, लिहाज़ा मंच पर जाकर ज़ोरदार शब्दों में लड़कियों पर हर प्रकार की रोक-टोक लगाये जाने का विरोध करते हुए कहा, "यूँ तो विदेशों की हर बात को हमारा समाज अपना रहा है फिर लड़कियों को आज़ादी देने में कैसा संकोच? उनको विदेशी वेश-भूषा अपनाने से क्यों रोका जा रहा है? रोकना है तो उस गन्दी सोच को रोकिये जिसके तले दबे हुए हमारे समाज के पुरुष महिलाओं और लड़कियों को आये दिन बेइज़्ज़त करते हैं। बुराई छोटे कपड़े पहनने में नहीं है बल्कि देखनेवालों की नज़रों में है। मेरा अपने समाज से यही अनुरोध है कि अपना नज़रिया बदलें, अपने घर के लड़कों को महिलाओं की इज़्ज़त करना सिखायें, लड़कियों की इच्छाओं का दमन करके महान् बनने की कोशिश न करें।"

सभी ने ज़ोरदार तालियों के साथ रत्ना वर्मा के भाषण की सराहना की और फिर जुलूस इण्डिया गेट के लिए चल पड़ा। भीड़ में कुछ दूर चलने के बाद रत्ना धीरे से भीड़ से बाहर आ गयी और ऑटो रिक्शा लेकर कुतुबमीनार चली गयी। जन्तर-मन्तर पर कवरेज कर रहे एक संवाददाता ने फ़ोन करके सुदीप को बताया कि रत्ना के भाषण की पूरी 'फ़ुटेज' उसने न्यूज़ रूम को भेजी है, उसको वह देख ले और अगले समाचार बुलेटिन में लगवा दे। सुदीप ने घर पर फ़ोन करके यह सूचना दी तो अम्माँ और अरविन्द टीवी के सामने आसन जमाकर बैठ गये।

ऑटो कुतुबमीनार के सामने रुका तो रत्ना ने देखा कि वहाँ आज भीड़ कुछ ज़्यादा ही थी और काफ़ी पुलिसकर्मी भी चारों तरफ़ तैनात थे। आज छुट्टी का दिन है इसीलिए शायद जनता की सुरक्षा के लिए पुलिस का विशेष प्रबन्ध किया गया होगा, यह सोचकर वह अन्दर चली गयी। जगह-जगह लोग बैठे हुए थे, लेकिन रत्ना को तो लड़कियों के झुण्ड की तलाश थी इसलिए वह आगे बढ़ती गयी। फिर यह सोचकर कि ऋचा उसको

न देख ले रत्ना ने दुपट्टे से अपना चेहरा अच्छी तरह ढँक लिया और एक बेंच पर दो लड़कियों को बैठे देखकर उनके पास जाकर बैठ गयी। दुपट्टे से ढँके रत्ना के चेहरे को शक की नज़रों से देखते हुए उनमें से एक लड़की उठकर खड़ी हो गयी और अपनी सहेली का हाथ पकड़कर दूसरी जगह चलकर बैठने को कहने लगी। यह देखकर रत्ना ने तुरन्त उसको रोककर कहा कि उनको कहीं जाने की ज़रूरत नहीं है अगर उन लोगों को रत्ना से कुछ परेशानी हो रही है तो वही चली जायेगी और लड़कियों के जवाब का इन्तज़ार न करके वह जाने लगी तो उनमें से एक लड़की ने उसको रोकते हुए कहा, ''सॉरी आण्टी, आप जाइये मत, यहीं हमारे साथ बैठ जाइये।'' रत्ना जब नहीं बैठी तो दूसरी लड़की ने भी माफ़ी माँगते हुए कहा कि रत्ना को चेहरे पर चुन्नी लपेटे हुए देखकर वे दोनों डर गयी थीं। रत्ना ने हँसकर कहा, ''कोई बात नहीं बेटा, आजकल के ज़माने में चौकन्ना तो रहना ही चाहिए।'' फिर अपने चेहरे से दुपट्टा हटाकर वह उन लोगों के पास बैठकर बताने लगी कि दिल्ली में प्रदूषण कितना बढ़ गया है और उसी से बचने के लिए उसने चेहरे को ढँक रखा था। लड़कियाँ जब धीरे-धीरे उसके साथ खुलने लगीं तो उसने अपनी पूछ-ताछ शुरू कर दी। कौन हो, क्या नाम है, वगैरह-वगैरह। लड़कियों ने अपने नाम बताये तो रत्ना ने धीरे-धीरे उनसे यह पता लगा लिया कि वे दोनों कॉलेज पिकनिक में नहीं आयी हैं बल्कि उनमें से एक लड़की जिसका नाम सोनिया है, हैदराबाद से दिल्ली घूमने आयी है और दूसरी लड़की प्रियंका उसको कुतुबमीनार दिखाने लायी है। अब श्रीमती वर्मा ने अपनी जाँच-पड़ताल आगे बढ़ाते हुए उन लोगों से यह जानना शुरू किया कि वे दोनों क्या करती हैं। अब आगे की जानकारी लेने के लिए कोई तरीक़ा निकालना ज़रूरी था इसलिए रत्ना ने अपने ज्योतिष और हस्तरेखा के छोटे-मोटे ज्ञान का सहारा लेने का निश्चय किया। अपने कॉलेज के दिनों में रत्ना को हाथ देखने और दिखाने का बहुत शौक था और वह इसके बारे में ख़ूब पढ़ा भी करती थी। अपने इसी आधे-अधूरे ज्ञान और थोड़े-से सामान्य ज्ञान के दम पर उसने सोनिया नामक लड़की की हथेली अपने सामने करके उसमें अपनी आँखें गड़ा दीं और कुछ देर तक लकीरों को पढ़ने का नाटक करने के बाद उसको बताया कि वह अपना व्यापार शुरू करके एक सफल व्यवसायी बनना चाहती है लेकिन उसके माता-पिता उसका विवाह कर देना चाहते हैं। आण्टी जी की बात सुनकर सोनिया का मुँह खुला-का-खुला रह गया और उसने बताया कि शादी तय करने के लिए ही उसके पापा उसे लेकर दिल्ली आये हैं। रत्ना अपनी सफलता पर मुस्कराते हुए बोली, ''सोनिया, तुम अगर नहीं चाहोगी तो यह शादी नहीं होगी लेकिन तुम अपना ख़ुद का बिज़नेस नहीं कर पाओगी और अपनी शादी के बाद पति के काम में ही हाथ बँटाओगी।'' सोनिया कुछ और पूछती उससे पहले प्रियंका ने अपनी हथेली रत्ना के आगे कर दी तो उसने बड़े इत्मीनान से उसके हाथ को पढ़ना शुरू कर दिया जिसकी

वजह यह थी कि प्रियंका में उसको अपनी भावी पुत्रवधू का चेहरा ज़्यादा दिखायी दे रहा था। रत्ना ने प्रियंका को बताया कि उसके लिए एक बहुत स्मार्ट और अच्छे एन.आर.आई. का रिश्ता आनेवाला है और अगर उसके साथ शादी हो जायेगी तो प्रियंका बहुत सुखी रहेगी। हस्तशास्त्री रत्ना देवी जी ने यह भी बताया कि प्रियंका की शादी का एक योग तो इसी साल के अन्दर है लेकिन अगर वह निकल गया तो अगले पाँच सालों तक कोई योग नहीं है। दोनों लड़कियाँ आण्टी जी की बातों से बहुत प्रभावित हो गयी थीं इसलिए सोनिया ने रत्ना का फ़ोन नम्बर भी माँग लिया ताकि कभी ज़रूरत पड़ने पर उससे बात कर सके। रत्ना ने भी तुरन्त अपना नम्बर उसको दिया और फिर प्रियंका से बोली, "प्रियंका, अगर बुरा न मानो तो तुम्हें एक सलाह दूँ! देखो हाथ की लकीरों को पढ़वाने से ही भविष्य नहीं बन जाता है बल्कि उसके लिए थोड़ी कोशिश भी करनी पड़ती है। अब तुम्हारे लिये अच्छे रिश्ते आयें इसके लिए भी तो प्रयत्न करना पड़ेगा। मेरी सलाह मानो तो अपना प्रोफ़ाइल बहू/दामाद.कॉम जैसी किसी साइट पर डाल दो। अगर चाहो तो मैं तुम्हारी मम्मी से इस बारे में बात करूँ।" सोनिया ने आण्टी जी को भरोसा दिलवाया कि वह घर पहुँचकर प्रियंका के मम्मी-पापा को इस बारे में ज़रूर बता देगी।

अपनी इस सफलता के बाद श्रीमती वर्मा कुछ और चेहरों की तलाश में आगे बढ़ गयीं और एक बड़े-से घेरे में लड़कियों को बैठे देखकर उनके पास जाकर बातें करने लगीं। उनमें से एक लड़की ने आण्टी को अपने पास जगह बनाते हुए बैठने को कहा तो रत्ना ने बैठकर अपना बैग खोला और लड़कियों से दोस्ती करने के इरादे से फ्रेशमिण्ट का पैकेट निकालकर सबको मिण्ट बाँटने लगीं। लड़कियाँ जल्दी ही उससे घुल-मिल गयीं और फिर रत्ना ने अपने मतलब की जानकारी उनसे लेनी शुरू कर दी। तभी कुछ दूर बैठी ऋचा की नज़र उस पर पड़ी और अपनी बुआ से मिलने के लिए वह उसकी तरफ़ आने लगी मगर उसने देखा कि दो पुलिसकर्मी उसकी बुआ के पास आकर खड़े हो गये हैं और एक महिला पुलिसकर्मी उनका हाथ पकड़कर उठा रही है। यह देखकर पल-भर के लिए ऋचा के क़दम वहीं थम गये और फिर उसने देखा कि महिला पुलिसकर्मी रत्ना का हाथ पकड़कर ज़बरदस्ती अपने साथ लेकर जा रही है। यह देखते ही ऋचा दौड़कर उन लोगों के पास पहुँची और पुलिसकर्मी से अपनी बुआ को छोड़ने का आग्रह करने लगी तो उसने ऋचा को भी दबोच लिया और बोली, "मतलब जे, की तू भी जिसके संग मिली हुई से चल, तू भी चल।" बेचारी ऋचा रोने लगी और रत्ना से पुलिस द्वारा पकड़े जाने की वजह पूछने लगी तो रत्ना ने बताया कि वह तो 'नारी शक्ति' के मोर्चे में गयी थी फिर वहाँ से ऋचा से मिलने कुतुबमीनार आ गयी और उसी को ढूँढ़ रही थी कि इन लोगों ने पकड़ लिया। फिर रत्ना ने पुलिसकर्मी से ऋचा को छोड़ने के लिए कहा तो वह उसको खींचते हुए बोली, "भतेरी

बातें कर लीनी अब चुप्प हो जा और जो भी केहेना होए सो चौकी में पहोंच के कहियो। भोत सिद्धही बणे से। सरम ना आवे थारे? बेचारे बच्चों को नसे की आदत डाले से।''

पुलिसवाली की बात सुनकर रत्ना और ऋचा हैरान हो गयीं। रत्ना ने गुस्से से महिला पुलिस को ग़लत इलज़ाम लगाने के लिए डाँट लगायी तो वह भी तैश में आकर बोली कि जो भी सफ़ाई देनी हो वह महरौली थाने में चलकर देना। फिर रत्ना को पुलिस जीप में बैठाने लगी तो ऋचा ने एक बार फिर अपनी बुआ को छोड़ देने की प्रार्थना की जिस पर महिला पुलिस ने उसको भी जीप में बैठने को कह दिया तब रत्ना ने ऋचा को वहाँ से जाने को कहा। पुलिसकर्मी ने भी कुछ सोचकर ऋचा को सिर्फ़ धमकाकर छोड़ दिया और रत्ना को लेकर जीप आगे बढ़ गयी। यह सारा तमाशा देखने के लिए वहाँ लोगों की भीड़ लग गयी थी और सभी लोग तरह-तरह की बातें बना रहे थे। प्रियंका और सोनिया ने भी पुलिस जीप में जाती रत्ना को देखा तो सोनिया बोली, ''हमारा भविष्य बताने से पहले अगर अपना हाथ पढ़ लिया होता तो शायद पुलिस से बचने का कुछ इन्तज़ाम कर सकती थीं बेचारी आण्टी जी।'' जब रत्ना को पुलिस लेकर चली गयी तब ऋचा ने सबसे पहले अपने पापा और अरविन्द फूफा जी को फ़ोन करके सारा हाल बताया और महरौली पुलिस थाने पहुँचने को कहा।

पुलिस की जीप में बैठी रत्ना अपनी क़िस्मत को कोसने लगी, ''आखिर मेरे साथ ही ऐसा क्यों होता है कि जब भी मैं अंशु के लिए लड़की ढूँढ़ने जाती हूँ तभी किसी-न-किसी मुसीबत में फँस जाती हूँ'' महिला पुलिसकर्मी ने रत्ना से पूछ-ताछ करने के अन्दाज़ में डाँटते हुए पूछा कि वह नशे की दवाइयों का धन्धा क्यों करती है और उसका बॉस कौन है। आज तक किसी की भी रत्ना से इस तरह बात करने की हिम्मत नहीं पड़ी थी इसलिए जोश में आकर पुलिसवाली की अक़्ल ठिकाने लगाने के इरादे से उस पर हाथ उठाने चली लेकिन सही समय पर सुबुद्धि आ गयी और शान्त होकर बोली, ''देखो तुमको कोई ग़लतफ़हमी हुई है। मैं तो समाजसेविका हूँ, ग़लत बातों और बुरी चीज़ों के ख़िलाफ़ आवाज़ उठाती हूँ। मैं भला ऐसा ख़राब काम कैसे कर सकती हूँ। तुम चाहो तो मेरा यह बैग खोलकर देख लो, कुछ भी नहीं मिलेगा तुमको।'' यह कहकर पुलिसवाली को दिखाने के लिए अपना बैग खोला तो पुलिसकर्मी महिला को बैग के अन्दर रखा फ्रेशमिण्ट का पैकेट दिखायी दे गया और वह बोली, ''जेई नसे की गोली बाँटे थी न छोरियों ने? और म्हारे से झूट बोल्ले से'' इस बीच रत्ना ने अरविन्द से बात करने के इरादे से बैग में से अपना फ़ोन निकाला तो पुलिसवाली ने लपककर फ़ोन छीन लिया और अकड़कर बोली कि अब किसी को फ़ोन करने से कोई फ़ायदा नहीं होगा क्योंकि सबूत भी मिल गया है कि बैग में ड्रग्स थीं। रत्ना ने उस औरत को लाख समझाने की कोशिश की कि वह नशे की नहीं बल्कि पेपरमिण्ट की गोलियाँ हैं मगर उसकी समझ में बात नहीं आयी और जब रत्ना ने उसे एक गोली

खाकर देखने को कहा तब तो वह यहाँ तक कहने लगी कि ड्यूटी पर एक पुलिसकर्मी को नशा करवाने के जुर्म में वह रत्ना के ऊपर मुक़द्दमा करवायेगी। उस जाहिल औरत से बात करना व्यर्थ समझकर रत्ना चुपचाप बैठकर थाने पहुँचने का इन्तज़ार करने लगी।

महरौली थाने पहुँचकर अपना परिचय देते हुए जब रत्ना ने थाना इन्चार्ज के सामने स्वयं प्रकाश जी का नाम लिया और मुख्यमन्त्री को फ़ोन करके उसका तबादला करवाने की धमकी दी तो उसके होश उड़ गये। उसने फ़ौरन दोनों पुलिसकर्मियों को बुलाकर मैडम को थाने में लाने की वजह पूछी तो एक ने बताया कि उन लोगों को 'ड्रग पैड्लर' का जो स्केच दिया गया था बिलकुल उसी तरह से इस औरत ने अपने मुँह पर दुपट्टा बाँधा हुआ था और इसका बैग भी स्केच से एकदम मैच कर रहा था। दूसरी पुलिसकर्मी ने तुरन्त अपनी वर्दी की जेब में से एक मुड़ा-तुड़ा काग़ज़ निकालकर इन्चार्ज को दिखाया और बोली, "साब जी जे देक्खो सकैच" थाना इन्चार्ज ने काग़ज़ पर नज़र डाली और अपना सर थाम लिया। "बेवकूफो! इसमें चेहरा कहाँ दिखायी दे रहा है? सिर्फ़ दुपट्टा नज़र आ रहा है और तुम लोग इन मैडम को इनके बैग से पहचानकर यहाँ ले आये? तुम लोगों को कोई भी महिला चेहरा ढँके हुए नज़र आयेगी तो तुम उसको पकड़कर ले आओगी? पहले तो यह बताओ कि थाने से जो स्केच तुम्हें दिया गया था वह कहाँ है? और यह काग़ज़ तुम लोगों के पास कहाँ से आया?" बहुत डरते-डरते एक ने बताया कि असली स्केच कहीं खो गया था इसलिए उन लोगों ने किसी से यहवाला बनवा लिया था। सारी कथा सुनकर रत्ना ने थानेदार को आड़े हाथों लेते हुए कहा कि पुलिस जनता की सहायता करने के लिए होती है लेकिन आप लोग ऐसे-ऐसे जाहिलों को पुलिस में भरती करके जनता को बेवजह परेशान करते हैं। रत्ना ने अपना मोबाइल माँगते हुए कहा कि अब वह थानेदार की कोई बात नहीं सुनेगी और मुख्यमन्त्री को फ़ोन मिलाकर उसकी शिकायत करेगी। थाना इन्चार्ज उसके सामने हाथ जोड़कर माफ़ी माँगने लगा तो रत्ना ने कहा, "मैं तो आपको माफ़ कर दूँगी लेकिन इतने लोगों के सामने इन दोनों ने मुझे पकड़कर मेरी जो बेइज़्ज़ती की है उसका भुगतान कौन करेगा?"

थानेदार अपनी पूरी ताक़त लगाकर रत्ना को समझाने में लगा हुआ था, उसी समय रत्ना के भाई रवि प्रकाश थाने के अन्दर दाख़िल हुए और रत्ना को बैठे देखकर तुरन्त उसके पास आकर वहाँ लाये जाने की वजह पूछी तब रत्ना ने बग़ैर चेहरेवाले स्केच का हवाला देते हुए पूरा क़िस्सा उनको सुनाया। रवि प्रकाश ने बहन की इस दुर्गति के लिए थानेदार की अच्छी तरह से खिंचायी की और उसको चौबीस घण्टों के अन्दर नौकरी से सस्पेण्ड करवाने की धमकी देकर बोले, "तुम्हारे जैसे निकम्मे अधिकारी के रहने से तो अच्छा है कि थाने में ताला लगा दिया जाये।" अभी तक तो बेचारा थानेदार

सिर्फ़ मैडम की गालियाँ खा रहा था लेकिन अब तो मैडम के भाई साहब उसकी नौकरी छीनने पर ही उतारू थे। इसलिए मैडम को छोड़कर उसने भैया जी के हाथ-पैर जोड़ने शुरू कर दिये। मामला अभी निबटा भी नहीं था कि वकील साहब भी गुस्से में थरथराते हुए पहुँच गये और अपने क़ानूनी दाँव-पेच समझाकर बेचारे थानेदार की बची-खुची अकड़ भी धो डाली। थाना इन्चार्ज उन लोगों से माफ़ी माँगते हुए अपने जाहिल सिपाहियों के सिरों पर ग़लतियों का घड़ा फोड़कर मामले को रफ़ा-दफ़ा करने की कोशिश करने लगा और एक सिपाही से दौड़कर चार ठण्डे लाने को कहा क्योंकि इस समय उसको अपनी नौकरी बचाने की चिन्ता थी जो कि शायद इन 'हाई प्रोफ़ाइल' लोगों को ठण्डा पिलाने से बच जायेगी। मगर मेहमान अब वहाँ एक पल के लिए भी रुकने को तैयार नहीं थे इसलिए थाना अधिकारी उन लोगों को बाहर तक छोड़ने आया और बार-बार अपने कर्मचारियों की भयंकर ग़लती के लिए माफ़ी माँगता रहा। आख़िर उसके गिड़गिड़ाने से पसीजकर रवि प्रकाश ने आश्वासन दिया कि वह मुख्यमन्त्री जी से उसकी शिकायत नहीं करेंगे तब कहीं थानेदार की साँसें लौटीं और सबको नमस्ते करके वह चला गया। उसके जाने के बाद जब रवि प्रकाश ने रत्ना से पूछा कि वह तो नारी शक्ति के मोर्चे में गयी थी फिर कुतुबमीनार कैसे पहुँची? तो रत्ना ने अपने भाई को अपनी दुःख भरी 'विपत कथा' सुनानी शुरू की, "भैया, जुलूस के साथ चलते-चलते मुझे थकान होने लगी तो मैंने सोचा कि ऑटो लेकर सीधी इण्डिया गेट क्यों न पहुँच जाऊँ, मगर कोई भी ऑटो नहीं मिला। एक आया भी तो उसमें पहले से ही एक औरत बैठी हुई थी। मैंने उसको रोककर पूछा तो पता चला कि वह मेहरौली जा रही थी। अच्छी महिला थी, बेचारी ने मुझसे ख़ुद कहा कि वह मुझे रास्ते में कहीं छोड़ देगी। मैं भी उसकी बात मानकर ऑटो में बैठ गयी और सोचा कि रास्ते में दूसरा ऑटो मिल जायेगा तो घर चली जाऊँगी, लेकिन मेरी बदक़िस्मती से कोई ऑटो नहीं मिला और मैं मेहरौली पहुँच गयी। तभी याद आया कि आज तो ऋचा पिकनिक के लिए कुतुबमीनार आयी है, बस उससे मिलने वहाँ चली गयी और इस मुसीबत में फँस गयी। मगर भैया आप बाबू जी को इस बारे में कुछ मत बताइयेगा।" लेकिन बहन की बात को नज़र-अन्दाज़ करते हुए रवि ने कहा कि थाना इन्चार्ज की ग़लती की वजह से एक इज़्ज़तदार महिला का अपमान होना कोई छोटी बात नहीं है इसलिए उसकी शिकायत मुख्यमन्त्री से करके वह उसको सस्पेण्ड तो करवाकर ही रहेंगे। रवि प्रकाश के जाने के बाद रत्ना को लेकर घर जाते समय अरविन्द ने एक ज़हरीली हँसी हँसते हुए श्रीमती जी से कहा, "तो रत्ना जी, बहू ढूँढ़ने के ग़लत तरीक़े आजमाने का नतीजा देख लिया?" पति की बात सुनकर रत्ना हक्की-बक्की रह गयी लेकिन फिर भी ख़ुद को सही साबित करते हुए बोली, "तुमसे किसने कह दिया कि मैं बहू ढूँढ़ने कुतुबमीनार गयी थी? भैया को मैंने बताया था न कि मैं कैसे वहाँ पहुँची थी..." पत्नी

की बात काटते हुए वर्मा जी ने कहा कि उसके इस नम्बर दो के बयान पर उसके भाई साहब ही विश्वास कर सकते हैं अरविन्द को अपनी पत्नी की असलियत का पता रहता है इसलिए ऐसी झूठी बयानबाज़ी उनके सामने नहीं चलेगी। ''मैं अच्छी तरह जानता हूँ कि ऋचा पर अचानक तुम्हारा इतना प्यार सिर्फ़ इसलिए उमड़ा था क्योंकि इस बहाने तुमको पिकनिक में ढेर-सारी लड़कियों को देखने और उनसे मिलने का मौक़ा मिलनेवाला था। ग़नीमत समझो कि ऋचा वहाँ पर थी और उस बच्ची ने रवि भाई साहब को और मुझे फ़ोन करके तुम्हारे पकड़े जाने की ख़बर दे दी वरना हमें पता नहीं चलता और तुम हवालात की हवा खा रही होतीं। हज़ार बार तुम्हें समझा चुका हूँ मगर तुम अपनी बेवकूफ़ियाँ छोड़ती ही नहीं हो।''

पति की झिड़की सुनकर रत्ना रुआँसी हो गयी और आगे ऐसी कोई भी हरकत न करने की क़सम खाकर पति से अपनी ग़लती के लिए माफ़ी माँग ली। बाक़ी रास्ते-भर पति-पत्नी चुपचाप बैठे अपनी-अपनी गुत्थियाँ सुलझाने में जुटे रहे और जब घर पहुँचे तो अम्माँ अपने बेटे और बहू को साथ में आते हुए देखकर हैरान हो गयीं और अरविन्द से पूछा कि क्या वह भी रत्ना के साथ मोर्चे में शामिल होने गये थे। अम्माँ को जवाब देने से पहले वर्मा जी ने पत्नी की तरफ़ एक ख़तरनाक नज़र डाली और फिर अम्माँ से कहा कि रत्ना को घर वापस आने के लिए कोई ऑटो रिक्शा नहीं मिल रहा था इसलिए वह उसको लेने गये थे। अब अम्माँ ने आगे बढ़कर अपनी बहू की पीठ थपथपाते हुए कहा, ''शाबाश बेटा, बहुत अच्छा भाषण दिया था। कुछ भी कहो लेकिन तुम्हारे अन्दर अपने पिता जी के गुण आये हैं। एक दिन तुम ज़रूर एक अच्छी नेता बनोगी।'' अरविन्द ने दोबारा श्रीमती जी की तरफ़ देखा और बोले ''हाँ अम्माँ, मैं भी इनसे यही कह रहा था लेकिन मेरी बात तो यह मानने को तैयार ही नहीं होती हैं।'' रत्ना अपने पतिदेव के तानों से बचने के लिए जल्दी से अपने कमरे में चली गयी मगर अरविन्द इस पुलिस मुठभेड़ के बाद रत्ना को लेकर बहुत परेशान हो गये थे। उनको समझ में नहीं आ रहा था कि उसकी इन बचकानी मगर ख़तरनाक हरकतों पर कैसे रोक लगायें? तभी अंशुमन का फ़ोन आ गया और उसने बताया कि वह अपनी मम्मी को फ़ोन मिला रहा है लेकिन उनका फ़ोन बन्द है। वर्मा जी ने बेटे को बताया कि अभी रत्ना के मौन व्रत का समय है इसलिए उसने फ़ोन ऑफ कर दिया होगा। 'मौन व्रत' अंशु ने हैरानी से पूछा, तो अरविन्द ने बेटे को बताया कि यह भी उसकी शादी करवाने की तपस्या का ही एक हिस्सा है और फिर उन्होंने आज का पूरा क़िस्सा बेटे को सुनाते हुए बताया कि कुछ देर पहले ही वह रत्ना को पुलिस थाने से छुड़वाकर लाये हैं। सारी बात सुनकर अंशुमन को समझ में नहीं आ रहा था कि वह अपनी माँ की इन हरकतों पर हँसे या गुस्सा करे। अरविन्द ने बेटे की तरफ़ से कोई प्रतिक्रिया होते नहीं देखी तो बोले, ''बेटा, तुम्हारी मम्मी की हरकतों से मैं बहुत परेशान हो गया

हूँ इसलिए सोच रहा हूँ कि अगर तुम्हें कोई परेशानी न हो तो कुछ दिनों के लिए उन्हें तुम्हारे पास भेज दूँ?"

पापा की बात सुनकर अंशु कुछ संकोच से बोला, "पापा, वैसे मुझे मम्मी के आने से कोई दिक़्क़त नहीं है लेकिन यही डर लगता है कि अगर यहाँ उन्होंने कोई ऐसी-वैसी हरकत की तो मैं बहुत परेशानी में फँस जाऊँगा। वहाँ तो नाना जी की और आपकी वजह से वह बच गयीं मगर यहाँ तो सीधी जेल में जायेंगी। आई होप, आप मेरी बात समझ रहे होंगे। पापा...या तो आप दोनों आ जाइये फिर मुझे कोई टेन्शन नहीं रहेगा।" वर्मा जी ने व्यस्तता के चलते दिल्ली से अपना निकल पाना असम्भव बताते हुए बेटे की इस बात से भी सहमति जतायी कि रत्ना को अकेले अमरीका भेजना उचित नहीं होगा। अंशुमन से बात होने के बाद वर्मा जी और भी गम्भीरता से अपनी पत्नी के सर से बहू ढूँढ़ने का भूत उतारने के बारे में विचार करने लगे। वैसे कुतुबमीनारवाले हादसे के बाद रत्ना की ऊट-पटांग हरकतें बन्द हो गयी थीं। चाहकर भी अंशु की बहू ढूँढ़ने के कोई नये हथकण्डे आजमाने की हिम्मत वह नहीं कर पा रही थी। इसलिए आजकल उसका अधिक समय या तो हेरम बाबा जी के आश्रम में बीतता था या फिर अम्माँ के कमरे में। एक दिन ऐसे ही ख़ाली बैठे हुए उसकी इच्छा घरवालों को अपने हाथ का बना हुआ खाना खिलाने की हुई और वह रसोई-घर में पहुँच गयी। वहाँ माखनलाल को आलू छीलते हुए देखा तो उसको पहले लौकी घिसकर और प्याज का मसाला तैयार करके रखने को कहा तो मैडम जी का हुक्म सुनकर माखनलाल का मुँह बन गया। ज़ाहिर है कि मैडम अगर किचन में काम करेंगी तो काम कम करेंगी ऑर्डर ज़्यादा देंगी और फिर माखनलाल की आज़ादी तो गयी तेल लेने। लेकिन मेम साहब की आज्ञा का पालन न करे यह हिम्मत तो जब वकील साहब की ही नहीं है तो माखनलाल फिर क्या चीज़ है इसलिए तुरन्त आज्ञा का पालन शुरू हो गया और रत्ना यूँ ही रसोई-घर की खिड़की के पास खड़ी होकर बाहर झाँकने लगी और उसकी निगाह सड़क पार के एक बँगले के लॉन में जाकर अटक गयी। यह बँगला राजेश मनचन्दा नामक एक व्यवसायी का है और इस समय मिसिज़ मनचन्दा अपने लॉन में बैठकर किसी से बातें कर रही थीं। लेकिन रत्ना की निगाह का अटकाव मिसिज़ मनचन्दा नहीं बल्कि उनके साथ बात कर रही लड़की थी। "यह लड़की कौन है...पहले तो इसको यहाँ कभी नहीं देखा है..." रत्ना के चिन्तन चक्र को भंग करते हुए माखनलाल ने बताया कि लौकी और मसाला तैयार हो गया है, लिहाज़ा रत्ना को खिड़की से हटाकर अपना ध्यान घिसी हुई लौकी पर केन्द्रित करना पड़ा। मसाला मिलाकर कोफ़्ते के गोले बनाकर गैस पर चढ़ी तेल की कड़ाही में तलने के लिए डालते हुए रत्ना की नज़र एक बार फिर से मनचन्दा जी के लॉन की तरफ़ उठ गयी तो उसने देखा कि वह लड़की अब रत्ना की खिड़की की तरफ़ चेहरा करके खड़ी हुई मिसिज़ मनचन्दा से बातें कर रही थी इसलिए

उसका चेहरा ठीक से दिखायी दे रहा था। लड़की को ठीक से देखने के चक्कर में कोफ़्ते बेचारे कड़ाही में जलकर काले पड़ने लगे मगर अंशु की मम्मी तो भावी बहू को देखने में मगन थीं। "लड़की तो अच्छी लग रही है...हाइट कुछ कम लग रही है...कोई बात नहीं अब कहीं तो समझौता करना ही पड़ेगा..." तभी माखनलाल ने टोका, "मेमसाब कोफ़्ते तो जल गये। आवाज़ सुनकर रत्ना जैसे ही सपने से जागी तो यथार्थ को जला हुआ देखकर सारा गुस्सा माखनलाल पर उतारा, "इतनी देर से सो रहे थे क्या जो अब बता रहे हो।" माखनलाल चाहते हुए भी नहीं कह पाया कि कोफ़्ते वह नहीं बल्कि मैडम तल रही थीं और अपराधी की तरह सर झुकाकर खड़ा हो गया तो रत्ना ने उसको दोबारा लौकी घिसने के लिए कहा जिस पर उसने मरी हुई आवाज़ में बताया कि लौकी ख़त्म हो गयी है परवल रखे हैं अगर मेमसाब कहें तो परवल घिस दिये जायें। माखन का जवाब सुनकर रत्ना को उसकी कम अक़्ल पर तरस आने लगा और उसने माखन का ज्ञानवर्द्धन करने के लिए बताया कि परवल के कोफ़्ते नहीं बन सकते हैं इसलिए मेमसाब किसी और दिन खाना बनायेंगी। आज ख़ाने में भरवाँ परवल, दम आलू और नुक्ती का रायता बनेगा जो कि माखनलाल बनायेगा। हुक्म सुनाकर मैडम जी अपने कमरे में चली गयीं और माखनलाल ने बड़बड़ाते हुए अपना काम शुरू किया। क़ोफ़्ते अपने-आप जलाये और डाँट हमें लगायी। अगर हमसे यह ग़लती हुई होती तब तो शायद हमारी गर्दन ही काट देतीं। खाना बनाने में जल्दी-जल्दी हाथ चलाते हुए माखनलाल अपने बेचारे साहब जी पर तरस खा रहा था जो हर समय मेमसाब के तेवर झेलते रहते हैं।

•

मिसिज़ मनचन्दा के यहाँ जाने के इरादे से निकलकर जब रत्ना बाहर आयी तब सोचा कि उनके घर जाने की कोई वजह तो होनी चाहिए। सोचा कि सुदीप की शादी का कार्ड देने के बहाने से चली जाये लेकिन कार्ड बाँटने के लिए तो वर्मा जी के साथ जाना ही ठीक रहेगा तभी अलका भाभी के दिये हुए वैष्णो देवी के प्रसाद का ख़याल आया और थोड़ी देर बाद प्रसाद देने के बहाने से वह अपनी पड़ोसिन के घर पर पहुँच गयी। मिसिज़ वर्मा को अचानक आया हुआ देखकर वीना मनचन्दा थोड़ी हैरान हुईं तो रत्ना ने प्रसाद का डिब्बा उनके हाथ में देते हुए बताया कि उसके भैया और भाभी वैष्णो देवी गये थे, वहीं का प्रसाद देने के लिए वह आयी है। प्रसाद का डिब्बा मिसिज़ मनचन्दा के हाथ में थमाकर रत्ना ने चारों तरफ़ नज़र दौड़ायी लेकिन लड़की नहीं दिखायी दी

"अब कैसे पूछा जाये लड़की के बारे में" रत्ना यही सोच रही थी तभी वीना मनचन्दा ने पूछ लिया, "मिसिज़ वर्मा, आप किसी को ढूँढ़ रही हैं?" रत्ना ने तुरन्त जवाब दिया, "अब आपके घर में मैं किसको ढूँढूगी वीना जी? असल में यहाँ आते समय मैंने किसी को आपसे बातें करते हुए देखा था, आपकी कोई रिश्तेदार आयी हुई हैं क्या? दिल्ली घूमने के लिए बाहर से लोग आते रहते हैं न इसीलिए पूछ रही थी।" वीना जी ने बताया कि उनके सारे रिश्तेदार दिल्ली में ही रहते हैं इसलिए बाहर से किसी के आने का कोई सवाल ही नहीं उठता है। रत्ना ने अपनी बात दोहराते हुए कहा कि उसने किसी लड़की को यहाँ लॉन में वीना मनचन्दा के साथ बैठकर बातें करते देखा था। यह सुनकर श्रीमती मनचन्दा ने सोचते हुए कहा, "हाँ, अभी कुछ देर पहले एक लड़की आयी थी पुराने कपड़े माँगने के लिए, कह रही थी कि कोई संस्था है जो पुराना सामान इकट्ठा करके ज़रूरतमन्दों में बाँटने का काम करती है। अगली बार आयेगी तो उसको आपके यहाँ भेज दूँगी।" अपनी बेवकूफ़ी पर पर्दा डालने के लिए इससे अच्छा बहाना नहीं मिल सकता था इसलिए पूरे जोश के साथ उस लड़की को अपने घर भेजने का आग्रह करके रत्ना उठने लगी तो वीना जी ने रत्ना की दुखती रग पर हाथ रखते हुए बड़े बेटे की शादी के बारे में पूछ लिया। रत्ना को लगा जैसे किसी ने लाल मिर्च की बुकनी उसकी ज़बान पर रख दी हो फिर भी हँसकर बोली, "अभी तो हम छोटे बेटे की शादी कर रहे हैं, जब बड़े के लायक़ कोई अच्छी लड़की मिल जायेगी तब उसकी शादी भी कर देंगे। वीना मनचन्दा ने छोटे बेटे की शादी की बधाई देते हुए जब होनेवाली बहू के बारे में पूछना चाहा तो रत्ना ने बताया कि लड़की सुदीप के साथ उसी के दफ़्तर में काम करती है और शादी सुदीप की पसन्द से हो रही है।" इस बात पर अपनी ख़ुशी ज़ाहिर करते हुए वीना जी ने इस नेक काम को अंजाम देने के लिए सुदीप की तारीफ़ करते हुए फिर से एक बार बड़े बेटे के बारे में पूछ ही लिया, "मिसिज़ वर्मा, आपके बड़े बेटे को कोई लड़की नहीं मिली जो आपको बहू ढूँढ़ने के लिए परेशान होना पड़ रहा है। अरे अमरीका में तो एक-से-एक बढ़कर लड़कियाँ मिल जायेंगी। उससे कहिये वहीं पसन्द कर ले।" वीना जी के उपदेशों से परेशान होकर रत्ना ने जवाब दिया, "अभी तक बड़े बेटे को मन पसन्द लड़की नहीं मिली है जब मिल जायेगी तो आपको ज़रूर बताऊँगी। अच्छा वीना जी, अब मैं चलती हूँ, किसी दिन वर्मा जी के साथ सुदीप की शादी का कार्ड देने आऊँगी। शादी में ज़रूर आइयेगा।"

अपनी नाकामयाबी से खिसियायी हुई रत्ना घर आकर अपने बिस्तर पर थककर लेट गयी तभी नज़र पास की मेज़ पर रखे कैलण्डर पर पड़ गयी और उसका दिल घबराहट से धड़कने लगा। बाबा जी के बताये हुए 21 दिनों में से अब सिर्फ़ 5 दिन बचे थे और अभी तक अंशु की शादी का दूर-दूर तक पता नहीं था। "कहीं बाबा जी मुझे धोखा तो नहीं दे रहे हैं? इतना रुपया ऐंठ लिया है लेकिन नतीजा कुछ भी नहीं

निकला।'' बाबा जी के प्रति सारी श्रद्धा एक पल में हवा हो गयी और उसने फ़ोन उठाकर बाबा जी का नम्बर लगा दिया मगर बाबा जी ने बात करना तो दूर उसका फ़ोन ही काट दिया और बाबा जी की इस हरकत ने रत्ना के गुस्से के ज्वालामुखी को हवा दे दी। ''इतनी हिम्मत कि मेरा फ़ोन काट दिया?'' रत्ना दनदनाती हुई बाहर गयी और गैरज से गाड़ी निकालकर बाबा जी के आश्रम की तरफ़ चल दी।

अपने आश्रम के बग़ीचे में पेड़ की छाँव में बैठकर चिलम का दम लगाते हेरम बाबा जी ने जब रत्ना को गाड़ी से उतरकर आश्रम की तरफ़ आते हुए देखा तो फ़ौरन पास खड़े अपने चेले के हाथ में चिलम थमाकर ध्यान मुद्रा में बैठ गये। चतुर चेला अपने गुरु जी की अनकही बात समझकर तुरन्त रत्ना के पास गया और गुरु जी को ध्यानमग्न बताकर उनका ध्यान भंग न करने की प्रार्थना करते हुए उनको वापस जाने को कहने लगा तो रत्ना ने चेले को फटकारकर एक तरफ़ किया और बाबा के पास जाकर ज़ोर से चिल्लायीं तो बाबा ने अपनी लाल-लाल आँखें खोलकर क्रोध से उसकी तरफ़ देखकर कहा, ''मूर्ख स्त्री, तेरे बेटे के विवाह के लिए इस समय साक्षात् काली माँ से प्रार्थना कर रहा था लेकिन तूने मेरी तपस्या में विघ्न डालकर सब काम बिगाड़ दिया। अब देखना, माँ काली विवाह में और भी विघ्न डाल देंगी। हे माँ! हे माँ! दया कर।'' अपनी बात पूरी करके बाबा जी ने रत्ना की प्रतिक्रिया देखने के लिए उसकी आँखों में आँखें डालकर अपने ऊपर देवी का प्रभाव दिखाने का नाटक किया और उसके चेहरे पर जब अपनी बात का असर देख लिया तब चेले की तरफ़ देखकर बोले, ''बेटा भगतराम, कल रात में हमने इन देवी जी के लिए जो विशेष हवन किया था उसका प्रसाद लाकर इन्हें दे दो'' और अपनी बात ख़त्म करके फिर से समाधि में लीन होने का नाटक करते हुए माँ काली...माँ काली का जाप शुरू कर दिया तो रत्ना ने बाबा जी के चरण स्पर्श करते हुए कहा, ''बाबा जी, मुझे क्षमा करियेगा, मेरी ग़लती का दण्ड मेरे बेटे को मत दीजियेगा। बात यह है बाबा जी कि इतने दिन हो गये हैं अभी तक बेटे का विवाह नहीं हुआ है इसीलिए मुझे लगा कि आप शायद मुझे ठग रहे हैं'' और वह बाबा जी के चरणों में गिरकर रोने लगी तब बाबा जी ने उसके सर पर हाथ रखकर शान्त होने को कहा। तब तक चेला प्रसाद की पुड़िया लेकर आ गया तो बाबा जी ने पुड़िया रत्ना की हथेली पर रखते हुए उसकी मनोकामना पूरी होने का आशीर्वाद दिया और बताये हुए उपायों को नियम से करते हुए उचित समय और अवसर की प्रतीक्षा करने को कहा।

अपनी उम्मीद को बाबा जी की बातों और आश्वासन से रिचार्ज करवाने के बाद घर लौटने पर रत्ना दुगने जोश के साथ इण्टरनेट पर लड़कियाँ देखने के काम में जुट गयी। कुछ देर बाद अम्माँ टहलती हुई उधर आयीं और अपनी बहू को कम्प्यूटर में सर खपाते हुए देखकर उसके पास आसन जमाते हुए पूछा, ''इस डिब्बे में बहू ढूँढ़ रही हो'' रत्ना के हामी भरने पर अम्माँ ने बहू खोज की प्रगति के बारे में अपना अगला सवाल दाग दिया तो रत्ना ने खीजकर बताया कि कोई भी प्रगति नहीं हुई है। अपनी

बहू की मायूसी से दुःखी होकर अम्माँ बोलीं, "हाय राम! न जाने कितने दिनों से इस मरे कम्पुटर का बाजा बजा रही हो मगर एक अदद ढंग की लड़की नहीं मिली है। हे राम! क्या कहें, जितनी सुविधाएँ बढ़ गयी हैं मुश्किलें भी उत्ती ही बढ़ गयी हैं। अरे पहले ये स्वाँग कुछ नहीं थे लेकिन फिर भी चट-पट ब्याह हो जाते थे।" रत्ना ने सास की बात पर हामी भरते हुए कहा कि पहले सब-कुछ आसान इसलिए था क्योंकि घर के बड़े बुज़ुर्ग शादी-ब्याह के रिश्ते तय करते थे लेकिन अब तो बच्चे अपने रिश्ते ख़ुद जोड़ना पसन्द करते हैं। पहले कुण्डलियाँ मिलाकर शादियाँ हो जाती थीं और आजकल के बच्चे रहन-सहन, खाना-पीना, पसन्द और नापसन्द देखते-देखते आधी उम्र गुज़ार देते हैं। बहू की बात पर हामी भरते हुए अम्माँ ने जवाब दिया, "हाँ बेटा, बिलकुल सच कह रही है तू। हमारे ज़माने में तो ब्याह-शादी के मौक़ों पर ही माँ-बाप अपने कुँवारे बच्चों के लिए रिश्ते ढूँढ़ लेते थे। अब तो भाई सारे तौर-तरीक़े ही बदल गये हैं। छोरे-छोरियाँ साथ में पढ़ते हैं, एक साथ दफ़्तरों में काम करते हैं तो फिर वहीं नैन मटक्के भी हो जाते हैं। जब झुण्ड-के-झुण्ड एक साथ रहेंगे, रोज़ मिलेंगे तब भला माँ-बाप की पसन्द कहाँ चलेगी।" अम्माँ की लम्बी-चौड़ी भाषणबाज़ी में यूँ तो रत्ना को ज़रा भी मज़ा नहीं आ रहा था लेकिन उनकी एक बात मूल मन्त्र की तरह उसके दिमाग़ में बैठ गयी...झुण्ड-के-झुण्ड लड़के-लड़कियाँ। यानी कि अब वह ऐसी जगहों पर जाकर लड़कियाँ तलाश करेगी जहाँ युवा अधिक संख्या में मिल सकते हैं जैसे कि मॉल, सिनेमा हॉल, रेस्टोरेण्ट वगैरह। यह अनोखा ख़याल दिमाग़ में आते ही रत्ना ने शहर के मल्टीप्लेक्सों में चल रही फ़िल्मों की जानकारी करके एक ऐसी फ़िल्म चुनी जहाँ उसके हिसाब से युवाओं के अधिक मिलने की उम्मीद हो सकती थी और फ़िल्म के टिकट ऑन लाइन बुक करवाने के बाद उसने अरविन्द से शाम को फ़िल्म देखने के लिए जाने को तैयार रहने का अनुरोध किया तो वर्मा जी ने चौंककर पत्नी की तबीयत का हाल पूछ लिया जिस पर चिढ़कर रत्ना ने एक अच्छे पति के गुणों पर भाषण देना शुरू कर दिया तो वर्मा जी ने अपने अगले दिन के कोर्ट केस की तैयारी करने की दुहाई देकर पीछा छुड़ाने की कोशिश की लेकिन पत्नी जी ने साफ़ कह दिया कि आज उनको फ़िल्म देखनी ही है। रत्ना की ऐसी ज़िद देखकर उन्होंने फ़िल्म का नाम पूछा तो पता चला कि 'तू मेरा तोता मैं तेरी मैना' नामक फ़िल्म देखने के लिए उनकी श्रीमती जी इतनी बेक़रार हो रही हैं। अब तो वर्मा जी ने जाने से साफ़ इनकार करते हुए कहा कि इस उम्र में ऐसी फ़िल्म देखने वह हरगिज़ नहीं जायेंगे। तब रत्ना ने बताया कि इस फ़िल्म की तारीफ़ उसने अख़बार में पढ़ी थी और अपने इस जवाब से वकील साहब की कमज़ोर दलील को ख़ारिज करते हुए यह भी समझाया कि ऐसी फ़िल्में देखने से मन जवान रहता है। बेचारे वकील साहब के पास इसके आगे बोलने को कुछ भी नहीं था इसलिए रत्ना ने शाम को 5 बजे तैयार रहने का आदेश देकर वहाँ से प्रस्थान किया लेकिन वर्मा जी को पशोपेश में डाल गयी। बीवी की आज्ञा को टाल भी नहीं सकते हैं और ऐसी बचकानी फ़िल्म देखने जाते हुए शर्म भी आ रही थी।

लेकिन रत्ना की आज्ञा का उल्लंघन यानी झगड़ा और वह वर्मा जी करना नहीं चाहते थे लिहाज़ा शाम को ठीक समय पर तैयार होकर बेगम के दरबार में हाज़िर हो गये। रत्ना ने सर से पाँव तक अरविन्द पर नज़र दौड़ाकर कहा, "कभी तो ढंग से तैयार हो जाया करो। अंशु ने अमरीका से कितनी सारी जीन्स लाकर दी हैं लेकिन नहीं, वकील साहब वही सन् 1940 के साहब बनकर हर जगह चल देते हैं।" अब अरविन्द का ध्यान पत्नी की तरफ़ गया तो देखा कि मैडम जीन्स और कुरता पहनकर बहुत स्मार्ट लग रही थीं। वर्मा जी कुछ सोचकर कपड़े बदलने जाने लगे तो रत्ना ने धक्का देते हुए जल्दी चलने को कहा वरना फ़िल्म शुरू हो जायेगी। मल्टीप्लेक्स पहुँचकर रत्ना की नज़रें चारों तरफ़ दौड़ने लगीं। फ़िल्म शुरू होने का समय हो गया फिर भी वह बाहर खड़ी होकर आती-जाती लड़कियों को देखने में मगन थी आख़िर अरविन्द ने उसका हाथ पकड़ा और हॉल के अन्दर लेकर जाने लगे यह देखकर किसी लड़के ने फ़िकरा कसा, "वाह! इस उम्र में भी प्यार की इन्तिहा देख लो। असली तोता-मैना तो यहीं मिल गये अब फ़िल्म देखकर क्या करना है।" अरविन्द ने गुस्से में पीछे मुड़कर देखा तो लड़के हँसने लगे। अरविन्द ने रत्ना का हाथ छोड़ा और उस लड़के के पास जाकर उसे डाँटना शुरू कर दिया, यह देखकर रत्ना लपककर आयी और पतिदेव को समझा-बुझाकर हॉल के अन्दर ले गयी। सीट पर बैठने के बाद जब तक हॉल की लाइट ऑन रही तब तक रत्ना की गर्दन चारों तरफ़ घूमती रही। वर्मा जी ने जब पत्नी को टोका तो उसने जवाब दिया कि उसकी गर्दन में झटका आ गया है इसीलिए वह गर्दन घुमाने की वर्जिश कर रही है। इसी बीच एक लड़की उसके पासवाली खाली सीट पर आकर बैठ गयी तो रत्ना ने उससे भी दोस्ती बढ़ाने की अपनी कोशिश शुरू कर दी मगर लड़की तेज़ थी, रत्ना की इस हरकत से बचने के लिए वह एक सीट छोड़कर रत्ना से दूर जाकर बैठ गयी और तभी एक लड़का आकर उस खाली सीट पर बैठ गया। जब रत्ना ने लड़के को वहाँ से उठने को कहा तो लड़की ने बताया कि वह उसका ब्वॉय फ्रेण्ड है और वहीं बैठेगा। अरविन्द ने झगड़े को सुलझाने के लिए रत्ना के साथ अपनी सीट बदल ली और आख़िर फ़िल्म शुरू हुई मगर उस फ़िल्म को झेलना अरविन्द के लिए बहुत मुश्किल हो रहा था इसलिए इण्टरवल तक किसी तरह फ़िल्म देखने के बाद रत्ना को फ़िल्म देखने के बाद टैक्सी से घर आने के लिए कहकर वह हॉल से बाहर निकल आये। अरविन्द जानते थे कि रत्ना भी कुछ देर में बाहर आ जायेगी और वही हुआ भी। कुछ ही देर बाद वह वर्मा जी को ढूँढ़ती हुई कॉफ़ी काउण्टर के पास आकर खड़ी हो गयी लेकिन जब तक वह अरविन्द से घर चलने के लिए कहती तब तक मल्टीप्लेक्स के दूसरे हॉल में से शो छूटने के बाद भीड़ बाहर निकलने लगी और रत्ना अपनी क़िस्मत आजमाने के लिए भीड़ पर आँखें जमाकर खड़ी हो गयी और अपने इष्ट देवता से कोई अच्छी-सी लड़की भेजने की प्रार्थना करने लगी। तभी भगवान् ने सुन ली और भीड़ में रत्ना को एक सुन्दर लड़की नज़र आ गयी। फिर क्या था, फ़ौरन जाकर

उसने पीछे से लड़की के कन्धे पर हाथ रखकर पूछा, ''प्रिया कैसी हो? अकेली आयी हो या भाभी भी आयी हैं?'' लड़की ने मुड़कर देखा तो ग़लतफ़हमी का नाटक करते हुए रत्ना ने कहा कि पीछे से उसे देखकर उसको अपनी भतीजी प्रिया का धोखा हो गया था। लड़की ने मुस्कराते हुए जवाब दिया, ''कोई बात नहीं आण्टी इसी बहाने आपसे जान-पहचान हो गयी।'' रत्ना ने तुरन्त परिचय को आगे बढ़ाते हुए अपना नाम और पता लड़की को बताकर उससे उसके बारे में पूछने लगी और नाम-पता जानने के बाद कभी माता-पिता को लेकर अपने घर आने को भी कह दिया मगर तभी लड़की ने रत्ना की सारी आशाओं पर पानी फेरते हुए बताया कि उसके माता-पिता मुम्बई में रहते हैं और यहाँ उसकी ससुराल है। बेचारी अंशु की माँ का दिल टुकड़े-टुकड़े होकर चारों तरफ़ बिखर गया और तभी अन्तिम प्रहार हुआ जब एक स्मार्ट लड़के ने आकर लड़की को कॉफ़ी का ग्लास थमाया और लड़की ने रत्ना से उसका परिचय अपने पति के रूप में करवाया। अब वहाँ रुकना रत्ना के लिए बेकार था इसलिए अरविन्द के पास जाकर उनसे घर चलने के लिए कहा तो वर्मा जी ने हँसकर कहा कि अभी तो पिक्चर बाक़ी है जाकर देख लो। रत्ना जवाब दिये बग़ैर मल्टीप्लेक्स से बाहर निकल गयी तो वर्मा जी भी श्रीमती जी के पीछे लपक लिये।

रास्ते-भर वह चुपचाप बैठी रही यहाँ तक कि अरविन्द की किसी बात का जवाब तक नहीं दिया जो कि रत्ना के स्वभाव के विरुद्ध था इसलिए वर्मा जी कुछ परेशान हो गये लेकिन उन्हें क्या पता था कि इस समय उनकी श्रीमती जी की गहन चिन्तन प्रक्रिया चल रही थी और आज की असफलता के बाद वह एक पुख़्ता प्लान बनाने में व्यस्त थी। अगला निशाना किसी कॉलेज या दिल्ली यूनिवर्सिटी को बनाना पड़ेगा और तभी दिमाग़ की लाल बत्ती ने चमककर सुझाव दिया कि विश्वविद्यालय के आस-पास के रेस्टोरेण्ट तलाशने से शायद काम बन जाये। जगह तय करने के बाद निश्चिन्त होकर रत्ना घर पहुँची और अगले दिन अपने 'मिशन यूनिवर्सिटी' को अंजाम देने का निश्चय किया।

•

वकील साहब के कचहरी जाने के बाद रत्ना ने माखनलाल को बुलाकर दोपहर के खाने के बारे में ताक़ीद देकर अम्माँ से कहा कि वह अपनी एक पुरानी सहेली से मिलने करोलबाग़ जा रही है और शाम तक लौटेगी इसलिए खाने पर वह रत्ना का इन्तज़ार न करें। सारी गिट्टियाँ बैठाने के बाद मिसिज़ वर्मा अपनी गाड़ी लेकर दिल्ली विश्वविद्यालय की तरफ़ अपनी बहू खोजने चल पड़ीं। वहाँ पहुँचकर एक रेस्टोरेण्ट के

बाहर छात्र-छात्राओं की भीड़ देखकर उसने गाड़ी वहीं रोकी और उतरकर उन लोगों की तरफ़ चल दी लेकिन किसी भी चेहरे पर जब नज़र नहीं जमी तो रेस्तराँ के अन्दर पहुँचकर नज़र दौड़ानी शुरू कर दी फिर एक मेज़ के इर्द-गिर्द काफ़ी लड़कियों को बैठे हुए देखकर उधर को रुख़ किया मगर तभी निगाह दूसरी मेज़ पर अकेली बैठी एक कन्या पर पड़ी तो मैडम वर्मा ने उसके पास जाकर पूछा कि क्या वह उसके पास बैठ सकती है? लड़की ने सहर्ष उसे बैठने को कहा तो रत्ना उसके साथ इधर-उधर की बातें करने लगी। तभी एक लड़का आकर उस लड़की के पास बैठते हुए बोला, "नेहा, मैं तुझे लाइब्रेरी में ढूँढ़ रहा था और तू यहाँ बैठी है।" नेहा ने लड़के से माफ़ी माँगते हुए बताया कि क्लास ख़त्म होने के बाद उसका कॉफ़ी पीने का मन था इसलिए यहाँ आ गयी थी। जब तक नेहा उस लड़के से बातें करती रही, रत्ना उसे एकटक देखती रही और यह बात उस लड़के को कुछ अजीब लगी तो उसने नेहा से उस महिला के बारे में पूछ लिया। नेहा ने इशारे से बताया कि वह इस महिला को नहीं जानती है। यह सुनकर लड़के ने रत्ना से पूछा कि वह किस विभाग में काम करती है। इस सवाल से हड़बड़ाकर रत्ना ने जवाब दिया कि वह तो इधर से गुज़र रही थी तो छात्र और छात्राओं को देखकर उसे अपने कॉलेज के दिन याद आ गये और वह यहाँ आकर बैठ गयी। फिर रत्ना ने नेहा से पूछा कि वह कौन-सी पढ़ाई कर रही है जिस पर नेहा से पहले उस लड़के ने जवाब दिया कि वे दोनों एम.बी.ए. कर रहे हैं और फिर नेहा को वहाँ से चलने को कहने लगा जिसके जवाब में नेहा ने बताया कि उसकी अगली कक्षा आधे घण्टे बाद शुरू होगी इसलिए अभी वह यहीं बैठेगी। लेकिन वह लड़का नेहा का हाथ पकड़कर ज़बरदस्ती उसको ले जाने लगा तो रत्ना ने तुरन्त नेहा का पक्ष लेकर उसको रोकना चाहा। इस बात से चिढ़कर लड़का बोला, "मैडम, आपको हमारे बीच में पड़ने की ज़रूरत नहीं है, नेहा मेरी दोस्त है और मेरे साथ जायेगी।" अब नेहा ने अपने दोस्त को सम्हालने की कोशिश करते हुए कहा, "रोहित, तू जा न यहाँ से, मैं अभी थोड़ी देर में आ जाऊँगी।" लेकिन रोहित उससे अपने साथ चलने की ज़िद करने लगा तो नेहा ने उसका हाथ पकड़कर बैठाते हुए कहा कि थोड़ी देर वह भी यहीं बैठ जाये फिर दोनों साथ जायेंगे। नेहा के इसरार पर वह बैठ तो गया लेकिन पास में बैठी अनजान मैडम से उसको कुछ परेशानी हो रही थी और यह पेरशानी तब और बढ़ गयी जब रत्ना ने नेहा से उसके परिवार और माँ-बाप के बारे में पूछना चाहा। अपनी मित्र की सहायता के लिए आगे आते हुए उसने कहा, "माफ़ करियेगा मैडम, नेहा आपको अपने बारे में कोई भी जानकारी नहीं देगी क्योंकि न तो हम लोग आपको जानते हैं और न आपके इरादों को। आख़िर क्यों आप इतनी देर से मेरी दोस्त को घूरे जा रही हैं और अब उसके परिवार के बारे में जानकारी लेने की कोशिश कर रही हैं। हो सकता है कि आप नेहा को 'किडनैप' करना चाहती हों।"

रोहित की बातों से भड़ककर रत्ना ने गुस्से से जवाब दिया, "ऐ लड़के, तमीज़ से बात कर। तू जानता नहीं है कि मैं कौन हूँ, ज़्यादा बकवास करेगा तो सीधे जेल भिजवा दूँगी।" रत्ना का रुख़ देखकर रोहित भी जोश में आ गया और अपनी कमीज़ की आस्तीनें चढ़ाते हुए बोला, "आपकी उम्र का लिहाज़ कर रहा हूँ वरना एक आवाज़ दूँगा तो पूरी यूनिवर्सिटी यहाँ इकट्ठी हो जायेगी और फिर आपकी इज़्ज़त की जो धज्जियाँ उड़ेंगी उसके बारे में आप सोच भी नहीं सकती हैं।" अपने दोस्त और आण्टी जी के अहम् के बीच फँसी बेचारी नेहा दोनों को समझाने की कोशिश कर रही थी लेकिन दोनों में से कोई भी शान्त होने को तैयार नहीं था। झगड़े की आवाज़ सुनकर आस-पास भीड़ जमा होने लगी यहाँ तक कि होटल का मैनेजर भी आ गया और भीड़ को तितर-बितर करने की कोशिश करने लगा। तभी एक नेता टाइप लड़का आया और भीड़ को चीरता हुआ आकर रोहित और रत्ना के बीच में खड़ा हो गया। उसको देखते ही रोहित कुछ शान्त हुआ और अपनी सफ़ाई देने लगा, "विभोर भैया, मेरी कोई ग़लती नहीं है। यह मैडम ही बात को बढ़ा रही थीं। मैं मामले को सम्हाल लूँगा, आप बीच में मत पड़िये और जाइये यहाँ से।"

विभोर ने रोहित को हाथ से पीछे धकेलते हुए कहा, "ख़बरदार जो आगे बढ़ा, मार-मारकर भुरता बना दूँगा। यह मेरी आण्टी हैं। अब यहाँ से चला जा वरना तेरी सारी हेकड़ी निकाल दूँगा।" विभोर की बात सुनते ही नेहा ने रोहित का हाथ पकड़ा और उसे लेकर बाहर निकल गयी। अब विभोर ने आस-पास खड़े लोगों को जाने का इशारा किया तो सभी धीरे-धीरे जाकर अपनी-अपनी जगह बैठ गये। रत्ना अपनी मदद के लिए आये हुए इस फ़रिश्ते को धन्यवाद देने लगी तो वह बोला, "आण्टी आपने शायद मुझे पहचाना नहीं, मैं हरिशंकर मिश्र का बेटा हूँ। वैसे आप यहाँ किस काम से आयी थीं? मुझे बताइये मैं अभी आपका काम करवा दूँगा। पूरा विश्वविद्यालय मेरी मुट्ठी में है आण्टी जी।" बात को टालते हुए आण्टी जी ने कहा कि वह तो यहाँ कॉफ़ी पीने आयी थीं और एक बार फिर से विभोर को धन्यवाद करके वह बाहर आयीं और गाड़ी स्टार्ट करके तुरन्त चल दीं मगर दिल यह सोचकर तेज़ी से धड़क रहा था कि अगर विभोर के पिता के कानों से होती हुई यह बात वकील साहब के कानों तक पहुँची तो रत्ना की शामत तो शर्तिया आ जायेगी लेकिन अब सिवाय भगवान् से प्रार्थना करने के दूसरा कोई उपाय रत्ना के पास नहीं था।

रत्ना तो चली गयी लेकिन विभोर के दिमाग़ से यह बात जाने का नाम ही नहीं ले रही थी कि आख़िर वर्मा आण्टी अपने घर से इतनी दूर कॉफ़ी पीने के लिए क्यों आयीं और अगर आयी भी थीं तो रोहित से झगड़ा क्यों करने लगीं। इस गुत्थी को एक ही व्यक्ति सुलझा सकता था और वह था रोहित, इसलिए विभोर बात की जड़ तक पहुँचने के इरादे से रोहित के विभाग में पहुँच गया और उसको चलती क्लास में से

बाहर लाकर सारा क़िस्सा बताने को कहा। विभोर को फिर से अपने सामने देखकर रोहित के पसीने छूटने लगे और वह हाथ जोड़ते हुए बोला, "भैया, मुझे अगर मालूम होता कि वह आपकी आण्टी हैं तो मैं उनसे उलझता ही नहीं मगर क्या करता वह जिस ढंग से नेहा से उसके और उसके परिवार के बारे में पूछ रही थीं तो मुझे लगा कि वह नेहा को कोई नुकसान न पहुँचा दें। इसी पर बात बढ़ गयी। लेकिन विभोर भैया क्या आप बता सकते हैं कि आपकी आण्टी नेहा के बारे में इतनी जानकारी क्यों लेना चाह रही थीं?" विभोर ने उसको तसल्ली देते हुए कहा कि कोई ख़ास बात नहीं होगी, आण्टी यूँ ही पूछ रही होंगी मगर इस बात से ख़ुद विभोर को तसल्ली नहीं हो पा रही थी इसलिए अपने अपच को दूर करने के इरादे से उसने फ़ोन मिलाकर यह पूरा क़िस्सा नमक-मिर्च लगाकर अपने पिता जी को सुना दिया। इतनी चटपटी ख़बर सुनकर हरिशंकर मिश्र के लिए एक पल भी रुकना दुश्वार था इसलिए उन्होंने पूरा समाचार अपने बॉस अरविन्द वर्मा के आगे उगल दिया। बेचारे वर्मा जी अपनी पत्नी के कारनामे को सुनकर सकते में आ गये। पहले तो उनको समझ में नहीं आया कि देवी जी विश्वविद्यालय के पासवाले रेस्टोरेण्ट में करने क्या गयी थीं? मगर जब हरिशंकर ने बताया कि सारा हंगामा किसी नेहा नाम की लड़की के कारण हुआ था, तब वकील साहब को रत्ना देवी के यूनिवर्सिटी पहुँचने की वजह समझ में आयी और उन्होंने अपना सिर पकड़ लिया, 'हे भगवान्! अगर मेरी बीवी इसी तरह अंशु के लिए लड़कियाँ खोजती रही तो या तो मैं पागलख़ाने पहुँच जाऊँगा या फिर जेल।' यूनिवर्सिटी काण्ड की कथा सुनने के बाद अरविन्द शंकर का मन काम से ऐसा उचटा कि हरिशंकर को अगले केस के बारे में समझाकर और तारीख़ बढ़वाने की ताक़ीद करके वह घर चले गये। घर पहुँचने पर रत्ना को अम्माँ के साथ हँस-हँसकर बातें करते देख वर्मा जी का पारा और चढ़ गया। अम्माँ ने बेटे से जल्दी आने का कारण पूछा तो वकील साहब बरस पड़े, "अम्माँ आपकी यह बहू किसी दिन मुझे जेल भिजवायेंगी। पूछो इनसे आज सुबह कहाँ होकर आयी हैं?" अरविन्द की बात सुनकर रत्ना के पाँव तले की ज़मीन खिसक गयी, "तो क्या इनको सारी बात पता चल गयी?" लेकिन तभी अम्माँ ने अपनी बहू का बचाव करते हुए बताया कि रत्ना उनको बताकर अपनी एक सहेली से मिलने गयी थी। वर्मा जी ने गुस्से से पत्नी की तरफ़ देखते हुए अम्माँ से सवाल किया, "अच्छा, तो आपको सहेली का नाम भी बताया होगा और न बताया हो तो हम बताये देते हैं। इनकी प्यारी सहेली का नाम नेहा है, क्यों रत्ना मैं ठीक कह रहा हूँ न?"

पति की बात सुनकर रत्ना धीरे से उठकर जाने लगी तो अरविन्द ने हाथ पकड़कर बैठाते हुए उससे कहा, "तुम जो कर रही हो उससे हासिल कुछ नहीं होनेवाला है उलटे हम लोग शहर में कहीं मुँह दिखाने लायक़ नहीं रहेंगे। अब मुझे समझ में आया कि कल भी तुम फ़िल्म देखने के बहाने लड़कियाँ देखने गयी थीं। रत्ना बात को समझो,

इस तरह से रिश्ते तय नहीं होते हैं।'' सारी बात सुनकर अम्माँ का मुँह हैरानी से खुला-का-खुला रह गया। उन्होंने अपनी बहू के सर पर हाथ रखकर समझाते हुए कहा, ''बेटा, मैं तुम्हारी चिन्ता को समझती हूँ, लेकिन ऐसी चिन्ता भी किस काम की जिससे इन्सान सही और ग़लत में अन्तर करना ही भूल जाये। मेरी बात याद रखो रत्ना, हमारे अंशु को बहुत अच्छी पत्नी मिलेगी और जल्दी ही मिलेगी। अब अपनी चिन्ता प्रभु के चरणों में रखकर निश्चिन्त हो जाओ बेटा।'' सास की बात का जवाब दिये बिना रत्ना रोती हुई वहाँ से चली गयी तो अम्माँ ने बेटे से कहा कि अब वह इस बात को लेकर रत्ना को और ज़्यादा शर्मिन्दा न करे।

•

सुदीप की शादी में जाने के लिए अंशुमन ने ऑफ़िस से छुट्टी ले ली थी और अब वह अपना सामान बाँधकर दिल्ली के लिए निकलने की तैयारी कर रहा था। शाम को सही समय पर सैनफ्रान्सिस्को हवाई अड्डे से उड़ान भरकर उसका जहाज़ पन्द्रह घण्टों में दुबई पहुँच गया। वहाँ से अगला सफ़र तीन घण्टे बाद शुरू होना था इसलिए अंशुमन ने अपना टैब चालू करके ईमेल देखने शुरू कर दिये और किसी इशा खुराना का मेल देखकर उसको पढ़ने लगा। उसने लिखा था कि आजकल वह भारत में है इसलिए अंशुमन से मिलना सम्भव नहीं है। मेल पढ़ने के बाद अंशु को सहसा याद आया कि यह वही लड़की है जिसका ज़िक्र उसकी मम्मी ने कुछ दिनों पहले किया था। 'चलो पीछा छूटा' अंशु ने चैन की साँस ली, मगर अगले ही पल अपनी मम्मी की होशियारी के बारे में याद आते ही उसकी सारी ख़ुशी ग़ायब हो गयी। ''अगर मम्मी को पहले से इस बारे में मालूम होगा तो वह दिल्ली पहुँचते ही मुझे इस लड़की से मिलने के लिए भेज देंगी।'' इस बारे में ज़्यादा सोचने से कोई लाभ तो था नहीं इसलिए सोच-विचार छोड़कर वह हवाई जहाज़ में बैठा और तीन घण्टे बाद इन्दिरा गाँधी अन्तरराष्ट्रीय हवाई अड्डे पर उतरकर जब बाहर निकला तो अपने देश और शहर की ख़ुशबू ने जैसे सारी थकान और टेन्शन को दूर कर दिया। हवाई अड्डे से बाहर निकलते ही जब सुदीप ने उसे आवाज़ दी और दौड़कर उसके गले से लग गया तो अंशुमन ने भी छोटे भाई को शादी की सैकड़ों बधाइयाँ देते हुए उससे शादी की तैयारियों के बारे में ढेरों सवाल कर डाले। सुदीप ने हँसकर बताया कि तैयारियाँ अच्छी चल रही हैं बस मम्मी की चिन्ता दूर करने के लिए अब अंशुमन को भी जल्दी ही शादी कर लेनी चाहिए। अंशु ने भाई के कान पकड़कर उसकी शादी का यह रिकॉर्ड बजाने से मना करते हुए कहा

कि अब तो जब तक वह दिल्ली में है रोज़ ही मम्मी सिर्फ़ इसी बात को दोहराती रहेंगी "इसलिए भाई मेरे तू मुझे बख़्श दे।" बड़े भैया की बात सुनकर हँसते हुए सुदीप ने हेरम बाबा जी के चटपटे क़िस्से सुनाने शुरू कर दिये जिन्हें सुनते हुए कब दोनों भाई घर पहुँच गये पता ही नहीं चला।

घर में सभी लोग बेसब्री से बेटे के आने की बाट देख रहे थे। अपनी दादी और मम्मी-पापा से मिलकर अंशु का दिल भर आया। अपनों से हज़ारों मील दूर रहकर वह क्या खो रहा है इसका एहसास अपनों से मिलने के बाद दिल को छू गया। सबसे मिलते और बातें करते हुए अंशुमन को लग रहा था जैसे इस पल से बढ़कर क़ीमती दुनिया में कुछ भी नहीं है। बातों-बातों में सुदीप की शादी की तैयारियों की बात शुरू हो गयी तो अरविन्द ने बेटे के सारे इन्तज़ामात और ख़रीदारियों के बारे में बताना शुरू किया लेकिन रत्ना जो कि आम तौर पर इन बातों में हमेशा आगे रहती हैं आज बिलकुल चुप बैठी थीं और मम्मी की विशेष टिप्पणियों के बिना अंशु को बातें रसहीन और फीकी लग रही थीं इसलिए मम्मी को चिढ़ाने के लिए उसने अपने पापा से कहा, "लगता है शादी की सारी तैयारियाँ आप अकेले ही कर रहे हैं तभी तो मम्मी कुछ बोल नहीं रही हैं। क्यों मम्मी?" बेटे की बात सुनते ही अपने असली रंग में आते हुए रत्ना ने तमककर जवाब दिया, "तुम्हारे पापा के भरोसे आज तक कोई काम हुआ भी है जो शादी का हो जायेगा? अरे चारों तरफ़ नज़र तो मुझे ही रखनी पड़ती है बेटा।" मम्मी की बात सुनकर अंशु और सुदीप हँसने लगे और वर्मा जी का चेहरा उतर गया तो वह अपनी झेंप मिटाने के लिए बोले, "बेटा अंशु, मेरी हैसियत तो इस घर में तुम्हारी मम्मी के ड्राइवर और खजांची की है। ख़रीदारी के लिए इनको लेकर जाना और बिलों का भुगतान करना बस यही है मेरा काम, बाक़ी तो सब यही करती हैं। वैसे भी मेरे पास इनके जैसी दूर दृष्टि तो है नहीं। अब देख लो तुम्हारी मम्मी ने अनुष्का के साथ-साथ तुम्हारी बिन देखी बहू के लिए भी सामान ख़रीद डाला है। मैं भला इतनी चतुराई कहाँ दिखा सकता था।"

पापा की बात सुनकर अंशु ने अपनी मम्मी की टाँग खींचते हुए पूछा, "क्यों मम्मी, बाज़ार में कहीं आपको बहू नहीं मिली? वह भी ख़रीद लातीं।" सुदीप ने भाई के सुर-में-सुर मिलाते हुए बताया कि बहू की तलाश भी ज़ोर-शोर से हो रही है और बहू नामक यह प्राणी जल्दी ही पकड़ में आनेवाली है। वर्मा जी ने भी बीवी पर तानाकशी करने का मौक़ा हाथ से जाने नहीं दिया और फ़ौरन बोले, "बेटा, इस बार तुम्हारी मम्मी तुम्हारे गले में शादी का फन्दा डालकर ही दम लेंगी।" पति और बेटों के तानों से दुःखी रत्ना ने सास की सहानुभूति बटोरने के इरादे से कहा, "देख लीजिये अम्माँ, यह बाप-बेटे मिलकर कैसे ताने मार रहे हैं। एक दुःखी माँ के दिल का दर्द ये लोग क्या समझेंगे।" अंशुमन समझ गया कि अब मम्मी अपना 'इमोशनल ड्रामा' शुरू करनेवाली हैं इसलिए नींद का बहाना करके वह अपने कमरे में चला गया और उसके पीछे-पीछे बाक़ी सब

भी उठकर चले गये लेकिन रत्ना अपने कमरे की तरफ़ न जाकर अंशुमन के कमरे की तरफ़ मुड गयी। अंशु पलँग पर बिखरे सामान को उठाकर अलमारी में रख रहा था, मम्मी को आता देखकर सामान छोड़कर वहीं बैठ गया और रत्ना से बोला, "कुछ पूछने आयी हैं तो पूछिये लेकिन शादी की बात के अलावा कोई बात हो तभी पूछियेगा।" बेटे की बात पर मुस्कराते हुए रत्ना ने जवाब दिया कि, "अभी तो फ़िलहाल यही एक ऐसा अनबुझ सवाल है जिसका हल अभी तक नहीं मिला है इसलिए अच्छा लगे या बुरा मेरी बात तो तुमको सुननी ही पड़ेगी बेटा।" और पलँग पर बैठते हुए, बिना कोई भूमिका बाँधे रत्ना ने अपनी बात शुरू कर दी, "अंशु, तुमने बताया था कि वह नरेश राय की बेटी का पहले से ही कोई लफड़ा था और उसने..." अंशुमन ने माँ की बात काटते हुए जवाब दिया, "मम्मी हर एक की अपनी पसन्द होती है, अपनी ज़िन्दगी होती है। मुझे उस लड़की से कोई शिकायत नहीं है। अगर आप यही बात करने आयी हैं तो प्लीज़, यह बात सुनने या इस पर चर्चा करने की मेरी कोई इच्छा नहीं है।" अपने चढ़ते हुए पारे को सम्हालकर और आवाज़ में प्यार की चाशनी घोलकर रत्ना ने कहा, "अरे नहीं बेटा, उसकी नहीं मैं तो दूसरी लड़की की बात करने आयी हूँ...वही लड़की ...इशा खुराना...जिसका प्रोफ़ाइल मैंने तुमको भेजा था। बहुत सुन्दर और पढ़ी-लिखी लड़की है..." रत्ना की बात को काटकर अंशुमन ने बताया कि उस लड़की ने ईमेल किया था कि वह अभी नहीं मिल सकती है। लेकिन इसके बाद वही हुआ जिसका अंशु को डर था। रत्ना को मालूम था कि इशा आजकल भारत में है और उसने इशा की माँ से बात करके अंशुमन के गुड़गाँव जाकर इशा से मिलने का कार्यक्रम भी बना लिया था, "बेटा मैंने मिसिज़ खुराना से कह दिया है कि तुम परसों उनके यहाँ पहुँच जाओगे और इशा से मिलकर और बात करके शादी के लिए हाँ करके आओगे।" अंशु ने घबराकर पूछा, "आपने मिसिज़ खुराना से यह कहा है कि मैं शादी के लिए हाँ करके आऊँगा? मम्मी, अभी से यह बात उनसे कहने की क्या ज़रूरत थी?" रत्ना ने बेटे को शान्त करते हुए बताया कि यह बात उसने सिर्फ़ अंशु से कही है और वह भी इसलिए ताकि हमेशा की तरह इस बार भी वह लड़की को नापसन्द करके न आ जाये। अंशुमन ने एक बार फिर माँ को समझाने की कोशिश करते हुए कहा कि गुड़गाँव जाने की इतनी क्या जल्दी है। सुदीप की शादी के बाद लड़की को देखने चला जायेगा। लेकिन रत्ना नहीं मानी और परसों सुबह घर से ठीक समय पर निकल जाने की हिदायत देते हुए एक बार फिर से इशा के लिए हाँ करके आने की अपनी बात दोहरायी तो अंशुमन चिढ़ गया और बोला कि सिर्फ़ एक बार मिलकर वह किसी के साथ ज़िन्दगी भर साथ रहने का फ़ैसला नहीं ले सकता है और जब उसने देखा कि उसकी माँ वहाँ से जाने का नाम ही नहीं ले रही हैं तो ख़ुद ही उठकर बाहर चला गया। बेटे के तेवर देखकर रत्ना ने मन-ही-मन कुछ तय किया और उठकर अपने कमरे में चली गयी।

●

सुबह नाश्ता करते हुए वर्मा जी ने जब सुदीप से पूछा कि वह शादी के लिए अपने दफ़्तर से छुट्टी कब लेगा तो सुदीप ने बताया कि उसको सिर्फ़ पन्द्रह दिनों की छुट्टी मिल रही है इसलिए सोलह से इकत्तीस तारीख़ तक की छुट्टी के लिए उसने अर्ज़ी लगा दी है। भाई की बात सुनकर अंशुमन बोला, "अरे यार, इतनी-सी छुट्टी से क्या होगा? मैंने तो तुम दोनों के लिए स्विट्ज़रलैण्ड का पूरे दस दिनों का हनीमून पैकेज बुक किया है। कोशिश करके थोड़ी छुट्टी तो और बढ़ा ले।" अंशुमन की बात सुनकर सुदीप ख़ुश होकर अपने भैया के गले लगकर बोला, "थैंक यू भैया, मैं आज ही अपने बॉस से बात करके छुट्टी बढ़ाने को कहूँगा लेकिन पहले यह ज़ोरदार ख़बर ग़ज़ल को सुना दूँ।" और उसने अनुष्का से बात करने के लिए अपना फ़ोन उठाया तो रत्ना ने हँसकर कहा, "इतना उतावला क्यों हो रहा है ऑफ़िस जाकर बता देना।" मम्मी की टिप्पणी सुनकर सुदीप ने बताया कि अनुष्का आजकल छुट्टी पर है और शादी के बाद वह दूसरे चैनेल में काम करेगी क्योंकि वहाँ पर उसको ज़्यादा तनख़्वाह मिल रही है। बेटे की बात पर फिर से अपनी विशेष राय देते हुए रत्ना ने कहा कि ज़्यादा पैसों के चक्कर में दूसरी जगह काम करने से तो अच्छा था कि वे दोनों एक जगह पर ही काम करते...सुदीप अपनी माँ को समझाते हुए बोला, "मम्मी ग़ज़ल चाहती है कि शादी के बाद भी वह अपने पैरेण्ट्स को आर्थिक मदद करती रहे इसीलिए उसने यह फ़ैसला लिया है।" अपनी होनेवाली बहू के फ़ैसले और इरादे पर आपत्ति जताते हुए रत्ना वर्मा ने तेज़ आवाज़ में कहा, "उसके माँ-बाप क्या इतने गये-गुज़रे हैं कि बेटी से मदद लेंगे?" मम्मी की इस सोच से नाराज़ अंशुमन ने तुरन्त उसको टोका, "मम्मी, आपको तो ख़ुश होना चाहिए कि आपको इतनी समझदार बहू मिल रही है जो अपने परिवार के बारे में इतना सोचती है वरना लड़कियाँ शादी के बाद तो माँ-बाप को भूलकर अपने पति और बच्चों में ही व्यस्त हो जाती हैं।" बेटे की बात का समर्थन करते हुए वर्मा जी ने भी पत्नी को अक़्ल की एक ख़ुराक पिलाते हुए कहा, "बिलकुल ठीक कह रहे हो बेटा और वैसे भी अनुष्का अपने माता-पिता की इकलौती बेटी है। वह उनके बारे में नहीं सोचेगी तो और कौन सोचेगा।" फिर रत्ना की तरफ़ देखकर बोले, "रत्ना, मेरी एक बात हमेशा याद रखना, शादी के बाद अनुष्का से इस बारे में कभी भी बात करने की कोशिश मत करना क्योंकि यह उसका ज़ाती मामला है इसमें हम लोगों को बोलने का कोई हक़ नहीं है।"

बेटे और पति के इस दो तरफ़ा आक्रमण से नाराज़ रत्ना ने कहा, "मेरा तो इस घर में बोलना ही दुश्वार है। सब मेरे ही पीछे पड़ जाते हैं।" पत्नी की बात सुनकर वर्मा जी ने उसको अपने मुखारविन्द में 'स्टॉपर' लगाने की और सोच-समझकर बोलने की सलाह दी तो रत्ना नाराज़ होकर वहाँ से चली गयी। अम्माँ ने बेटे को झिड़कते हुए कहा, "बबुआ, तुम्हें हज़ार बार समझाया है कि उसकी किसी भी बात पर ज़्यादा बवाल मत किया करो। उसकी तो पल में तोला पल में माशा होने की आदत है इसलिए तुम ही चुप रहा करो।" अम्माँ की बात सुनकर अरविन्द ने हँसकर जवाब दिया कि अभी अगर अंशु की शादी के बारे में कोई चिट्ठी या फ़ोन आ जायेगा तो देवी जी का कोप अपने-आप शान्त हो जायेगा। पापा की बात सुनकर अंशुमन ने उनको अपनी शादी के विषय पर उपन्यास लिख डालने की सलाह दी और बोला, "पापा, आपके पास इतना मसाला है कि अगर आप लिखने बैठेंगे तो बहुत मज़ेदार किताब तैयार हो जायेगी।" सब लोग अंशु की बात पर हँसने लगे तभी रत्ना ने अंशु को आवाज़ देकर जल्दी आने को कहा। अंशुमन जब माँ के पास पहुँचा तो वह किसी से हँस-हँसकर फ़ोन पर बात कर रही थीं। बेटे को देखते ही बोली, "बेटा, इशा की मम्मी का फ़ोन है। वह पूछ रही हैं कि कल तुम किस समय उनके यहाँ पहुँचोगे।" यह सुनते ही अंशुमन को अपने पापा की बात याद करके हँसी आ गयी। रत्ना ने बेटे की तरफ़ गुस्से से देखते हुए जल्दी जवाब देने को कहा, तो हँसी पर क़ाबू पाते हुए अंशु ने कहा कि वह कल सुबह ग्यारह बजे उनके घर पहुँचेगा और लंच से पहले वहाँ से वापस आने के लिए चल देगा। अपनी बात कहकर मम्मी के रोकने से पहले अंशु झटपट कमरे से बाहर निकल आया।

उस रात देर तक रत्ना अंशुमन के गुड़गाँव जाने के बारे में विचार करती रही। उसे यही डर था कि उसका बेटा इस लड़की के लिए भी इनकार करके न आ जाये और रत्ना नहीं चाहती थी कि यह रिश्ता हाथ से निकले। आख़िर उसने तय किया कि कल वह अपने बेटे के साथ गुड़गाँव जायेगी और हर हाल में उसकी शादी तय करवाकर ही आयेगी। अगली सुबह तैयार होकर सुबह आठ बजे से ही हॉल में चक्कर लगाते हुए बार-बार उसकी निगाह घड़ी की तरफ़ जा रही थी और नौ बजते ही रत्ना जी की बेचैनी शुरू हो गयी, "यह लड़का अभी तक तैयार होकर अपने कमरे से बाहर नहीं निकला है तो कब नाश्ता करेगा और कब गुड़गाँव के लिए घर से निकलेगा?" और फिर श्रीमती वर्मा ने हड़बड़ाकर अंशुमन को आवाज़ लगानी शुरू कर दी। अपनी माँ के बार-बार पुकारने से परेशान अंशुमन अपने गीले बालों को तौलिया से पोंछता हुआ उसके सामने आकर खड़ा हो गया तो रत्ना ने उसको घड़ी की तरफ़ इशारा करते हुए कहा, "अभी तक तो तुम्हें घर से चल देना चाहिए था बेटा। बेचारी मिसिज़ खुराना वहाँ ग्यारह बजे से तुम्हारा इन्तज़ार शुरू कर देंगी और तुम अभी अपने

घर से ही नहीं निकले हो।'' माँ की इस बेताबी को देखकर अंशु ने कहा कि, ''वह लड़की देखने जा रहा है प्रधानमन्त्री से मिलने नहीं जा रहा है जो घड़ी की सुई के साथ चलेगा। वैसे आप परेशान मत होइये मैं समय से आपकी मिसिज़ खुराना के यहाँ पहुँच जाऊँगा।'' रत्ना की चीख़-पुकार और शोर सुनकर अम्माँ और अरविन्द भी तब तक वहाँ आ गये थे और रत्ना को भी बाहर जाने के लिए तैयार देखकर अरविन्द ने तुरन्त पूछा, ''क्या तुम भी अंशुमन के साथ जा रही हो?'' रत्ना ने पूरे आत्मविश्वास के साथ पति से झूठ बोल दिया लेकिन अम्माँ अपनी बहू का जवाब सुनकर हँस पड़ीं तो रत्ना ने उनको चुप रहने का इशारा किया और मेज़ पर रखे मिठाई के डिब्बे उठाकर बाहर निकल गयीं। कुछ देर बाद जब अंशुमन बाहर आया तो मम्मी को कार में बैठे देखकर चौंक गया और बोला, ''यह कार आप लेकर जा रही हैं? कोई बात नहीं मैं सुदीप की गाड़ी ले जाऊँगा।'' और वह सुदीप की कार की चाभी लेने के लिए अन्दर जाने लगा तो रत्ना ने उसे रोकते हुए पूछा कि उसको मिसिज़ भटनागर से मिलने धौला कुआँ जाना है तो क्या अंशु उसको जाते हुए रास्ते में छोड़ देगा? अपनी मम्मी को न कहने की हिम्मत नहीं थी इसलिए उनकी चालाकी को समझकर भी अंशु कुछ नहीं बोला और चुपचाप आकर गाड़ी स्टार्ट करके चल दिया। घर से कुछ दूर निकलते ही रत्ना ने अंशुमन के सामने खुराना परिवार और इशा की तारीफ़ों के पुल बाँधने शुरू कर दिये, ''अंशु बेटा, वहाँ जाकर अच्छी तरह बात करना, बड़े अच्छे लोग हैं। मिसिज़ खुराना तो अक्सर फ़ोन करती रहती हैं और अपनी फ़ेमिली के बारे में हर एक बात मुझे बताती हैं। तेरी तो बहुत तारीफ़ करती हैं, कह रही थीं कि अंशुमन और इशा की जोड़ी लाखों में एक होगी पता है बेटा वह बता रही थीं कि खुराना साहब के दादा-परदादा नार्थ वेस्ट फ्रण्टियर के रहनेवाले थे इस वजह से वे लोग ख़ूब गोरे, लम्बे और कंजी आँखोंवाले हैं। इशा को तो सब लोग ऐश्वर्या राय कहते हैं, मिसिज़ खुराना बता रही थीं कि वह अपने पापा पर गयी है।'' अपनी मम्मी की खुराना प्रशस्ति कथा से ऊबकर अंशु बोला, ''अरे तो उनसे कहिये मेरा पीछा छोड़कर कोई अभिषेक बच्चन ढूँढ़ लें अपनी बेटी के लिए।'' रत्ना ने अपने बेटे की बलाएँ लेते हुए कहा, ''मेरा बेटा किसी हीरो से कम थोड़े है। अभी तो उन लोगों ने सिर्फ़ तेरी फ़ोटो देखी है, आज जब अपनी आँखों से देखेंगी तब तो लट्टू ही हो जायेंगी।'' तब तक धौला कुआँ आ गया था इसलिए अंशु ने रत्ना से पूछा कि उसे कहाँ उतरना है। बेटे के सवाल से चकरायी हुई रत्ना ने उसे एक किनारे पर गाड़ी रोकने को कहा और फिर बोली कि पहले वह एक बार मिसिज़ भटनागर को फ़ोन करके पूछ ले कि घर पर हैं या नहीं और वह अपना फ़ोन लेकर गाड़ी से उतरकर कुछ दूर खड़ी हो गयीं और बात करने का नाटक करने के बाद वापस आकर बोलीं, ''वह तो घर पर नहीं हैं। मैंने कल बता भी दिया था कि आज सुबह आऊँगी फिर भी किसी रिश्तेदार के घर चली गयीं।'' कुछ देर सोचने की मुद्रा में बैठने

के बाद श्रीमती वर्मा ने कहा कि अब तो उनको अंशुमन के साथ गुड़गाँव ही जाना पड़ेगा क्योंकि यहाँ तो कहीं रुककर अपनी सहेली का इन्तज़ार करना उनके लिए सम्भव नहीं है। अंशुमन अपनी चतुर माताश्री की चालाकी को अच्छी तरह समझ रहा था लेकिन लाचार था इसलिए चुपचाप कार स्टार्ट करके आगे बढ़ लिया और माता जी अपना खुराना पुराण दोबारा शुरू करते हुए बेटे को समझाने लगीं कि अब सुदीप की शादी होनेवाली है इसलिए बड़ा भाई होने के नाते उसको भी इशा से शादी कर लेनी चाहिए क्योंकि ऐसे अच्छे रिश्ते बार-बार नहीं मिलते हैं। अपनी माँ के प्रवचन को रोकने के इरादे से अंशुमन ने आश्वासन देते हुए कहा कि अगर लड़की उसको अच्छी लगी तो माँ की बात मान लेगा। बेटे की बात से ख़ुश होकर उसने इशा की तारीफ़ें फिर शुरू कर दीं और अंशुमन ऊबने लगा। लेकिन थोड़ी देर में ही वे लोग गुड़गाँव की सरहद में दाख़िल हो गये तो अंशुमन ने अपने फ़ोन में डाला हुआ खुराना साहब का पता देखते हुए गाड़ी उधर ही मोड़ दी तभी रत्ना ने बताया कि शहर के मुख्य बाज़ार में खुराना जी के दो शो-रूम हैं पहले वही देख लेते हैं। मम्मी के कहने पर अंशुमन ने बाज़ार के अन्दर कई चक्कर लगा लिये लेकिन कार का शो-रूम और इलेक्ट्रॉनिक गुड्स का शो-रूम कहीं भी नज़र नहीं आया। आख़िर रत्ना ने कार से उतरकर पता करना शुरू किया तो मालूम पड़ा कि किशन खुराना की टीवी मरम्मत करने की एक दूकान और गाड़ियों की सर्विसिंग का एक गैरज थोड़ी दूर पर ही हैं। गुस्से में झुलसी हुई रत्ना वर्मा जल्दी से आकर गाड़ी में बैठ गयीं और अंशु से खुराना जी के घर चलने को कहा। मम्मी के मूड को देखकर अंशु ने कुछ पूछना उचित नहीं समझा और लगभग दस-पन्द्रह मिनट बाद वे लोग बताये हुए पते पर पहुँच गये। सामने एक पुराने ढंग की कोठी का भारी-भरकम फाटक देखकर अंशुमन ने कार का हॉर्न बजाया लेकिन जब कोई बाहर नहीं निकला तो उतरकर फाटक खोला और गाड़ी अन्दर ले जाकर खड़ी कर दी और उतरकर चारों तरफ़ नज़र दौड़ायी। घर के सामने काफ़ी ख़ाली ज़मीन पड़ी थी जहाँ जंगली घास उगी हुई थी और चहारदीवारी पर ढेरों काई जमी हुई थी। सामने बरामदे में एक पुराने ज़माने का लकड़ी का झूला रखा हुआ था जिस पर एक दुबला-पतला व्यक्ति इन लोगों के आने से बेख़बर बैठा हुआ अख़बार पढ़ रहा था। व्यक्ति का चेहरा दाढ़ी-मूँछ से इस तरह ढँका था कि सिर्फ़ आँखें ही नज़र आ रही थीं। अंशुमन ने पास जाकर उसे अपना परिचय देते हुए बताया कि वे लोग दिल्ली से इशा खुराना को देखने आये हैं यह सुनकर उसने तुरन्त झूले से उठकर रत्ना को नमस्ते करते हुए कहा, "माफ़ करियेगा जी, मैंने आपको पहचाना नहीं था। मैं इशा का पापा हूँ किशन खुराना। आइये अन्दर चलिये।" किशन खुराना दरवाज़ा खोलकर घर के अन्दर चले गये तब अंशुमन ने हँसकर रत्ना से कहा, "वाह मम्मी, क्या पर्सनालिटी है खुराना साहब की।" तभी दरवाज़े के अन्दर से झाँककर मिस्टर खुराना ने मेहमानों को अन्दर आने का कहा तो

माँ-बेटे कुछ बुझे मन से अन्दर दाख़िल हुए और अन्दर का नज़ारा देखकर सकते में आ गये। नीले रंग की दीवारों पर जगह-जगह बरछे, तीर-कमान और डलियाएँ टँगी देखकर अंशुमन ने अपनी माँ से धीरे से पूछा, "मम्मी, क्या यह खुराना जी किसी क़बीले के सरदार हैं?" सवाल माँ से किया था लेकिन दिमाग़ में ख़ुद-ब-ख़ुद आदिवासी खुराना साहब की, हाथ में बरछा लेकर हिरन के पीछे दौड़नेवाली छवि की कल्पना करके अंशु ज़ोर से हँस पड़ा तो रत्ना ने उसे घूरते हुए चुप रहने को कहा मगर ख़ुद खुराना जी से पूछने लगी कि क्या उनको तीर-कमान से शिकार करने का शौक है? मम्मी के सवाल ने अंशुमन को फिर से हँसने पर मजबूर कर दिया और वह रूमाल से अपना मुँह दबाकर हँसी रोकने की कोशिश करने लगा लेकिन किशन खुराना ने रत्ना के सवाल का बड़ी संजीदगी से जवाब देते हुए बताया कि उनके ससुर जी फ़ौज़ में थे और जब वह शिलांग में थे तब किशन जी की पत्नी कोमल एक बार वहाँ गयी थीं और यह सारा सामान लेकर आयी थीं। खुराना साहब ने बताया कि उनकी श्रीमती जी को घर सजाने का बहुत ज़्यादा शौक है और वह जगह-जगह से सजावट का सामान लेकर आती हैं। रत्ना ने खुले दिल से कोमल जी की जंगली पसन्द की तारीफ़ करते हुए सुझाव दिया कि अगर दीवारों पर जानवरों की कुछ खालें टाँग दी जायें और एक भूसा भरा हुआ शेर कमरे में रख दिया जाय तो जंगल का पूरा माहौल घर में ही बन जायेगा। खुराना साहब ने मेहमानों को बैठने को कहा और स्वयं वहाँ से चले गये। कुछ देर तक माँ-बेटा बैठकर अपने आस-पास के माहौल का मज़ा लेते हुए बात करते रहे तब तक कोमल खुराना तशरीफ़ ले आयीं और रत्ना को गले लगाकर आने के लिए धन्यवाद करते हुए पूछा कि यहाँ तक आने में उन लोगों को कोई तकलीफ़ तो नहीं हुई। रत्ना कुछ जवाब देती इसके पहले अंशुमन ने आण्टी जी से अंकल के अचानक चले जाने की वजह पूछ ली तो उन्होंने बताया कि खुराना साहब ज़्यादातर बरामदे में ही बैठे रहते हैं अभी भी बाहर ही गये होंगे। फिर बड़ी संजीदगी से बताने लगीं कि जब से खुराना जी का ऐक्सीडेण्ट हुआ है तब से अपने शो-रूम में तो ज़्यादा नहीं जाते हैं इसीलिए बाहर बैठ जाते हैं तो उनको लगता है कि बाज़ार में अपनी दूकान में बैठे हैं। रत्ना ने बहुत अपनापन दिखाते हुए खुराना जी के ऐक्सीडेण्ट के बारे में पूछा तो कोमल खुराना ने कहा, "क्या बताऊँ आपको मिसिज़ वर्मा, इनका नेचर ही ऐसा है कि हर एक की मदद करने पहुँच जाते हैं। एक दिन बाज़ार में एक गुण्डा किसी सीधे शरीफ़-से आदमी को पीट रहा था। बस यह पहुँच गये बीच-बचाव करने और उस गुण्डे ने गुस्से में आकर उस आदमी को छोड़कर इनको पटकना शुरू कर दिया। इतना मारा कि सारे शरीर की हड्डियाँ टूट गयी थीं। पूरे छह महीने तक अस्पताल में रहे तब कहीं चलने-फिरने लायक़ हुए और घर आये।" रत्ना ने सहानुभूति दिखाते हुए आजकल के बुरे ज़माने को कोसते हुए कोमल जी से पूछा, "मुझे लगता है इतनी तक़लीफ़ और

इलाज की वजह से ही मिस्टर खुराना का रंग और आँखें दोनों ही काले हो गये हैं।'' रत्ना की बात से श्रीमती खुराना कुछ असमंजस में पड़ गयीं तब रत्ना ने उनको याद दिलाया कि कोमल जी ने बताया था कि इशा अपने पापा की तरह लम्बी-गोरी और कंजी आँखोंवाली है मगर खुराना साहब की तो आँखें...और रत्ना ने अपनी बात आधे में ही छोड़ दी। मिसिज़ खुराना ने शायद ऐसे किसी सवाल की उम्मीद नहीं की होगी इसलिए कुछ सोचकर बोलीं, ''जी हाँ, इनका रंग तो इस तक़लीफ़ के दौरान ही साँवला पड़ गया है लेकिन कंजी आँखें मेरे हसबैण्ड की नहीं बल्कि उनके पिता जी की थीं। आँखों के रंग का खुलासा हो जाने के बाद रत्ना ने इशा से मिलने की अपनी इच्छा ज़ाहिर की तो कोमल खुराना अन्दर चली गयीं। और माँ-बेटा अपनी उकताहट मिटाने के लिए खुराना जी की बैठक का जायज़ा लेते हुए उसके बारे में अपने उद्‌गार प्रकट करने में व्यस्त हो गये। तभी रत्ना के कानों में 'नमस्ते आण्टी' की आवाज़ पड़ी तो माँ-बेटे ने पलटकर देखा। ''जी मैं इशा हूँ।'' कहते हुए वह आकर रत्ना के पास बैठ गयी। खुराना दम्पति से मिलने और उनका घर देखने के बाद की सारी निराशा इशा को देखकर दूर हो गयी। जैसा सुना था लड़की वैसी ही है यह जानकर रत्ना को बड़ा सुकून मिला। अब उसने अपने बेटे की प्रतिक्रिया जानने के लिए अंशुमन की तरफ़ नज़र डाली तो उसको भी निराश नहीं पाया। रत्ना कोई आड़ा-टेढ़ा सवाल इशा से करे इससे पहले ही अंशुमन ने उससे पूछ लिया कि अमरीका में वह कहाँ रहती हैं और किस कम्पनी में काम करती हैं। सवाल सुनकर एक पल के लिए इशा चुप रही फिर बोली, ''अंशुमन जी, मैं आप लोगों को यही बताने आयी हूँ कि अब मैं अमरीका में नहीं रहती हूँ। मेरा वर्क परमिट 18 महीनों के लिए था जिसके ख़त्म होते ही मैं वापस आ गयी थी और अब यहीं काम कर रही हूँ। एक बात और बताना चाहती हूँ कि बचपन से ही मुझे फ़िट्स आते हैं और इसी का इलाज करवाने के लिए मैं अमरीका गयी थी। इलाज से फ़ायदा ज़रूर हुआ है लेकिन पूरी तौर से मैं अभी भी ठीक नहीं हुई हूँ। मेरी मम्मी यह सारी बातें छिपाकर मेरी शादी करवाना चाहती थीं जो कि मुझे मंजूर नहीं था, इसलिए मैं आपको यह बता रही हूँ।'' इशा की इस साफ़गोई से रत्ना और अंशुमन बहुत प्रभावित हुए और रत्ना ने उसकी हिम्मत और सच्चाई की तारीफ़ करते हुए दिलासा दिया कि वह ज़रूर पूरी तौर से ठीक हो जायेगी। अंशुमन चाहकर भी इशा को खुले शब्दों में शादी से इनकार नहीं कर पा रहा था। कहीं-न-कहीं उसकी ईमानदारी और सच्चाई ने अंशु के दिल को छू लिया था इसलिए उसने कहा, ''इशा, मैं आपके पूरी तौर से ठीक होने का इन्तज़ार करने को तैयार हूँ।'' बेटे की बात सुनकर रत्ना का चेहरा उतर गया, ''अंशु यह क्या कह रहा है? भला जानते-बूझते भी कोई खाई में गिरता है।'' और कोई अच्छा-सा बहाना सोचने के लिए वह अपना दिमाग़ दौड़ाने लगी। इशा एक समझदार औ संवेदनशील लड़की थी, आण्टी जी के चेहरे की

दुविधा को भाँपकर तुरन्त बोली, ''नहीं अंशुमन जी, मैं नहीं चाहती कि मेरी वजह से आपकी ज़िन्दगी में परेशानियाँ आयें। मेरी बीमारी ऐसी है जो घर के माहौल को ख़राब कर देती है और पूरा परिवार इससे प्रभावित हो जाता है। इतना ही नहीं, आगे की पीढ़ियों में भी यह रोग आ सकता है। इसीलिए मैं शादी करना ही नहीं चाहती हूँ।''

इस खुलासे के बाद अब वहाँ रुकने की कोई वजह नहीं थी इसलिए रत्ना ने बेटे को चलने का इशारा किया तो अंशु ने इशा से अपनी मम्मी को बुलाने का आग्रह किया और इशा के अन्दर जाने के बाद रत्ना से कहा कि वह मिसिज़ खुराना के सामने यह ज़ाहिर न करें कि इशा ने उन लोगों को अपनी बीमारी के बारे में बता दिया है। गुड़गाँव से लौटते हुए रत्ना और अंशुमन का मन बहुत भारी हो रहा था। मम्मी को गुमसुम देखकर अंशुमन ने हँसते हुए कहा कि अब वह उसके लिए लड़कियाँ देखना बन्द कर दे क्योंकि ऊपरवाले ने उसकी क़िस्मत में शादी लिखी ही नहीं है। बेटे की बात से परेशान रत्ना ने उसको समझाना शुरू किया, ''नहीं बेटा, ऐसे मत बोल। सबकी जोड़ियाँ ऊपर से बनकर आती हैं और तेरी जोड़ीदार भी वक़्त आने पर सामने आ जायेगी।'' अंशुमन को तो समझा दिया लेकिन अपने मन को कैसे समझाये। घर पहुँचकर जब सब लोगों को गुड़गाँव की असफल कहानी सुनायी तो सभी के चेहरे उतर गये मगर अम्माँ ने अपनी बहू और पोते को दिलासा देने के लिए अपनी पुरानी कहावत दोहरायी, ''जब-जब जो-जो होना है तब-तब सो-सो होता है।'' बात बदलने के इरादे से वर्मा जी ने सुदीप की शादी से पहले होनेवाली कॉकटेल पार्टी का ज़िक्र करते हुए कहा, ''अंशु बेटा, सुदीप की शादी में अब सिर्फ़ चार दिन बाक़ी रह गये हैं। कल महिला-संगीत और कॉकटेल पार्टी है और परसों हल्दी की रस्म है। दोनों दिनों के सारे इन्तज़ामात देखने हैं और बाहर से आनेवाले मेहमानों को रेलवे स्टेशन और एअरपोर्ट से लाने का भी इन्तज़ाम करना है।'' सुदीप ने पापा की चिन्ता को दूर करते हुए बताया कि उसने मेहमानों को लाने के लिए टैक्सी का इन्तज़ाम कर दिया है और अपने ऑफ़िस के दो चपरासियों को स्टेशन और एअरपोर्ट से मेहमानों को लाने का काम भी सौंप दिया है। अम्माँ जो इस बातचीत के दौरान चुपचाप बैठकर पान चबा रही थीं उगालदान में पान की पीक थूककर बोलीं, ''रत्ना बेटा, हम तुम्हें बताना भूल गये थे कि आज सबेरे तुम्हारी नकचढ़ी ननद का फ़ोन आया था कल दामाद जी के संग पधार रही है तो उसे लेने तो किसी को जाना पड़ेगा वरना तुम तो जानती हो साधना को, आते ही बवाल मचायेगी।'' रत्ना ने तुरन्त कहा कि कोई और नहीं, ख़ुद अरविन्द अपने बहन और बहनोई को लेने के लिए स्टेशन जायेंगे। पत्नी की बात सुनकर अरविन्द दायें-बायें होने लगे। एक तो उनको यूँ ही किसी को लाना-ले जाना पसन्द नहीं है ऊपर से अपने बहनोई कैलाशनाथ से उनकी कुछ ख़ास बनती नहीं है। उनको लेने जाने का मतलब है रास्ते-भर उनकी फ़ज़ूल की बातें सुनते हुए आना। पापा की परेशानी सुदीप

समझ गया और दादी से बोला कि बुआ और फूफा जी को लेने स्टेशन वह चला जायेगा मगर अम्माँ ने तुरन्त उसकी अर्ज़ी ख़ारिज करते हुए कहा कि दूल्हा कहीं नहीं जायेगा। ज़रा-सी बात का इतना रायता फैलते देखकर अंशु ने दादी से कहा कि वह जाकर मेहमानों को ले आयेगा।

•

आज सुबह से ही वर्मा हाउस में जैसे भूचाल आया हुआ है। नौकर-चाकर और परिवार के सदस्य सभी किसी-न-किसी गतिविधि में व्यस्त हैं और क्यों न हों! घर की बेटी और दामाद जो पधार रहे हैं। रत्ना अपने ननद और ननदोई के लिए कमरे की सफ़ाई और सजावट करवाने में लगी हुई है और अम्माँ अपने सामने माखनलाल को बैठाकर दामाद जी की पसन्द का नाश्ता और खाना बनाने के बारे में समझा रही हैं। काफ़ी देर तक समझाने के बाद जब अम्माँ ने उसको जाने के लिए कहा तो माता जी की बात सुनकर इतनी देर तक सर हिलाने के बाद भी, अपनी मोटी बुद्धि से लाचार माखनलाल ने पूछा, ''माता जी, दोपहर के ख़ाने में लंच क्या बनेगा?'' उसकी बात सुनकर अम्माँ की इच्छा हुई कि अपना पानदान उठाकर उसके सर पर पटक दें। ''अरे जड़ बुद्धि, इतनी देर से तुझे और क्या बता रही थी तब तो अपनी पसेरी भर की मुण्डी बहुत हिला रहा था। अब जा यहाँ से, तेरी मैडम जी ही तुझे बतायेंगी कि क्या बनेगा।'' और उन्होंने रत्ना को आवाज़ देकर समस्या का समाधान करने के लिए बुलाया तो उसने आकर माखनलाल को पहले तो एक घुड़की लगायी और फिर नाश्ते में आलू की सब्ज़ी, पूरी और सूजी का हलवा बनाने का आदेश देकर वहाँ से रवाना किया और स्वयं दूसरे प्रबन्ध देखने चली गयी और जाते हुए बीच में बैठे ड्यूक से टकरा गयी तो फ़ौरन सुदीप को बुलाकर बुआ के आने से पहले ड्यूक को कमरे के अन्दर बाँधने को कहा क्योंकि साधना को कुत्तों से बहुत डर लगता है मगर सुदीप ने जवाब दिया कि बुआ तो तीन-चार दिन रुकेंगी और इतने दिनों तक वह ड्यूक को अन्दर बन्द रहने की सज़ा नहीं दे सकता है और अपने लाड़ले को साथ लेकर कमरे में चला गया।

अपनी बुआ और फूफा जी को लेने स्टेशन जाते समय अंशुमन को बुआ के अन्तहीन सवालों से बचने की चिन्ता हो रही थी इसलिए उन दोनों को ट्रेन से उतारने के बाद बाहर अपनी गाड़ी तक पहुँचने के दौरान वह अपनी बुआ से दस क़दम की दूरी बनाकर ही चलता रहा जिस कारण साधना को बहुत परेशानी हो रही थी। एकाध बार अंशु को आवाज़ देकर कुछ कहने और पूछने की कोशिश भी की लेकिन अंशुमन

ने उधर कान ही नहीं दिया। मगर कार में बैठते ही साधना ने सारी कसर पूरी करते हुए अपने सवालों का जो सिलसिला शुरू किया वह घर पहुँचकर ही रुका। जवाब दे-देकर परेशान बेचारा अंशुमन यही सोच रहा था कि हमारे देश में लोग दूसरों की ज़िन्दगी में दख़ल देने के लिए इतने आतुर क्यों रहते हैं?

घर पहुँचकर थोड़ी देर तक तो साधना सबसे मिलने-मिलाने और बात करने में व्यस्त रही लेकिन जैसे ही अम्माँ उठकर अपने कमरे में गयीं तो वह भी उनके पीछे-पीछे चली गयी और उनके सामने अंशुमन की शादी की चर्चा छेड़ते हुए पूछा कि अंशु से पहले भैया छोटे की शादी क्यों कर रहे हैं? अम्माँ ने बेटी को बताया कि सुदीप ने लड़की पसन्द कर रखी थी, कब तक उसकी शादी न करते। फिर अम्माँ ने बेटी का ध्यान अंशु की तरफ़ से हटाने के इरादे से पूछा कि उसके बेटी-दामाद और बेटा गौरव शादी में आयेंगे या नहीं जिसके जवाब में साधना ने कहा, "अम्माँ, आजकल सहालग का मौसम है और कानपुर में चार शादियों का काम गौरव को सम्हालना है इसलिए वह तो नहीं आयेगा और गार्गी का इसलिए आना मुश्किल है क्योंकि उसके बच्चों के इम्तहान होनेवाले हैं। अब बच्चों की पढ़ाई तो पहले है न अम्माँ।" बात करते हुए सहसा साधना को जैसे बहुत ज़रूरी कोई बात याद आ गयी और वह बोली, "वैसे अम्माँ, एक बात बताओ, यह तुम्हारे अंशुमन का कोई ऐसा-वैसा चक्कर तो नहीं है।" अपनी बात से अम्माँ की त्योरियाँ चढ़ते देखकर तुरन्त उसने बात सम्हालते हुए कहा, "देखो अम्माँ, बुरा मत मानना, हम यह इसलिए पूछ रहे थे क्योंकि गार्गी और अंशुमन बराबर के ही हैं और गार्गी के तो बच्चे भी हो गये हैं लेकिन तुम्हारे पोते का अभी ब्याह तक नहीं हुआ है।" अम्माँ ने फ़ौरन अपने लाड़ले पोते की पैरवी करते हुए कहा, "हमारा पोता बहुत संस्कारी लड़का है। विदेश में रहते हुए भी उसकी सोच नहीं बदली है। और जो तू गार्गी से उसकी बराबरी कर रही है तो सुन बेटा, पहली बात कि गार्गी लड़की है और कानपुर में पली-बढ़ी है इसलिए तुम लोगों ने उसका ब्याह छोटी उम्र में कर दिया था। मगर अंशु लड़का है इसलिए उसकी शादी हमने जल्दी नहीं की और दूसरी बात यह है कि अंशु के लायक़ लड़की भी तो मिलनी चाहिए यूँ ही किसी के भी साथ तो ब्याह नहीं कर देंगे।" साधना जवाबी हमले के लिए तनकर बैठते हुए बोली, "अरे अम्माँ, अब हमें बेवकूफ़ तो बनाओ मत। दुनिया में लड़कियों का कोई अकाल नहीं पड़ गया है जो तुम्हारे पोते के लिए तुम्हें बहू नहीं मिली। यह कहो कि रत्ना भाभी कोई रईसजादी ढूँढ़ रही हैं जो उनका घर दहेज़ से भर दे, वरना एक लड़की की फ़ोटो तो हमने भी भेजी थी। कैसी अच्छी और सीधी लड़की थी एकदम गाय-जैसी और घर के कामों में अव्वल, लेकिन..." अम्माँ ने बेटी की बात काटते हुए कहा, "हाँ! देखी थी तेरी उस गाय की फ़ोटो। लेकिन साधना उस लड़की के साथ अंशु का निभाव कैसे हो सकता था। अरे! उससे लाख अच्छी लड़कियाँ तो यहाँ दिल्ली में ही हैं। वैसे

यह बता बेटा, तुझे वह उन्नाव की मास्टरनी अगर इतनी पसन्द है तो गौरव का ब्याह उसके साथ क्यों नहीं करवा देती? कानपुर से उन्नाव पास भी पड़ेगा।'' अम्माँ की बात का कोई जवाब नहीं सूझा तो साधना वहाँ से उठकर बाहर आ गयी और अम्माँ ने अपना पानदान पास खींचकर पान लगाना शुरू कर दिया।

अम्माँ के कमरे से निकलकर साधना बैठक में आयी तो वहाँ कैलाशनाथ और अरविन्द को बैठे देखकर अपनी भाभी के साथ कुछ तानेबाज़ी का आनन्द लेने के इरादे से वह रत्ना के पास चली गयी। रत्ना उस समय अपने दोनों बेटों के साथ पार्टी में होनेवाली सजावट और महिला-संगीत में आनेवाले मेहमानों के बारे में बात कर रही थी। साधना को आते देखकर रत्ना चुप हो गयी तो साधना ने कहा, ''भाभी आप लोग अगर कोई प्राइवेट बात कर रहे हों तो हम बाद में आ जायेंगे।'' सुदीप ने हँसकर कहा, ''बुआ अब आप आ ही गयी हैं तो बैठिये, अपनी प्राइवेट बातें हम बाद में कर लेंगे।'' रत्ना ने ननद के चढ़े हुए तेवर देखे तो बात सम्हालते हुए बोली, ''आप बैठिये जीजी, हम लोग कोई ज़रूरी बात नहीं कर रहे हैं।'' भाभी के कहने पर साधना सोफ़े पर आराम से बैठकर शादी में होनेवाली रस्मों के बारे में रत्ना से पूछने लगी यह देखकर अंशु और सुदीप उठकर जाने की तैयारी करने लगे तो रत्ना ने सुदीप से कहा, ''बेटा, घण्टे भर बाद डान्स मास्टर श्याम कुमार आनेवाला है उसको लेकर अनुष्का के यहाँ चले जाना वह तुम दोनों के डान्स की प्रैक्टिस करवायेगा।'' साधना ने तुरन्त टोकते हुए कहा कि शादी से पहले लड़का घर से बाहर नही जायेगा उसको नज़र लग जायेगी। बुआ की बात सुनकर अंशुमन ने कहा कि आज शाम का कार्यक्रम शादी का ही एक हिस्सा है तो क्या वहाँ भी सुदीप नहीं जायेगा? भतीजे की बात सुनकर साधना मन-ही-मन में कुढ़कर रह गयी फिर अंशुमन ने रत्ना से कहा कि वह शगुन रिसोर्ट वहाँ की तैयारी देखने जा रहा है और शाम की पार्टी में पहनने के लिए अपने कपड़े भी साथ लेकर जा रहा है क्योंकि घर वापस आकर कपड़े बदलने का समय उसे नहीं मिल पायेगा। अंशु कमरे से निकलने लगा तो सुदीप ने उसको शगुन रिसोर्ट से अनुष्का के घर जाने को कहा लेकिन तभी कुछ याद करके रत्ना ने अंशुमन से कहा कि उससे एक बहुत बड़ी भूल हो गयी है कि उसने अपने भैया और भाभी को आज शाम की पार्टी में आने के लिए फ़ोन नहीं किया है और आज फ़ोन करने से भैया कहीं बुरा न मान जायें। अंशु ने अपनी मम्मी की इस लापरवाही पर हैरानी दिखायी तो उसने बताया कि जब वह अरविन्द के साथ शादी का कार्ड देने गयी थी उसी दिन आज की दावत में आने के लिए कहा था उसके बाद फ़ोन नहीं कर पायी। मायके का मामला है सिर्फ़ कार्ड देने से काम नहीं चलेगा। अंशुमन ने माँ को तसल्ली देकर कहा कि वह नाना जी के यहाँ जाकर सबसे मिल भी लेगा और सबको निमन्त्रण भी दे आयेगा।

सुदीप ने भैया को समझाया कि इतने कम समय में इतनी जगहों पर जाना सम्भव नहीं है इसलिए मामा जी के यहाँ फ़ोन करके बात करना उचित रहेगा लेकिन अंशुमन ने कहा कि अनुष्का से तो वह शाम को पार्टी में भी मिल लेगा लेकिन नाना जी के यहाँ जाकर अगर निमन्त्रण नहीं दिया तो उन लोगों को बुरा लगेगा और शादी के इस अवसर पर किसी भी रिश्तेदार का नाराज़ होना अच्छी बात नहीं है। बड़े भैया से बहस करके कुछ हासिल नहीं होगा यह सुदीप अच्छी तरह जानता है लेकिन अनुष्का के यहाँ अंशुमन को न ले जा पाने से वह थोड़ा उदास हो गया और इस उदासी की वजह यह थी कि अनुष्का की एक सहेली जो आज अनुष्का के घर आनेवाली थी और जिससे वह अंशुमन को मिलवाना चाहती थी लेकिन अब क्योंकि भैया अनुष्का के घर नहीं जा रहे थे लिहाज़ा सुदीप कुछ देर बाद डान्स मास्टर को लेकर अनुष्का के घर पहुँच गया। उसको देखते ही अनुष्का के कजिन्स और सहेलियों ने उसको घेरकर बातें करनी शुरू कर दीं तो किसी तरह से उनसे पीछा छुड़ाकर सुदीप अनुष्का के पास गया और उसकी सहेली के बारे में पूछने लगा तो अनुष्का ने बताया कि उसकी सहेली तन्वी शाम को संगीत में ही आयेगी। सुदीप ने बेसब्री से पूछा, ''आख़िर कौन है यह तन्वी जिसे मैंने आज तक नहीं देखा है? तुम्हारी बाक़ी सभी सहेलियों को मैं जानता हूँ लेकिन इसका तो तुमने पहले कभी ज़िक्र भी नहीं किया तो अचानक यह इतनी ख़ास सहेली कहाँ से पैदा हो गयी है।'' सुदीप की बेचैनी देखकर अनुष्का ने बताया, ''जब तुम उससे मिलोगे तब मान जाओगे कि मैंने भैया के लिए एकदम सही लड़की चुनी है। तन्वी मेरी बचपन की सहेली है या कह लो कि सहेली से भी बढ़कर है। हम लोग करोलबाग़ में पड़ोसी थे, हर वक़्त का साथ था हम दोनों का। फिर पापा ने मुनिरका में मकान ले लिया और तन्वी का परिवार वसन्त विहार चला गया और हम लोगों का मिलना कम हो गया। बाद में तन्वी आई.आई.एम. लखनऊ चली गयी और फिर उसे बैंगलोर में नौकरी मिल गयी इसी वजह से कभी तुमसे उसकी मुलाक़ात नहीं हुई। अब उसकी कम्पनी उसे अमरीका भेज रही है इसलिए जाने से पहले छुट्टी लेकर दिल्ली आयी है। तुम्हारे भैया की तरह ही नकचढ़ी है मेरी यह सहेली। इसकी मम्मी भी इसकी शादी के लिए परेशान रहती हैं और यह हर लड़के को 'रिजेक्ट' कर देती है। जब से तुमने अंशु भैया के बारे में मुझे बताया था तभी से मैंने सोच लिया था कि इन दोनों को मिलवाकर ही रहूँगी।''

अपने परिवार के बारे में अभी से इतना सोचनेवाली अनुष्का के लिए सुदीप का प्यार और भी दोबाला हो गया। अपनी ग़ज़ल का चेहरा हाथों में लेकर चूमते हुए उसने अपनी प्रियतमा को धन्यवाद देना चाहा तो अनुष्का ने उसे धक्का देकर कमरे से बाहर जाने को कह दिया।

•

घर से निकलकर अंशुमन सीधा अपने नाना जी के यहाँ पहुँचा तो नाना जी को लॉन में अपने पार्टी कार्यकर्त्ताओं के बीच घिरे हुए पाया। इस समय उनसे मिले या नहीं इसी उधेड़-बुन में था कि तभी स्वयं प्रकाश जी की नज़र उस पर पड़ी और उन्होंने अपनी दबंग आवाज़ में अपने नवासे को पुकारा तो अंशुमन ने जल्दी से उनके पास पहुँचकर अपने नाना जी के चरण स्पर्श किये तो स्वयं प्रकाश जी ने प्यार से उसके सर पर हाथ रखकर आशीर्वाद देते हुए कहा, ''हमें ख़ुशी है कि विदेश जाकर भी तुम अपने संस्कार नहीं भूले हो।'' अंशुमन ने जवाब दिया कि अपने संस्कारों को वह कैसे भूल सकता है? चाहे वह दुनिया के किसी भी कोने में रहे मगर दिल तो अपने देश के लिए ही धड़केगा। अपने नवासे की बात सुनकर हँसते हुए उसकी पीठ पर थपकी मारते हुए स्वयं प्रकाश ने सवाल किया, ''तो फिर एक बात बताओ बरख़ुरदार, यहाँ अपने देश में कौन-सी कमी है जो इतनी दूर परदेस में जाकर बस गये हो?'' नाना जी का सवाल सुनकर अंशुमन बग़लें झाँकने लगा यह देखकर स्वयं प्रकाश ने कहा, ''बेटा, आजकल जिसे देखो वही विदेश जाकर बस रहा है इसीलिए तुमसे पूछ रहे हैं कि आख़िर विदेश में ऐसा क्या है जो हमारे देश में नहीं है?''

अब अंशुमन उठकर नाना जी की बग़ल में बैठ गया और बोला, ''नाना जी, आप राजनेता हैं सच कहूँगा तो आपको बुरा लगेगा लेकिन बात यह है कि विदेशों में हमारे देश जैसी बेईमानी, धोखाधड़ी और गन्दगी नहीं है। वहाँ हमें काम करने के लिए अच्छा माहौल मिलता है वरना आप ही बताइये, अपने देश में रहकर इज़्ज़त की रोटी कौन नहीं कमाना चाहता है? लेकिन हमारे देश में न तो हर एक के लिए काम की सुविधा है और न ही विधिवत् कार्य-शैली। हर जगह रिश्वतख़ोरी, सिफ़ारिश और आरक्षण के दम पर काम होता है। अब आप ही बताइये कि अच्छा माहौल और सुविधाएँ छोड़कर कौन ऐसे माहौल में वापस आना चाहेगा।'' अंशुमन की बात सुनकर स्वयं प्रकाश सोच में पड़ गये, ''शायद यह लड़का सच कह रहा है। हमारे देश के पूरे ढर्रे में बदलाव लाने की ज़रूरत है वरना युवा शक्ति के होते हुए भी हमारा देश बूढ़ी और बीमार सोच के सहारे घिसटता रहेगा और हमारे ज़ाहिल नेता अपने स्वार्थ के लिए देश का सर्वनाश कर देंगे।''

नाना जी को गहन सोच में डूबा देखकर अंशुमन ने उनसे आज्ञा लेते हुए बताया कि वह आज शाम को होनेवाले संगीत-कार्यक्रम और दावत का न्योता देने के लिए आया है और सभी को दावत में आना है तो स्वयं प्रकाश ने कहा कि पार्टी के किसी

काम में व्यस्त होने के कारण आज उनका आना सम्भव नहीं हो पायेगा लेकिन शादी में वह ज़रूर आयेंगे। तब अंशुमन अपने मामा और मामी से मिलने घर के अन्दर चला गया। बचपन से ही अंशुमन की अपने रवि मामा के साथ ख़ूब पटती है। रवि प्रकाश को फ़िल्में देखने का बहुत शौक था और अक्सर वह अपने साथ अंशुमन को भी ले जाते थे। ख़ास तौर से गर्मी की छुट्टियों में तो एक फ़िल्म को बार-बार देखकर मामा-भानजा पूरी फ़िल्म जैसे कण्ठस्थ ही कर लेते थे और फिर घर में सबके सामने संवाद बोलकर सबका ख़ूब मनोरंजन करते थे।

अंशु को देखकर मामा की दोनों बेटियाँ ऋचा और रीना दौड़कर उससे मिलने आयीं और रीना ने अंशु भैया से अपने 'गिफ़्ट' की माँग की तब अंशुमन को ध्यान आया कि बहनों के उपहार तो घर पर ही रह गये हैं। हाथ जोड़कर दोनों से माफ़ी माँगते हुए उसने उनके उपहार शाम को देने का वायदा किया। तब ऋचा ने बताया कि वे दोनों बहनें भी शाम को संगीत में नृत्य करेंगी। इन्हीं बातों के बीच रवि प्रकाश भी आ गये और अंशु को देखकर गले से लगा लिया। मामा के साथ बातें करते हुए शगुन रिसोर्ट जाने का ख़याल उसे तब आया जब अलका मामी खाने के लिए पूछने आयीं। अंशुमन ने उठते हुए कहा कि अभी उसको ज़रूरी काम से जाना है इसलिए मामी के हाथ का बना खाना खाने के लिए वह किसी और दिन आयेगा और सबको शाम के कार्यक्रम में ज़रूर आने के लिए कहकर वहाँ से चला गया।

उस शाम शगुन रिसोर्ट में सुदीप और अनुष्का के विवाह का संगीत कार्यक्रम हँसी-ख़ुशी और धूम-धाम से सम्पन्न हुआ। सभी नातेदारों, प्रियजनों और मित्रों ने आकर न सिर्फ़ कार्यक्रम की शोभा बढ़ायी बल्कि 'शीला की जवानी' और 'मुन्नी की बदनामी' पर ठुमके भी लगाये। साथ ही वर्मा जी द्वारा रखे गये 'सोमरस पान' के विशेष आयोजन ने मेहमानों के मनोरंजन में तड़के का काम किया और सभी लोग आयोजन की और वर्मा जी की होनेवाली बहू की तारीफ़ें करते हुए विदा हुए। इस सारे आयोजन के दौरान सुदीप और अनुष्का कुछ मायूस रहे जिसकी वजह थी अनुष्का की सहेली तन्वी, जिसके पार्टी में न आने से उसको अंशुमन से मिलवाने की अनुष्का की योजना पर पानी फिर गया था। तन्वी ने अनुष्का को फ़ोन करके बताया था कि उसके माता-पिता बुआ के बेटे की शादी में मेरठ गये हुए हैं और तन्वी की नानी जी अचानक आगरा से आ गयी हैं। ऊपर से आफ़त यह कि सफ़र के दौरान उनकी तबीयत ख़राब हो गयी। अब तन्वी उनको लेकर डॉक्टर के यहाँ जायेगी और बाद में भी उनको घर पर अकेले छोड़कर नहीं आ सकती है लिहाज़ा आज उसका आना नहीं हो सकेगा लेकिन कल शादी में वह ज़रूर आयेगी। अनुष्का ने सुदीप से कहा, "अब तो कल ही दोनों की मुलाक़ात करवानी पड़ेगी।" उसकी बात पर सुदीप ने अपनी चिन्ता व्यक्त करते हुए कहा, "लेकिन हम दोनों तो शादी के लिए मण्डप में बैठे होंगे, भैया को तन्वी

से मिलवायेगा कौन?'' सुदीप की फ़िक्र को परे करते हुए अनुष्का ने पूरे विश्वास के साथ जवाब दिया कि उसकी सहेली को देखकर अंशु भैया ख़ुद ही उससे मिलने और बात करने की कोशिश करेंगे।

तन्वी की नानी श्रीमती पुष्पा दवे जब से बेटी के यहाँ आयी हैं तभी से अपनी नातिन के बारे में सोच-सोचकर परेशान हैं, ''तन्वी अब अमरीका में नौकरी करेगी, अपने परिवार से इतनी दूर अकेली रहेगी और उसके माँ-बाप हैं कि उनको बेटी की कोई चिन्ता ही नहीं है। अरे! बाहर भेजना है तो शादी करवाकर भेजो, कम-से-कम लड़की की फ़िक्र तो नहीं रहेगी। मेरठ से वापस आयेंगे तो शोभा और राकेश जी, दोनों को डाँट लगाऊँगी।'' अपनी चिन्ता के जाल से निकलकर पास बैठी तन्वी पर नज़र गयी तो उसको सुस्त देखकर उसके बालों में हाथ फेरते हुए उदासी की वजह पूछी तो तन्वी ने बताया कि कल उसकी सहेली अनुष्का की शादी का संगीत था लेकिन वह जा नहीं पायी और आज अगर वह ग़ज़ल की शादी में नहीं गयी तो ग़ज़ल तो उसकी जान ही ले लेगी। नातिन की बात सुनकर दुविधा में पड़ी नानी ने पूछा, ''बेटा, तेरी दोनों सहेलियों अनुष्का और ग़ज़ल की शादी आज ही है?'' अपनी नानी की ग़लतफ़हमी दूर करते हुए तन्वी ने कहा, ''नहीं बा, अनुष्का को ही घर में ग़ज़ल के नाम से बुलाते हैं।'' यह सुनकर बा ने माथे पर बल डालते हुए पूछा, ''यह ग़ज़ल वही लड़की है न जो करोलबाग़ में तुम लोगों के पड़ोस में रहती थी?'' अपनी नानी की याददाश्त की तारीफ़ करते हुए तन्वी ने हामी भरी तो बा ने बताया कि अनुष्का की शादी का कार्ड उनको आगरा में मिला था लेकिन वह तो अनुष्का के नाम से उसे जानती नहीं थीं इस वजह से कार्ड उठाकर कहीं रख दिया था।

नानी की बात सुनकर तन्वी ख़ुश हो गयी क्योंकि अब तो बा भी उसके साथ शादी में जा सकती हैं। लेकिन जब उसने बा से यह बात कही तो उन्होंने हिचकिचाते हुए मना कर दिया, ''अरे नहीं बेटा, मैं वहाँ किसी को जानूँ न पहचानूँ क्या करूँगी जाकर। तू चली जाना और मेरी तरफ़ से शगुन का लिफ़ाफ़ा ज़रूर ले जाना।'' लेकिन तन्वी ने बा को घर में अकेले छोड़कर जाने से इनकार कर दिया तो बा ने उसको समझाते हुए कहा कि वह आराम से टीवी देखती रहेंगी अब उनकी तबीयत ठीक है। नानी के संकोच को देखकर तन्वी चुप हो गयी लेकिन जब उसने कपूर आण्टी को फ़ोन करके बा के बारे में बताया तो उन्होंने तुरन्त बा से बात करके उनको शादी में आने के लिए निमन्त्रित करते हुए कहा, ''बा जी, आप आओगे तो मुझको अपनी बीजी, की कमी नहीं महसूस होगी। अपनी इस बेटी की बात का मान रख लेना और आना ज़रूर। मैं आपकी बाट देखूँगी।'' मधु कपूर का आग्रह देखकर बा इनकार नहीं कर सकीं और शाम को तन्वी के साथ अनुष्का के विवाह में पहुँच ही गयीं। अनुष्का और मधु कपूर बा को देखकर बहुत ख़ुश हो गयीं और मधु जी ने हाथ जोड़ते हुए बा से कहा कि

ग़ज़ल भी उनकी नातिन जैसी ही है इसलिए बारात आने पर दूल्हे की दादी से मिलनी बा करेंगी तो अच्छा रहेगा और यह कहकर वह बा को अपने साथ लेकर चली गयीं और तन्वी अनुष्का को तैयार करने में व्यस्त हो गयी।

जब बारात आयी तो स्वागत के लिए गेट पर खड़े कपूर दम्पति और उनके नज़दीकी रिश्तेदारों के साथ ही बा भी दूल्हे की दादी का स्वागत करने के लिए खड़ी हो गयीं। दूल्हे की आरती उतारकर अन्दर ले जाने के बाद जब उसके परिवारवाले आने शुरू हुए तो श्रीमती कपूर ने बा के हाथ में भी एक फूल-माला देकर दूल्हे की दादी की तरफ़ इशारा करके उनका स्वागत करने को कहा तो बा ने बड़े प्यार और आदर के साथ अम्माँ के गले में माला पहना दी लेकिन अम्माँ ने तुरन्त बा का हाथ पकड़ लिया और ग़ौर से उनको देखते हुए पूछा, ''आप...तुम पुष्पा दवे हो न?'' इतना सुनना था की बा ने अम्माँ को गले लगाते हुए हँसकर कहा, ''हाँ मेरी सरला, मैं पुष्पा ही हूँ। मुझे क्या मालूम था कि बरसों बाद आज इस तरह तुमसे मुलाक़ात होगी।'' दोनों वृद्धाएँ सब-कुछ भूलकर एक-दूसरे के गले में हाथ डालकर बतियाती हुई एक कोने में जाकर बैठ गयीं तब अम्माँ ने बा से कहा, ''सच्ची पुष्पा, मुझे उम्मीद नहीं थी कि इस ज़िन्दगी में तुमसे कभी मिल पाऊँगी, मगर नियति देखो कि मेरे पोते ने तुम्हारी नातिन को पसन्द किया...लेकिन अनुष्का तो कपूर है तो तुम्हारी बेटी ने पंजाबी से ब्याह किया है?'' पुष्पा जी ने अपनी सहेली की जिज्ञासा को शान्त करते हुए बताया कि अनुष्का उनकी नातिन नहीं बल्कि नातिन की सहेली है, उनकी बेटी शोभा का विवाह तो गुजराती परिवार में ही हुआ है। उन्होंने यह भी बताया कि अनुष्का की माँ के आग्रह पर उन्होंने अम्माँ से मिलनी की थी और इस तरह बरसों से बिछड़ी दोनों सहेलियों की मुलाक़ात हो गयी। इधर यह दोनों सहेलियाँ सारी दुनिया को भूलकर अपनी नयी-पुरानी बातों में मगन थीं और दूसरी तरफ़ तन्वी अपनी बा को कहीं न देखकर परेशान हो रही थी और भीड़ में उनको तलाशती हुई घूम रही थी। तभी अरविन्द शंकर की बहन साधना की निगाह उस पर पड़ी और वह उस लड़की के बारे में पता करने के इरादे से रत्ना के पास पहुँच गयी और पूछने लगी कि क्या रत्ना उस लड़की हो जानती है। रत्ना उस समय किसी महिला से बातें करने में व्यस्त थी इसलिए ननद की बात सुनकर उसने एक उड़ती-सी नज़र तन्वी पर डाली और 'नहीं' कहकर वापस अपने मित्र से बातें करने लगी यह देखकर साधना ने अपनी भाभी की ख़ुशामद करते हुए कहा, ''रत्ना भाभी, ज़रा हमारी बात सुन लीजिये। देखिये तो कितनी सुन्दर लड़की है। इसके बारे में थोड़ा पता लगाइये किसकी लड़की है, कौन है, कुछ मालूम पड़े तो रिश्ते की बात चलायें।'' अभी तक रत्ना का ध्यान साधना की बात पर नहीं गया था मगर 'रिश्ता' शब्द सुनते ही मानो वह नींद से जाग गयी और ग़ौर से तन्वी को देखने लगी लेकिन तब तक वह भीड़ में ग़ायब हो गयी थी फिर भी जितनी निगाह उस पर पड़ी थी वह

अंशुमन के साथ उसकी जोड़ी बनाने की कल्पना करने के लिए काफ़ी थी। लेकिन तभी साधना ने पूछा कि उसके गौरव के लिए यह लड़की कैसी रहेगी, तो अपने अंशु के सर पर बँधते सेहरे को ननद द्वारा उतारे जाने की कोशिश से बौखलाकर रत्ना साधना पर बरस पड़ी, ''जीजी, आप तो ऐसी बात कर रही हैं जैसे मैं यहाँ पर आये हर एक मेहमान की जन्म-कुण्डली जानती हूँ। मुझे क्या पता वह कौन है।''

कहने के बाद सहसा रत्ना को अपनी ग़लती का एहसास हुआ और उसने ननद के कन्धे पर हाथ रखते हुए अपने व्यवहार के लिए क्षमा माँगी और उस लड़की के बारे में मालूम करने का वचन देकर वहाँ से चली गयी। साधना की बात से सहसा रत्ना को याद आया कि आज तो शादी में कई विवाह योग्य लड़कियाँ आयी होंगी इसलिए बहू खोज के दर्द से पीड़ित रत्ना मेहमानों के बीच घूम-घूमकर लड़कियों का जायज़ा लेने में जुट गयी और काफ़ी समय बर्बाद करने के बाद इस नतीजे पर पहुँची कि अंशुमन के योग्य इनमें से कोई नहीं है। तभी उसकी भाभी ने आवाज़ दी और पलटकर देखने पर अलका किसी लड़की के साथ उसी की तरफ़ आती हुई दिखायी दी। अलका ने रत्ना से उस लड़की का परिचय करवाते हुए बताया कि पैमला सिंह नामक यह लड़की अमरीकन एन.आर.आई. है बहुत अमीर है, इसके पिता के अमरीका में कई होटल हैं और आजकल यहाँ अपने लिये जीवन साथी ढूँढ़ रही है। परिचय होने पर रत्ना ने पैमला से बात करने की कोशिश करनी चाही तो उसने शुद्ध विदेशी लहज़े में जवाब दिया कि उसको हिन्दी नहीं आती है। रत्ना ने अब ऊपर से नीचे तक लड़की पर नज़र दौड़ायी तो उसे समझ में नहीं आया कि यह जीव किस गृह से आया है। लाल, नीले और पीले रँगे हुए बालों में ढेर-सारे मोती पिरो रखे थे और माथे पर बड़ा-सा माथा टीका लटक रहा था। कानों में गिटार के आकार की लम्बी लटकनें लटकी हुई थीं और चेहरे पर मेकअप की इतनी परतें चढ़ी हुई थीं कि शायद चाकू से खुरचने के बाद ही असली रंगत नज़र आ सकती थी। शरीर पर जो वस्त्र धारण किये हुए थे उनको देखकर वह जंगल से आयी हुई बंजारिन लग रही थी। लड़की का हुलिया देखकर रत्ना की ज़ुबान सूखकर हलक़ से चिपक गयी और वह किसी तरह वहाँ से जाने की जुगत सोचने लगी। तभी पैमला ने रत्ना से उसके 'अमरीका बेस्ड' बेटे के बारे में पूछना शुरू कर दिया तब रत्ना ने दो-टूक जवाब पकड़ाते हुए कहा कि उसका बेटा अमरीका में रहते हुए भी भारतीय है और उसको 'सिम्पल इण्डियन ब्राइड' ही चाहिए। रत्ना की बात सुनकर अलका ने धीरे से अपनी ननद को समझाते हुए कहा, ''दीदी, इतनी अमीर लड़की को ऐसे मना मत करिये। इसके साथ शादी करके अंशु की ज़िन्दगी बन जायेगी।'' अपनी भाभी को अलग ले जाकर डाँटते हुए रत्ना ने कहा, ''भाभी, इस लड़की को अंशु के आस-पास भी मत फटकने दीजियेगा। मुझे अपने बेटे की शादी करनी है। उसका सौदा नहीं करना है।'' अपनी भाभी पर उमड़ रहे गुस्से को अन्दर-ही-अन्दर पीकर रत्ना वहाँ

से आगे बढ़ गयी और अंशुमन की दुलहन ढूँढ़ने का उसका सारा जोश ठण्डा पड़ गया। ''पता नहीं मेरे बेटे की क़िस्मत में क्या लिखा है। मेरी हर कोशिश बेकार हो जाती है। कैसे मिलेगी मुझे अंशु के लिए बहू?'' इसी सोच में डूबी वह शादी के लॉन में इधर-उधर घूमने लगी, तभी सहसा उस लड़की का चेहरा आँखों के सामने घूम गया जिसे साधना ने दिखाया था और रत्ना 'उस लड़की' की तलाश में चल दी।

बा जब तन्वी को कहीं नज़र नहीं आयीं तो परेशान होकर वह अनुष्का के कमरे की तरफ़ जाने लगी तभी मधु आण्टी मिल गयीं और तन्वी को सुदीप की दादी और बा के भरत मिलाप का क़िस्सा सुनाने लगीं तो अनुष्का ने पूछा कि अब बा है कहाँ? तब मिसिज़ कपूर ने बताया कि दोनों सहेलियों को उन्होंने कुछ देर पहले शादी के मण्डप के पास सोफ़े पर बैठे हुए देखा था। आण्टी की बात सुनकर तन्वी मण्डप की तरफ़ बा को देखने के लिए जाने लगी तभी उसका सामना रत्ना से हो गया और रत्ना ने तुरन्त उसको रोककर पूछा, ''बेटा, क्या तुम लड़कीवालों की रिश्तेदार हो?'' तन्वी ने मुस्कराते हुए कहा, ''जी हाँ आण्टी। आपको कुछ चाहिए तो मुझसे कह सकती हैं।'' लड़की की शालीनता पर मुग्ध होकर रत्ना ने बताया कि वह अनुष्का की होनेवाली सास है और अपनी बहू से मिलना चाहती है। यह सुनकर अपनी सहेली की सास को पूरा आदर देते हुए बोली कि वह अनुष्का की सहेली है और अभी रत्ना को उससे मिलवा देगी। रत्ना के पैरों में तो मानो पंख लग गये। तन्वी के साथ चलते हुए उसके दिमाग़ में यही ख़याली पुलाव पक रहे थे कि कैसे वह जल्दी से अनुष्का से जाकर अंशु के साथ इस लड़की की शादी करवाने की बात करेगी। तभी एक सवाल ने उठकर मन में खलबली मचानी शुरू कर दी, ''कहीं लड़की शादीशुदा तो नहीं है?'' मन में सवाल उठते ही रत्ना ने एक ख़ुफ़िया नज़र लड़की पर दौड़ायी और गले में मंगल सूत्र और हाथ में शादी की अँगूठी न देखकर खलबली पल-भर के लिए शान्त हुई क्योंकि तब तक ख़तरे की दूसरी घण्टी दिमाग़ में बज गयी थी। ''क्या मालूम किसी को पहले ही पसन्द कर रखा हो। आजकल की लड़कियाँ तो पहले ही 'ब्वॉय फ्रेण्ड' बना लेती हैं।'' मगर यह सवाल लड़की से पूछे कैसे? मन की इसी उधेड़-बुन में वे दोनों अनुष्का के कमरे के सामने पहुँच गयीं तभी तन्वी को ख़याल आया कि उसको तो बा के पास जाना है, इसलिए रत्ना से क्षमा माँगते हुए बोली, ''आण्टी, अनुष्का इसी कमरे में है, आप अन्दर जाकर मिल लीजिये। मुझे अपनी नानी जी को ढूँढ़ने जाना है इसलिए मैं आपके साथ नहीं आऊँगी।'' और वह नमस्ते करके जाने लगी तो रत्ना ने उसको धन्यवाद देते हुए कहा, ''अरे बेटा, तुमने मेरी इतनी मदद की और मैंने तुम्हारा नाम भी नहीं पूछा। आख़िर अनुष्का को क्या बताऊँगी कि उसकी कौन-सी सहेली यहाँ तक छोड़ने आयी थी।'' तन्वी ने मुस्कुराते हुए अपना नाम बताया तो रत्ना ने कहा, ''वाह! बड़ा प्यारा नाम है तन्वी...बेटा, तुम भी पंजाबी हो?'' ''नहीं आण्टी, गुजराती हूँ'' कहकर

तन्वी जल्दी से चली गयी। कुछ पलों तक रत्ना उसे जाते हुए देखती रही फिर अनुष्का के कमरे का दरवाज़ा खटखटाया तो अनुष्का की चाची ने दरवाज़ा खोलकर झाँकते हुए रत्ना से उसका परिचय पूछा और यह जानकर कि वह ग़ज़ल की सास है जल्दी से दरवाज़ा पूरा खोलकर उसको अन्दर आने को कहा और ग़ज़ल को भी सास के आने की सूचना दे दी जिसे सुनकर अपने लहँगे और ज़ेवरों के बोझ से दबी जा रही अनुष्का किसी तरह उठकर खड़ी हुई और सासू माँ के पाँव छूने के लिए झुकने लगी तो रत्ना ने झट से उसे उठाकर गले से लगा लिया और अपनी बहू की बलाएँ लेकर बोली, "कितनी प्यारी लग रही हो बेटा, किसी की नज़र न लग जाये। जब से आयी थी तभी से तुमसे मिलने का मन था लेकिन किससे कहती? वह तो भला हो तुम्हारी सहेली तन्वी का जो मुझे यहाँ तक ले आयी।" तन्वी को मम्मी जी के साथ न देखकर जब अनुष्का ने रत्ना से उसके बारे में पूछा तो रत्ना ने बताया कि वह अपनी नानी जी को देखने चली गयी। अनुष्का की चाची अपनी भतीजी की सास के लिए चाय-नाश्ता मँगवाने के लिए कमरे से चली गयी तब रत्ना ने तन्वी के बारे में अनुष्का से पूछना शुरू कर दिया जिसके जवाब में अनुष्का ने बताया कि वह उसकी बचपन की सहेली है। बहुत अच्छे परिवार से है और बहुत अच्छी कम्पनी में काम करती है और अब तो अमरीका जानेवाली है। अपनी बहू की बात सुनकर रत्ना को लगा जैसे उसकी लाटरी खुल गयी हो। उसको कलेजे से लगाकर बोली, "बेटा, सच कहूँ तो तन्वी को देखकर न जाने क्यों मुझे ऐसा लगा था कि मेरा इसके साथ कोई सम्बन्ध जुड़नेवाला है। कितनी सुन्दर और संस्कारी लड़की है। एक बात बताओ बेटा, तुम्हारी सहेली का कोई ब्वॉय फ्रेण्ड वगैरह का तो चक्कर नहीं है?" "नहीं मम्मी जी, कोई चक्कर नहीं है" अनुष्का ने सास की तसल्ली करवाते हुए जवाब दिया। अब तो रत्ना ने फ़ौरन बहू रानी के आगे अपना दिल खोल दिया और बोली, "तो फिर तुम मेरा एक काम करो, कोशिश करके तन्वी और अंशु की शादी करवा दो बेटा।" रत्ना की बात सुनकर अनुष्का हँस पड़ी और बोली कि वह तो बहुत पहले यह बात सोच चुकी है लेकिन सुदीप ने कहा कि पहले भैया और तन्वी की मुलाक़ात हो जाये उसके बाद कुछ करना। अब आज उन दोनों का आमना-सामना अगर हो जाता है तो पता चलेगा भैया और तन्वी की एक-दूसरे के बारे में क्या राय बनती है। रत्ना भी मन-ही-मन में यह बात जानती है कि अंशु की मर्ज़ी के बग़ैर रिश्ता नहीं हो सकता है इसलिए आशा और निराशा का पेण्डुलम उसके मन में डोलने लगा। भगवान् भरोसे अपनी उम्मीद छोड़कर उसने अनुष्का से विदा ली और विवाह-स्थल की ओर वापस चल दी।

●

बा को ढूँढ़ती हुई तन्वी जब उनके पास पहुँची तो उनको अपनी सहेली के साथ बातों में मगन पाया। तन्वी ने पीछे से अपनी नानी के गले में हाथ डाले तो वह चौंक गयी और पलटकर देखा तो तन्वी बोली, ''वाह बा, आप यहाँ बैठकर गप्पें मार रही हैं और मैं आपको ढूँढ़-ढूँढ़कर परेशान हो रही थी। ग़नीमत समझिये कि पुलिस में आपकी गुमशुदगी की रिपोर्ट नहीं करवायी।'' अपनी नातिन की शिकायत पर बा ने हाथ पकड़कर उसे अपने पास बैठाया और बताने लगीं कि कैसे आज ठाकुर जी की कृपा से उनकी मुलाक़ात अपनी कॉलेज के ज़माने की प्यारी सहेली से हो गयी। परिचय मिलने पर तन्वी ने झट से अम्माँ के चरण स्पर्श किये तो अम्माँ ने उस पर अपने आशीर्वादों की झड़ी लगा दी। फिर ग़ौर से उसको देखते हुए बा से बोलीं, ''पुष्पा, तुम्हारी नातिन तो बिलकुल तुम्हारे जैसी है वही रूप-रंग वैसी ही बोल।'' हँसकर सहेली की बात पर स्वीकृति की मोहर लगाते हुए बा ने कहा कि सभी लोग कहते हैं कि तन्वी शोभा की नहीं बल्कि मेरी बेटी लगती है। दोनों सहेलियों की बातों का आनन्द लेती तन्वी से अम्माँ ने उसके बारे में पूछा तो उसने बताया कि वह बैंगलोर में एक कम्पनी में नौकरी करती है और अब अमरीका जानेवाली है। तन्वी का जवाब सुनकर अम्माँ की आँखों में चमक आ गयी मगर अपनी ख़ुशी को दबाकर पूछा, ''बेटा अमरीका में कहाँ जा रही हो, ईस्ट कोस्ट पर या वेस्ट कोस्ट पर?'' बा की सहेली की अमरीका के बारे में इतनी जानकारी से प्रभावित तन्वी ने बताया कि वह सैनफ्रान्सिस्को जा रही है तो अम्माँ ने हँसकर बताया कि उनका पोता भी वहीं रहता है। अम्माँ की बात सुनकर बा ने तन्वी से कहा, ''अरे तन्वी! यह तो बड़ी अच्छी बात है कि वहाँ भी अनुष्का से तेरी मुलाक़ात होती रहेगी।'' अम्मा ने सहेली की ग़लतफ़हमी दूर करते हुए बताया कि छोटा नहीं बल्कि उनका बड़ा पोता अंशुमन अमरीका में रहता है और कोई भी ज़रूरत पड़ने पर तन्वी उसकी सहायता माँग सकती है। बा ने इस बात पर ख़ुशी जतायी तो अम्माँ ने तुरन्त अपना फ़ोन बटुए में से निकालकर तन्वी को अंशु का नम्बर दिया और उसको अंशुमन के सम्पर्क में रहने की अपनी बात दोहरा दी जिसे तन्वी ने अपना सर हिलाकर स्वीकार किया।

तब तक दूल्हा-दुल्हन आकर शादी के मण्डप में बैठ गये थे और पण्डित जी ने मन्त्र पढ़ने आरम्भ कर दिये थे जिसे सुनकर इधर-उधर फैले हुए मेहमान और बाराती धीरे-धीरे मण्डप के पास सिमटने लगे थे। वर्मा परिवार भी आकर मण्डप के पास रखी कुर्सियों पर आसीन हो गया। अम्माँ को आस-पास न देखकर अरविन्द ने रत्ना से उनके

बारे में पूछा तो उसने बताया कि वह भी अम्माँ को ढूँढ़ रही थी लेकिन वह कहीं नज़र नहीं आयीं। तभी अंशुमन की नज़र मण्डप के दूसरी तरफ़ बैठी दादी पर पड़ी और वह पापा को बताकर दादी को लेने चला गया। अरविन्द और रत्ना किसी हमउम्र महिला के साथ अम्माँ को इतने घुल-मिलकर बातें करते देखकर हैरान थे। उससे भी ज़्यादा हैरानी रत्ना को इस बात की थी कि तन्वी भी उस महिला के पास बैठी हुई थी। अपनी उलझन को सुलझाने के इरादे से रत्ना अम्माँ के पास जाने के लिए उठने लगी, तभी उसकी कुछ परिचित महिलाएँ आकर उसको शगुन के लिफ़ाफ़े पकड़ाकर घर जाने की बात करने लगीं तो रत्ना उन लोगों को ख़ाना खिलवाने के लिए अपने साथ लेकर लॉन के दूसरी तरफ़ चली गयी। उधर अंशुमन दादी को बुलाने के लिए गया तो अम्माँ ने उसको वहीं अपने पास बैठाकर उसका परिचय बा और तन्वी से करवाया और फिर अपनी सहेली से हुई मुलाक़ात का क़िस्सा उसको सुनाने लगीं। बा ने भी क़िस्सागोई में अपनी सहेली की मदद करते हुए कुछ पुराने क़िस्से अंशुमन को सुना डाले। इन लोगों के पास बैठकर बतियाते हुए अंशुमन का मन तन्वी से बात करने का हो रहा था लेकिन कोई उचित अवसर न मिल पाने से वह चुप बैठा था मगर तभी अम्माँ ने उसकी समस्या यह बताकर हल कर दी कि तन्वी कुछ दिनों बाद सैनफ्रान्सिस्को जानेवाली है। अब अंशुमन के पास बात शुरू करने की वाज़िब वजह थी इसलिए उसने तन्वी से पूछा कि वह वहीं रहती है या घूमने के लिए जा रही है और जब तन्वी ने बताया कि वह अपनी नौकरी के सिलसिले में जा रही है और फ़िलहाल दो-तीन साल वहीं रहेगी तो अंशुमन ने उसे कभी भी और कोई भी ज़रूरत पड़ने पर अपनी सेवाएँ प्रदान करने की बात कही जिसे सुनकर तन्वी ने तो धन्यवाद दिया लेकिन अम्माँ ने हँसते हुए पोते को बताया कि वह तन्वी को अंशु का फ़ोन नम्बर देकर यह बात उसको पहले ही कह चुकी हैं इसलिए वह कोई दूसरी बात करे। अंशु अपनी दादी की बात से समझ गया कि उनका इशारा किस तरफ़ है इसलिए उसने तन्वी की कम्पनी और उससे जुड़ी अन्य बातें पूछनी शुरू कर दीं। अम्माँ ने एक बार फिर पोते की चुटकी लेकर कहा, "अंशु बेटा, अब तुझे तन्वी के संग बात करनी है तो उधर जाकर क्यों नहीं बैठता है। यहाँ से क्या चिल्ला-चिल्लाकर बात कर रहा है।" अपनी नानी की सहेली की इस छेड़खानी से झेंपकर तन्वी ने बा से कहा कि वह उनके लिए कुछ खाने को लेकर अभी आती है और उठकर चली गयी। यह देखकर अंशुमन भी अपने दोस्तों से मिलने के बहाने से उठकर चला गया तो पोते की गतिविधि से सन्तुष्ट अम्माँ ने अब अपनी सखी के विचार जानने के लिए भूमिका बाँधनी शुरू कर दी, "पुष्पा, अभी तुमने अपनी नातिन की शादी के बारे में नहीं सोचा है? लड़की इतनी दूर अकेली जा रही है तुम लोगों का मन कैसे मान गया उसे भेजने के लिए?" अपनी सहेली की बात सुनकर बा ने एक गहरी साँस ली और बोलीं, "मुझे भी तो यही फ़िक्र खाये जा रही

है मगर क्या करूँ, न यह लड़की सुनती है और न ही इसके माँ-बाप। जब भी शोभा से कहती हूँ तो बस एक ही जवाब मुझे पकड़ा देती है कि जब तन्वी को कोई लड़का पसन्द आ जायेगा तब कर देंगे शादी। अब तुम ही बताओ सरला, हाथ-पर-हाथ धरे बैठे रहने से क्या रिश्ते मिलते हैं? अरे पचासों जगह देखना पड़ता है तब कहीं अच्छा घर और वर मिलता है। ढूँढ़ते-ढूँढ़ते बेटी के बाप के जूते तक घिस जाते हैं। इस लड़की के लिए तो घर बैठे रिश्ते आये थे मगर इसने हरेक में कोई-न-कोई कमी बताकर सभी के लिए न कर दिया। तीन-चार लड़कों के बारे में तो मैंने ही इन लोगों को बताया था मगर इसे तो कोई समझ में ही नहीं आता है। मैंने तो अपने दामाद से यहाँ तक कह दिया है कि अगर तन्वी किसी को ग़ैर बिरादरी में पसन्द कर ले तो भी मना मत करना क्योंकि आजकल तो जात-बिरादरी के बारे में ज़्यादा सोचने का ज़माना ही नहीं रहा है।''

पुष्पा जी की बात से सहमति जताते हुए अम्माँ बोलीं, ''हाँ, आजकल तो छोरे-छोरियाँ अपने माँ-बाप को मौक़ा ही नहीं देते हैं और ख़ुद ही सब-कुछ तय कर लेते हैं। हमारे सुदीप को ही देख लो। बचपन से अनुष्का को जानता था और उसी के साथ ब्याह करने का मन बना रखा था। ऐसे ही तन्वी भी किसी को पसन्द कर लेगी।'' बा ने उदास स्वर में जवाब दिया कि अभी तक तो कोई उसे पसन्द आया नहीं है अब अमरीका जाकर किसी गोरे को पसन्द कर ले तो नहीं मालूम। अम्माँ ने इस बात की पुष्टि करने के लिए पुष्पा जी से दोबारा पूछा, ''यानी की दूसरी बिरादरी में ब्याह करने से तुम्हें कोई आपत्ति नहीं है।'' बा ने जवाब दिया कि जब उसको बिरादरी का कोई लड़का पसन्द ही नहीं आ रहा है तो यह जाति का बन्धन तो खोलना ही पड़ेगा। बा की बात से निश्चिन्त होकर अम्माँ ने सहेली को तसल्ली देते हुए कहा, ''राम जी की इच्छा होगी तो हम दोनों की चिन्ता जल्दी ही दूर हो जायेगी। तुम्हारी तन्वी और मेरे अंशुमन को इनके मन चाहे जीवन साथी मिल जायेंगे।'' अम्माँ की बात सुनकर बा ने हैरानी से उनके बड़े पोते की शादी अभी तक न होने की वजह पूछी जिस पर अम्माँ ने बताया कि अंशुमन को भी अभी तक कोई पसन्द की लड़की नहीं मिली है और इसी कारण से सुदीप की शादी पहले करने का निश्चय किया। बड़े भाई के चक्कर में उस बेचारे को कब तक शादी करने से रोकते। अम्माँ की बात सुनकर बा किसी गहरे सोच में डूब गयीं। सहेली की चुप्पी से परेशान अम्माँ ने ख़ामोशी की वजह पूछी तो बा ने अपनी सखी का हाथ पकड़ते हुए कहा, ''मन में एक बात उठी तो सोच में पड़ गयी। तुमसे एक बात पूछूँ?'' अम्माँ के हाँ कहने पर बा ने अपना दिल खोल दिया, ''मैं सोच रही थी कि क्यों न अपनी दोस्ती को रिश्तेदारी में बदल दें। मुझे तो तुम्हारा अंशुमन बहुत अच्छा लगा, तुम अपनी मर्ज़ी बताओ।'' श्रीमती सरला वर्मा ने अपने मन का सारा उत्साह अपने शब्दों में उँड़ेलते हुए कहा, ''पुष्पा, तुमने तो मेरे मुँह

की बात छीन ली। अब तो भगवान् से मनाओ कि हमारे बच्चे एक-दूसरे को पसन्द कर लें।''

रत्ना और अरविन्द शंकर पूरे मनोयोग से अपने बेटे के विवाह की रस्मों को देखते हुए अपने बेटे और बहू की जोड़ी को निहारकर ख़ुश हो रहे थे। बाक़ी मेहमान खाने-पीने और बातें करने में व्यस्त थे लेकिन वर्मा जी की बहन और बहनोई के तेवर कुछ अलग ही नज़र आ रहे थे। उन लोगों को शिकायत थी कि लड़कीवाले उनकी उचित आवभगत नहीं कर रहे हैं। जब भी उनके सामने खाने-पीने का सामान आता तो पति-पत्नी किसी ऐसी चीज़ की फ़रमाइश कर देते जो उनको प्लेट में नहीं दिखायी देती थी। जैसे कि कैलाशनाथ ने फ़ालसे का शर्बत पीने की इच्छा ज़ाहिर की और साधना का मन गरमागरम मटर की कचौरी पर ललचाने लगा और जब वेटर ने इन दोनों वस्तुओं का मेनू में उपलब्ध न होना बताकर अन्य व्यंजनों के नाम गिनाये तो कैलाशनाथ अपने कानपुर के खाने के गुणगान करते हुए बेचारे वेटर को उच्चकोटि की गालियाँ देकर उसकी इज़्ज़त अफ़जाई करने लगे जिसे सुनकर आस-पास बैठे लोग सन्नाटे में आ गये। तभी किसी ने ज़ोरदार आवाज़ में कैलाशनाथ को पुकारा तो सभी की निगाहें उधर उठ गयीं। सामने स्वयं प्रकाश जी खड़े थे जो कि कैलाशनाथ की शर्मनाक हरकत से अप्रसन्न होकर बोले, ''बरख़ुरदार, मौक़ा देखकर ज़ुबान को जुम्बिश दिया करो। इस वक़्त यहाँ पर दो ख़ानदानों की इज़्ज़त सम्हालने की ज़रूरत है न कि उसको इस तरह उछालने की।'' बाबू जी की तेज़ आवाज़ सुनकर अरविन्द शंकर भागे हुए उनके पास पहुँचे और हाथ जोड़कर शान्त रहने की प्रार्थना की। दामाद को देखकर बाबू जी चुप तो हो गये लेकिन कैलाशनाथ की तरफ़ उनका गुस्से से घूरना बन्द नहीं हुआ। यह देखकर वर्मा जी ने अपने बहनोई को समझा-बुझाकर बैठाया और बाबू जी को लेकर वहाँ से चले गये। इस अवसर का लाभ उठाकर साधना 'उस लड़की' के बारे में जानकारी लेने के लिए रत्ना के पास पहुँच गयी तो रत्ना ने उसको बताया कि अपनी समधिन को लड़की के बारे में मालूम करने को कह दिया है और जैसे ही वह कुछ ख़बर देंगी तो रत्ना अपनी ननद रानी को बता देगी। साधना को रवाना करके रत्ना ने तन्वी के लिए अपनी निगाहें दौड़ानी शुरू कर दीं और कुछ देर चारों तरफ़ ताकने के बाद उसने जो देखा उससे कुछ पलों के लिए उसकी धड़कनें रुक-सी गयीं। उसने देखा कि कुछ दूर एक मेज़ के पास अंशुमन और तन्वी बैठकर बातें कर रहे हैं। उसने अपनी आँखों को बार-बार मलकर देखा कि जो वह देख रही है वह हक़ीक़त है या सपना। अपनी इस ख़ुशी को किसके साथ बाँटे यह विचार करने पर तुरन्त अम्माँ का ख़याल आया और वह सास को ख़ुशख़बरी सुनाने पहुँच गयी। बहू को देखकर अम्माँ ने अपनी सहेली से उसको मिलवाया और फिर अपने पास बैठाकर धीरे से उसके कान में बताया कि उन्होंने अंशु का रिश्ता अपनी सहेली की नातिन के साथ पक्का कर दिया

है। रत्ना जो कि ख़ुद अपनी सास को ख़बर सुनाने आयी थी उनके मुँह से यह बात सुनकर सकते में आ गयी। ''यह अम्माँ ने क्या कर दिया! अंशु से पूछे बिना रिश्ता कैसे पक्का कर दिया। अब अगर उसको तन्वी पसन्द आ गयी तो क्या अम्माँ अपनी सहेली को रिश्ते के लिए मना करेंगी।''

बहू को चुप देखकर अम्माँ ने अपना चश्मा सम्हालते हुए पूछा, ''क्या हुआ रत्ना, तुम्हें मेरा फ़ैसला अच्छा नहीं लगा?'' रत्ना ने घबराकर बताया कि उसने अनुष्का की एक सहेली को अंशु के लिए पसन्द किया है और इतना ही नहीं, अभी कुछ देर पहले अंशु को उस लड़की से बातें करते हुए भी देखा है। अगर उन दोनों ने एक-दूसरे को पसन्द कर लिया तो फिर अम्माँ की ज़ुबान खाली जायेगी। रत्ना की बात सुनकर अम्माँ ने लड़की के बारे में बताने को कहा तो उसने तन्वी का हुलिया बताते हुए कहा कि लड़की गुजराती है और अनुष्का की बहुत अच्छी दोस्त है। अम्माँ को पूरा विश्वास हो गया था कि रत्ना तन्वी के बारे में ही बात कर रही है इसलिए उन्होंने पूछा, ''तुम्हें लड़की का नाम मालूम है?'' रत्ना ने तन्वी का नाम बताया तो अम्माँ ज़ोर से हँसने लगीं और बा उन्हें हैरान आँखों से देखने लगीं तो अम्माँ ने कहा, ''पुष्पा, मज़े की बात सुनो, हमारी बहू रानी ने भी तन्वी को पसन्द किया है और यही ख़बर सुनाने यहाँ आयी हैं।'' सारा क़िस्सा सुनकर बा भी हँसने लगीं और रत्ना से बोली, ''बहू, हमें तो लगता है कि तुम्हारे बेटे के विवाह के शुभ अवसर पर हम लोगों को एक और मंगल कार्य की ख़बर मिलनेवाली है। ठाकुर जी भला करें और हमारे बच्चे हमें अच्छी-सी ख़बर सुना दें।''

बा की बात सुनकर रत्ना ने झट से उनके और अपनी सास के पाँव छूकर अपनी बरसों की चिन्ता को दूर करने के लिए दोनों को धन्यवाद दिया और फिर बा से उनके परिवार के बारे में जानने के लिए बातों का सिलसिला शुरू कर दिया। पुष्पा जी ने भी प्रेमपूर्वक अपने परिवार के बारे में बताना शुरू किया, ''बेटा, वैसे तो हम लोग गुजरात के नागर ब्राह्मण हैं लेकिन कई सौ साल पहले हमारे पूर्वज धर्म परिवर्तन किये जाने के डर से गुजरात से भागकर उत्तर भारत में आकर बस गये थे तो यूँ समझ लो कि अब तो हम लोगों पर यहीं का रंग चढ़ गया है। खान-पान, तीज-त्योहार यहाँ तक कि बोली में भी इधर का असर आ गया है। मेरे तीन बच्चे हैं सबसे बड़ी तन्वी और अनुज की माँ शोभा और उसके पति राकेश जी यहाँ दिल्ली में रहते हैं, उससे छोटी शान्ति अपने परिवार के साथ लखनऊ में रहती है और मेरे पति और मैं अपने बेटे गौतम और उसके परिवार के साथ आगरा में अपने पुश्तैनी मकान में रहते हैं। अभी तक हमारे परिवार में कोई अन्तर्जातीय विवाह नहीं हुआ है लेकिन तन्वी के लायक़ कोई लड़का हमें अभी तक अपनी बिरादरी में नहीं मिला था। आज तुम्हारे बेटे अंशुमन को देखा तो सोचा कि सरला का परिवार तो जाना-समझा परिवार है अगर यह रिश्ता

हो जाता है तो इसमें बुराई क्या है?'' रत्ना ने बा से कहा कि तन्वी को अपने घर की बहू बनाना उसके लिए भी सौभाग्य की बात होगी और इस बात को किस तरह आगे बढ़ाया जाये यह पूछा तो बा ने कहा कि सबसे पहले तो तन्वी और अंशुमन अपनी इच्छा बतायें उसके बाद तन्वी के माता-पिता के मेरठ से वापस आने के बाद बा उनसे बात करके उनकी मर्ज़ी जान लें तभी बात आगे बढ़ पायेगी। बा की बात सुनकर रत्ना ने मन-ही-मन भगवान् को याद करके सब-कुछ ठीक करने की प्रार्थना की और फिर उनकी बातों के रस में डूब गयी।

इसी दौरान साधना का बेटा गौरव अपने माता-पिता को ढूँढ़ता हुआ पहुँचा तो बेटे को वहाँ देखकर पति-पत्नी आश्चर्य में पड़ गये। साधना जहाँ बेटे के आने से ख़ुश होकर उसकी और 'उस लड़की' की शादी के सपने देखने लगी वहीं कैलाशनाथ बेटे पर बरस पड़े, ''तुम यहाँ क्यों आये हो? हम तुम्हें वहाँ तीन शादियों का काम सौंपकर आये थे और वह सब छोड़कर लाट साहब मुँह उठाकर यहाँ चले आये।'' गौरव ने बुरा-सा मुँह बनाकर जवाब दिया, ''पापा, कानपुर की शादियों का काम हम पूरा करवाकर और दिनेश को सारी ज़िम्मेदारी देकर यहाँ एक नया कॉण्ट्रैक्ट लेने आये थे। आपकी उन तीन शादियों के टोटल बजट से दुगना इस एक पार्टी का बजट है। उसी की बात करने आज सुबह आये थे और काम ले भी आये'' यह कहकर गौरव ने जेब से एक चेक निकालकर कैलाशनाथ को दिखाकर कहा, ''यह देखिये पूरे दस लाख का एडवान्स भी मिला है और बाक़ी पच्चीस लाख काम पूरा होने पर मिल जायेगा। हमारी वापसी कल सुबह की है इसीलिए सोचा कि सुदीप की शादी में शामिल हो लेते हैं।'' चेक देखते ही पसीजकर कैलाशनाथ ने बेटे को गले से लगाकर शाबाशी दी तो साधना बेटे को पति से अलग ले जाकर उसे बताने लगी कि उसने एक बहुत अच्छी लड़की गौरव के लिए पसन्द की है। यह सुनकर गौरव ने तुरन्त माँ को उस लड़की से मिलवाने की अपनी इच्छा व्यक्त कर दी और साधना बेटे को लेकर तन्वी से मिलवाने चल पड़ी। कुछ दूर चलने के बाद तन्वी हाथों में खाने की प्लेट लेकर जाते हुए दिखायी दे गयी तो साधना ने इशारे से गौरव को उसे दिखा दिया लेकिन इतने दूर दर्शन से उसका दिल नहीं भरा इसलिए वह उससे मिलने चल दिया। कुछ उत्तेजना और कुछ तेज़ क़दमों से चलने के कारण हाँफते हुए गौरव ने तन्वी का रास्ता रोककर उसे 'हलो' कहा तो तन्वी चौंक गयी और प्लेट उसके हाथ से छूटने को हुई तो गौरव ने बड़ी अदा से प्लेट पकड़ ली और अपना परिचय देते हुए बोला, ''माई सेल्फ़ गौरव फ्रॉम कानपुर ऐण्ड यू?'' इतने शानदार परिचय से प्रभावित तन्वी ने अपनी हँसी रोककर जवाब दिया कि वह यहीं दिल्ली की रहनेवाली है लेकिन अब अमरीका जा रही है। अमरीका जाने की बात बताने के पीछे उसका नटखट दिमाग़ यह सोच रहा था कि अमरीका के नाम से गौरव अपनी मज़ेदार अंग्रेज़ी से उसका थोड़ा और मनोरंजन कर सकेगा और हुआ भी

ऐसा ही क्योंकि इस पर गौरव ने अगला सवाल किया, ''आर यू फ्रॉम लड़कीवाली साइड?'' तन्वी ने बताया कि वह दुल्हन की सहेली है तो गौरव ने जोश में आकर बताया, ''आई दूल्हे का ब्रदर एण्ड टेलिंग यू सम थिंग। ''बात सुनने के लिए तन्वी रुक गयी तो गौरव ने कहा, ''आई लाइक यू एण्ड वाण्ट मैरिज विथ यू। वैसे हमारा ड्रीम था कि इन अमरीका गोइंग ऐण्ड जमाओ माई टेण्ट हॉउस बिज़नेस तो आफ़्टर मैरिज आई ऐण्ड यू स्टार्ट बिज़नेस देयर'' अमरीका जानेवाली लड़की से इतनी अंग्रेज़ी बोलकर गौरव के पसीने छूट गये और उसकी बात सुनकर बौखलायी तन्वी ने उसको जवाब दिया कि अमरीका में उसका ब्वॉय फ्रेण्ड है और वह उसी के साथ शादी करेगी। बात ख़त्म करके गौरव से अपना पीछा छुड़ाकर तन्वी जल्दी से चली गयी और गौरव ने उदास मन से अपनी माँ के पास आकर उस लड़की के पुरुष मित्र के होने की ख़बर सुनायी तो साधना के इत्ते-पित्ते जल गये। आजकल की लड़कियों के चरित्र पर क़सीदा पढ़ते हुए उसने ऐसी लड़कियों और उनको छूट देनेवाले उनके माँ-बाप को मन-ही-मन ख़ूब खरी-खोटी सुना डाली। इतना सब हो जाने के बाद अब वहाँ रुकने की उसकी बिलकुल भी इच्छा नहीं थी इसलिए कैलाशनाथ के पास आकर उनसे घर वापस चलने को कहा तो वह भी चलने को राज़ी हो गये लेकिन तभी याद आया कि अभी तक किसी ने उनको ख़ाना खाने के लिए नहीं पूछा है। अब तो चुपचाप वापस जाना असम्भव था इसलिए पत्नी की बात का जवाब दिये बग़ैर वह वर्मा जी की खोज में चल पड़े मगर जब उनके साथ स्वयं प्रकाश को देखा तो उनके पास जाने की हिम्मत नहीं रही और मुड़कर रत्ना भाभी के पास चले गये जो कि उस समय अपनी समधिन के साथ बातचीत में व्यस्त थीं। कैलाश जीजा जी को देखकर रत्ना ने उनका परिचय मधु जी से करवाया तो श्रीमती कपूर ने उनसे पूछा कि उन्होंने रोट्टी-शोट्टी खायी या नहीं। ऐसे ही मौक़े की तो उनको तलाश रहती है इसलिए फ़ौरन बोले, ''अजी कैसा इन्तज़ाम है आपके यहाँ का? दूल्हे के फूफा हैं हम और हमें किसी ने अभी तक ख़ाने के लिए पूछा ही नहीं। हम तो घर वापस जा रहे थे और रत्ना भाभी, आपसे यही पूछने आये थे कि घर में कोई नौकर है जो हमें कुछ बनाकर खिला सके?'' अपने ननदोई की इस बेतुकी बात को सुनकर रत्ना उनको करारा-सा जवाब देने ही जा रही थी कि मधु जी ने हाथ जोड़कर माफ़ी माँगते हुए कैलाशनाथ से खाना खाने का आग्रह किया जिसे कैलाशनाथ ने काफ़ी नख़रों के बाद स्वीकार किया और उनके साथ खाने की मेज़ की तरफ़ जाने को तैयार हुए। तभी साधना अपने पति को खोजती हुई आ गयी और रत्ना भाभी को देखकर अपने दिल का गुबार निकालते हुए 'उस लड़की' की शिकायत करने लगी, ''भाभी उस लड़की का तो अमरीका में कोई लफड़ा है उसने ख़ुद गौरव को बताया है। हम तो कहते हैं अच्छा हुआ जो पहले ही पता चल गये लौंडिया के चरित्तर। अरे सिर्फ़ अच्छी सूरत ही थोड़े न देखनी है लड़की में संस्कार भी तो होने चाहिए।'' साधना से

तन्वी के चक्कर के बारे में सुनकर रत्ना सन्नाटे में आ गयी। "अनुष्का ने तो कहा था ऐसी कोई बात नहीं है फिर जीजी ऐसा क्यों कह रही हैं।" रत्ना के मन में शंकाओं का बवण्डर उठने लगा मगर अपनी ननद को तसल्ली देते हुए बोली, "कोई बात नहीं जीजी, गौरव के लिए इससे भी अच्छी लड़की मिल जायेगी बल्कि मैं तो कहती हूँ कि आप उन्नाववाली मास्टरनी के साथ करवा दीजिये गौरव की शादी। आपको तो बहुत पसन्द भी थी तो मेरी बहू बने या आपकी! क्या फ़र्क़ पड़ता है।" भाभी की बात सुनकर हामी में सर हिलाते हुए साधना वहाँ से चली गयी और रत्ना के दिमाग़ में फिर से तन्वी के लफड़े की ख़बर घूम-घूमकर परेशान करने लगी।

तब तक फेरे पूरे करके सुदीप और अनुष्का अपने परिवार जनों का आशीर्वाद लेने के लिए मण्डप से बाहर आकर सबसे मिलने-जुलने में व्यस्त हो गये थे तो रत्ना भी बेटे-बहू को आशीर्वाद देने के लिए उनके पास पहुँच गयी। अपनी दादी, नाना जी और सब बुज़ुर्गों से आशीर्वाद लेते हुए वर-वधू जब अरविन्द और रत्ना के पास पहुँचे तो वर्मा जी ने तो दोनों के सर पर हाथ रखकर सुखी रहने का आशीर्वाद दिया लेकिन रत्ना ने आशीष देने के बाद अनुष्का के कान में अंशु और तन्वी की मुलाक़ात की बात भी बता दी जिसे सुनकर अनुष्का ख़ुशी से मम्मी जी के गले में ही लटक गयी। यह देखकर सुदीप ने हैरान होकर पूछा, "ग़ज़ल तुम्हें क्या हुआ? अभी से मम्मी के गले क्यों पड़ रही हो?" सुदीप की बात सुनकर वहाँ उपस्थित सभी लोग हँसने लगे तो अनुष्का ने झट से सास को छोड़ा और सुदीप के कान में तन्वी और भैया के बारे में बताया तो सुदीप को पहले तो अपने कानों पर यक़ीन ही नहीं हुआ मगर फिर वह अपने भैया से मिलकर सारी बात जानने के लिए उतावला होने लगा। दूर से यह देखती तन्वी की भी इच्छा हो रही थी कि जाकर अनुष्का और उसके पति से मिले, लेकिन वहाँ गौरव को खड़े हुए देखकर उसने अपनी इच्छा को दबा लिया। उधर रत्ना ने जब अंशुमन को देखा तो उससे बात करने के इरादे से वह भीड़ में से होती हुई बेटे के पास पहुँची ही थी कि श्री और श्रीमती कपूर उसको अपने साथ ले जाकर अनुष्का का ज़ेवर और बारातियों के उपहारों को सहेजकर रखने की बात करने लगे। उन लोगों से फ़ुर्सत पाने के बाद जब दोबारा उसने अंशुमन से बात करनी चाही तो वह सुदीप और अनुष्का से बातें कर रहा था और साधना उन लोगों के पास खड़ी हुई थी इसलिए हताश होकर रत्ना एक कुर्सी पर अपना सिर पकड़कर बैठ गयी। तभी किसी के पुकारने पर नज़र उठायी तो देखा सामने तन्वी खड़ी थी। "अरे बेटा तुम?" रत्ना ने कहा तो तन्वी बोली, "आपको सिर पकड़कर बैठे देखा तो मुझे लगा कहीं आपकी तबीयत तो ख़राब नहीं है इसीलिए पूछने आ गयी थी। वैसे आप ठीक तो हैं न आण्टी?" रत्ना ने बताया कि उसकी तबीयत बिलकुल ठीक है और वह थकान की वजह से बैठ गयी थी। अब रत्ना का दिल मचलने लगा, "यही मौक़ा है इसी से पूछ ले इसके लफड़े के बारे में" लेकिन

दिमाग़ ने तुरन्त घुड़की लगायी और चुप रहने की सलाह दी तब रत्ना ने तन्वी का हाथ पकड़कर अपने पास बैठने को कहा और धीरे-धीरे बातों का सिलसिला अमरीका से अंशुमन तक पहुँचा दिया तो तन्वी ने कहा कि दादी जी उसे बता चुकी हैं कि अंशुमन सैनफ्रान्सिस्को में रहता है। अब रत्ना ने मौक़ा देखकर उसके किसी मित्र या रिश्तेदार के वहाँ होने की अपनी आशंका का निदान करते हुए पूछ ही लिया, ''तन्वी वहाँ अमरीका में क्या तुम्हारा कोई रिश्तेदार या परिचित रहता है?'' और तन्वी का इनकार सुनते ही जैसे रत्ना के दिल पर से किसी ने भारी बोझ हटा दिया मगर अब यह जिज्ञासा परेशान कर रही थी कि तन्वी को अंशुमन पसन्द है या नहीं इसलिए बड़े ही दोस्ताना अन्दाज़ में पूछा, ''यह बताओ तन्वी कि अमरीका में रहते हुए भी क्या तुम अपने माता-पिता की इच्छा से ही शादी करोगी या अपनी पसन्द से करोगी?'' उसके सवाल से हड़बड़ाकर तन्वी ने कहा कि अभी कुछ साल वह सिर्फ़ अपने कैरियर पर ध्यान देना चाहती है, उसके बाद ही शादी के बारे में सोचेगी और आण्टी जी के सवालों से बचने के लिए वह अनुष्का से मिलने का बहाना करके वहाँ से चली गयी। तभी अनुष्का की चाची रत्ना को खाने के लिए बुलाने आ गयी और वहाँ पहुँचकर उसने देखा कि वर्मा परिवार और कपूर परिवार के सभी सदस्य वहाँ बैठे हैं। अम्माँ के पास ही बा, साधना और गौरव भी बैठे हुए थे लेकिन कैलाशनाथ नज़र नहीं आये तो साधना से उनके बारे में पूछने पर पता लगा कि वह भोजन करके घर वापस चले गये हैं। अब उसकी नज़र गौरव पर गड़ गयी, ''अम्माँ से क्या बातें कर रहा है'' यह सोचकर वह अम्माँ की बग़ल में जाकर खड़ी हो गयी। गौरव ने अपनी मामी को देखा तो तुरन्त उनके लिए कुर्सी खाली करके खड़ा हो गया तो अम्माँ ने भी रत्ना को हाथ के इशारे से वहाँ बैठने को कहा और फिर बोलीं, ''अभी गौरव हमसे कानपुर चलने को कह रहा था तो हमने कहा कि जल्दी से शहनाई बजवाओ तो हम सब लोग कानपुर आयेंगे।''

अपनी बात की कोई प्रतिक्रिया बहू के चेहरे पर न देखकर अम्माँ ने अपनी कुर्सी उसके पास खिसकाते हुए धीरे से बताया कि गौरव को भी तन्वी बहुत पसन्द आयी है और वह उससे बात करने गया तो तन्वी ने कह दिया कि उसने किसी को पहले ही पसन्द कर रखा है और बात पूरी करके अम्माँ ज़ोर से हँसने लगीं तो रत्ना ने पूछा, ''अम्माँ आपने गौरव को बताया तो नहीं कि अंशु से....'' अम्माँ ने बहू की पीठ पर हाथ रखकर कहा, ''अरे बेटा, अपनी अम्माँ को बेवकूफ़ समझा है? अभी किसी को भी इस बारे में बताने की ज़रूरत नहीं है।'' अम्माँ से बात करते हुए रत्ना की नज़र सामने गयी तो देखा श्रीमती कपूर वर और वधू को लेकर आ रही हैं और उनके साथ तन्वी और अंशुमन भी हैं। तन्वी बा को देखकर उनके पास आकर बैठ गयी और अंशु को सुदीप ने अपने बग़ल में बैठा लिया क्योंकि वह अपने भैया से बहुत-सारी बातें करना चाहता था। खाना निबटने के कुछ देर बाद विदाई का मुहूर्त्त आ गया। अब तक

लगभग सारे मेहमान जा चुके थे और दोनों पक्ष के परिवार ही वहाँ रह गये थे। रात बहुत हो गयी थी इसलिए तन्वी ने बा से घर चलने का आग्रह किया तो अम्माँ ने उन दोनों को अपने साथ वर्मा हाउस चलने को कहा लेकिन बा की दवाइयाँ घर पर ही थीं इसलिए घर जाना ज़रूरी था। सबसे विदा लेकर बा के साथ तन्वी कार पार्किंग की तरफ़ जाने लगी तो अम्माँ ने अंशुमन को अपने पास बुलाकर कुछ कहा जिसे सुनकर वह तुरन्त उन दोनों के पीछे चला गया और बा से बोला, ''नानी जी, इतनी रात में आप दोनों का अकेले जाना ठीक नहीं है। मैं अपनी गाड़ी में आपको छुड़वाने का इन्तज़ाम कर देता हूँ।'' बा कुछ कहतीं उसके पहले तन्वी ने जवाब देते कहा, ''आपको परेशान होने की ज़रूरत नहीं है। मेरा घर पास में ही है और वैसे भी हम लोग अपनी कार में आये थे।'' बात पूरी करके आगे बढ़ते हुए एक पल को रुककर उसने अंशुमन की तरफ़ देखकर हँसते हुए कहा, ''वैसे भी मैं कराटे जानती हूँ सो डोण्ट वरी'' और बा का हाथ पकड़कर तन्वी आगे बढ़ गयी। इस लड़की के तेवरों से अंशुमन काफ़ी हद तक प्रभावित हो चुका था। ''यह है आज की स्वतन्त्र और सशक्त नारी।''

कुछ देर तक वहीं रुककर शायद अंशुमन तन्वी को मुड़कर देखने की प्रतीक्षा कर रहा था लेकिन ऐसा नहीं हुआ। उसने अपनी गाड़ी के पास पहुँचकर बा को अन्दर बैठाया और कार स्टार्ट करके बाहर निकलने लगी तब उसकी नज़र अंशुमन पर पड़ी तो उसने हँसते हुए उसकी तरफ़ हाथ हिलाया। यह देखकर बा ने तुरन्त पूछा, ''किसे हाथ हिला रही थी बेटा, अंशुमन को?'' और अपनी बात कहकर हँसने लगीं तो तन्वी ने नाराज़गी से जवाब दिया, ''बा, अब कोई अगर हमारे जाने का इन्तज़ार कर रहा है तो उसको 'बाय' तो करना ही पड़ेगा आप बेकार के तुक्के लगाकर हँसिये मत।'' बा कुछ बोली नहीं लेकिन नातिन के हाव-भाव देखकर उसका अंशुमन की तरफ़ होता झुकाव उनकी बूढ़ी आँखों से छुपा हुआ नहीं था।

•

बेटे और बहू को लेकर जब वर्मा परिवार अपने घर पहुँचा तो रत्ना ने बड़े प्यार से दोनों की आरती उतारकर नयी बहू का गृह-प्रवेश करवाया। इसी बीच रत्ना के भाई-भाभी, दोनों भतीजियाँ और रत्ना की मौसी भी वहाँ पहुँच गये। ऋचा और रीना ने तुरन्त सुदीप का रास्ता रोककर उसे पहले ''टोल टैक्स'' यानी कि दरवाज़ा रुकाई की रक़म देने को कहा तो सुदीप ने बहनों को चिढ़ाते हुए कहा कि उन लोगों ने आने में देर कर दी है अब कोई टैक्स नहीं भरा जायेगा तब अम्माँ ने उन दोनों की पैरवी करते हुए कहा

कि बहनों को दान-दक्षिणा दिये बग़ैर दूल्हा और दुल्हन अन्दर नहीं जा सकते हैं और इस तरह दोनों लड़कियों ने अपने भैया की जेब खाली करवाकर उन्हें अन्दर जाने का रास्ता दिया। तभी अम्माँ ने देखा कि रत्ना की मौसी अनुष्का को कुछ समझा रही हैं। यह देखते ही अम्माँ ने तुरन्त अलका को बुलाकर कहा कि मौसी जी को वह अपने साथ ही ले जाये तो ठीक रहेगा वरना वह अनुष्का को अपने रीति-रिवाज़ों के चक्कर में फँसाकर परेशान करेंगी।

तभी माखनलाल के हाथों से छूटकर ड्यूक अन्दर से दौड़ता हुआ आया और सबके बीच में से कूदता-फाँदता सुदीप के पास पहुँचकर उसे प्यार करने लगा। यह देखकर मौसी अपनी लकड़ी खटकाती उसके पास आयीं और उसको भगाने लगीं। सुदीप ने मौसी को रोकना चाहा लेकिन तब तक बेचारे ड्यूक को एक-दो साँटयाँ पड़ चुकी थीं और उसने आव देखा न ताव झट से लकड़ी मौसी के हाथ से छीनी और बाहर भाग गया। यह देखकर सबने हँसना शुरू कर दिया और मौसी का गुस्सा सातवें आसमान पर पहुँच गया। आख़िर सुदीप ने ड्यूक को आवाज़ देकर अन्दर आने को कहा तब वह आकर सुदीप के पास बैठ गया और सुदीप ने उसे फुसलाकर लकड़ी उससे लेकर मौसी को वापस की। मौसी तो बड़बड़ाती हुई चली गयीं लेकिन ड्यूक ने उनका पीछा नहीं छोड़ा। उसके हाव-भाव से लग रहा था कि उसको लकड़ीवाली माता जी बिलकुल पसन्द नहीं आयी हैं। अलका ने मौसी से घर चलने का आग्रह किया तो उन्होंने तुरन्त इनकार में सिर हिलाते हुए कहा, "अलका बहू, तुम जाओ, हमें तो आज रात यहीं रुकना पड़ेगा, क्योंकि रात-भर कुलदेवी का जागरण होगा और नयी बहू को रीति-रिवाज़ भी समझाने होंगे। अब पता नहीं सरला बहन जी यह सब जानती हैं कि नहीं।" रत्ना ने अपनी मौसी की बात सुनी तो अपनी सास की तरफ़ मदद के लिए देखा जिस पर अम्माँ ने उसको बात सम्हालने का आश्वासन देते हुए मौसी से कहा, "इमरती बहन हमारे यहाँ कुलदेवी का जागरण नहीं होता है इसलिए आप परेशान मत होइये और अलका के साथ घर जाकर आराम करिये।" अपने कार्यक्रम में बाधा डालनेवाली अपनी भानजी की सास पर एक कोप दृष्टि डालते हुए मौसी कुछ कहना ही चाहती थीं तभी रवि प्रकाश ने उनका हाथ पकड़ा और घर चलने का आग्रह कर उनको ले गये।

सारे काम निबटाकर और बेटे-बहू को उनके कमरे में पहुँचाने के बाद रत्ना अपने कमरे में आयी तो दिन-भर की दौड़-भाग से थककर बिस्तर पर लेट गयी। यह देखकर अरविन्द ने पत्नी को छेड़ते हुए कहा, "यह क्या रत्ना, आज तुम अंशु की बहू ढूँढ़े बिना ही सो रही हो?" रत्ना ने 'हाँ' कहकर करवट बदल ली तो वर्मा जी सोच में पड़ गये, "आख़िर आज खोज अभियान आरम्भ क्यों नहीं हो रहा है?" जब नहीं रहा गया तो रत्ना को आवाज़ देकर उठाते हुए कहा, "अरे एक बार उठकर देख लो, शायद तुम्हें कोई अच्छी लड़की मिल जाये।" रत्ना ने अधखुली आँखों से पति की तरफ़ देखते हुए

जवाब दिया, ''मैंने बहू खोज बन्द कर दी है क्योंकि बहू मिल गयी है। अब सो जाओ और मुझे भी सोने दो।'' रत्ना तो फिर से करवट लेकर सो गयी लेकिन वर्मा जी की नींद उड़ गयी। ''बहू मिल गयी है...इस बात का क्या मतलब हुआ'' दिमाग़ पर बहुत ज़ोर डाला सिर खुजा-खुजाकर हार गये और जब कुछ समझ में नहीं आया तो लैम्प बुझाकर सोने की कोशिश करने लगे।

अगले दिन बा और तन्वी खाना खाने के बाद बरामदे में बैठकर गप्पें मार रही थीं तभी शोभा और राकेश मेरठ से आ गये। तन्वी ने सबसे पहले माँ का बैग खोलकर मिठाई और ग़ज़क के डिब्बे निकालकर खोलने शुरू कर दिये और फिर ग़ज़क रेवड़ी खाते हुए ग़ज़ल की और मेरठवाली बुआ जी के लड़के की शादियों की ख़बरों के आदान-प्रदान में कब शाम हो गयी पता ही नहीं चला। औपचारिक जानकारियों के लेन-देन के बाद मौक़ा देखकर बा ने बरसों बाद मिली अपनी सहेली और उसके परिवार के बारे में बताना शुरू कर दिया और फिर बात सरला के बड़े पोते के बारे में होने लगी तो तन्वी चाय बनाने के बहाने से जाने लगी यह देखकर बा ने उसे रोकते हुए कहा, ''अरे तनु तू कहाँ चली? चाय बाद में बनती रहेगी अभी मेरे पास आकर बैठ।'' नानी की बात सुनकर वह सकुचाती हुई आकर बा की बग़ल में बैठ गयी तब बा ने बेटी और दामाद से तन्वी और अंशुमन के रिश्ते के बारे में बात करते हुए कहा कि ग़ैर बिरादरी और जाति के बारे में न सोचकर इस रिश्ते को जोड़ने के बारे में सोचना उचित होगा। परिचित और सम्भ्रान्त परिवार है लड़का अच्छी नौकरी में है, और हर तरह से तन्वी के योग्य है। सास की बात सुनकर राकेश जी कुछ तैश में आकर बोले, ''बा, लड़का आपकी सहेली का पोता है इसका यह मतलब तो नहीं है कि हम इस रिश्ते के लिए राज़ी हो जायेंगे। आज तक हमारे परिवार में जाति से बाहर शादी नहीं हुई है। लोग कितनी बातें बनायेंगे यह सोचा है आपने?'' बा ने दामाद के गुस्से पर अपनी बात के ठण्डे छींटे मारते हुए कहा, ''राकेश जी, नये ज़माने के होकर आप ऐसी बात कर रहे हैं! आज तो दुनिया इतनी छोटी हो गयी है कि अन्तरराष्ट्रीय विवाह होने लगे हैं और आप बिरादरी की बात कर रहे हैं। मुझे एक बात बताइये, जिन दुनियावालों के बात बनाने से आप डर रहे हैं वे लोग क्या आपके दुःख-दर्द में कभी आपके साथ खड़े होते हैं? तो फिर दुनिया से क्या डरना? बेटा, समाज की नहीं बल्कि अपनी बेटी की चिन्ता करिये और उसके सुख और ख़ुशी के बारे में सोचिये।'' बा की बात सुनकर शोभा ने पति को शान्त रहने का इशारा किया और तन्वी से पूछा कि इस रिश्ते के बारे में उसकी क्या मर्ज़ी है। अपनी माँ की बात का तन्वी ने कोई जवाब नहीं दिया तो बा ने हँसकर कहा, ''बिट्टो रानी, जिसने की शरम उसके फूटे करम। अब झटपट अपने मन की बात इन लोगों के सामने कह दे।'' तन्वी ने बा की तरफ़ देखते हुए बोलना शुरू किया, ''बा, ज़रा-सी देर में किसी को पूरी तौर से जान पाना तो मुश्किल

होता है लेकिन मेरी अंशुमन से जितनी भी बात हुई उससे वह सभ्य और सुलझा हुआ लगा। सूरत-शक्ल से भी ठीक है, अच्छी कम्पनी में काम करता है और ग़ज़ल का सम्बन्धी है तो ठीक ही होगा।''

एक साँस में इतना सब कहने के बाद तन्वी कमरे में नहीं रुकी। शोभा कुछ देर तो बैठी रही लेकिन फिर कुछ सोचकर बेटी के पीछे-पीछे गयी और उसको रोककर बोली, ''तनु, तू अब बड़ी हो गयी है और अपना भला-बुरा समझती है। इसलिए इतने बड़े फ़ैसले के बारे में यह अधकचरा जवाब देकर अपना पीछा छुड़ाने से काम नहीं चलेगा। मुझे अपने मन की बात खुलकर बता। अगर यह लड़का तुझे पसन्द है तो फिर हम लोग बात को आगे बढ़ायेंगे और तेरे अमरीका जाने से पहले सरला मौसी के घर जाकर रिश्ता तय करके आयेंगे।'' तन्वी ने कहा कि इतनी जल्दी कोई फ़ैसला करना उसके लिए सम्भव नहीं है तब शोभा ने समझाते हुए कहा, ''बेटा, शादी या प्यार के मामलों में इतना तो तय होता है कि कोई इन्सान पहली मुलाक़ात में ही या तो अच्छा लगता है या अच्छा नहीं लगता है और बाक़ी समझना और जानना तो ज़िन्दगी भर चलता रहता है। रही बात शादी के बाद निभने की, तो बेटा जो पति-पत्नी एक-दूसरे का सम्मान करते हैं और अपने रिश्ते में ईमानदारी बरतते हैं वे आजीवन एक-दूसरे के साथ अटूट रिश्ते में बँधे रहते हैं वरना तो कई लोग ऐसे भी होते हैं जो बाहर तो प्रेम का दिखावा करते हैं लेकिन एक छत के नीचे रहते हुए भी आजीवन अजनबी रहते हैं। इसलिए शादी का फ़ैसला दिमाग़ से नहीं दिल से लेना चाहिए क्योंकि वही फ़ैसला सच साबित होता है।'' माँ की बात सुनकर तन्वी उसके गले में हाथ डालकर बोली, ''ठीक है माँ आप जाकर बात कर आइये।'' शोभा ने बेटी का माथा चूमकर सदा सुखी रहने का आशीर्वाद दिया और लपककर बा और अपने पति को तन्वी के निर्णय के बारे में बताने चली गयी।

अगले दिन जब पुष्पा जी ने अपनी सहेली को फ़ोन करके बताया कि वे लोग शाम को रिश्ते की बात करने आना चाहते हैं तो अम्माँ क़ी ख़ुशी का ठिकाना नहीं रहा और अपने लाड़ले पोते की शादी तय होने की ललक को अपनी बहू के साथ बाँटने के इरादे से वह झट से रत्ना को नागर परिवार के आने की ख़बर देने चल दीं लेकिन फिर सोचा कि पहले अंशु से बात कर लें और यह विचार आते ही अम्माँ पोते के कमरे की तरफ़ मुड गयीं। अंशुमन के कमरे से आ रही पाश्चात्य संगीत की धुन पर झूमती अम्माँ जब कमरे के अन्दर दाख़िल हुईं तो दादी को देखते ही म्युज़िक बन्द करके अंशुमन बोला, ''अरे दादी, आपने क्यों तक़लीफ़ की, मुझे बुला लेतीं।'' पोते के पास बैठते हुए दादी ने जवाब दिया कि अगर वह यहाँ न आतीं तो इतना अच्छा संगीत सुनने को कैसे मिलता?'' मगर तूने गाना बन्द क्यों कर दिया? सुनने तो दे पूरा।'' दादी की फ़रमाइश पर अंशु ने म्युज़िक दोबारा चालू किया तो अम्माँ ने मेज़ पर हाथों से

ताल देते हुए संगीत का आनन्द लेना शुरू कर दिया। अपनी दादी की यही बेबाक आदत अंशुमन को बहुत पसन्द है। परिवार की सबसे बड़ी सदस्या होते हुए भी हर उम्र के लोगों के साथ घुल-मिल जाती हैं। कभी भी अपनी उम्र या बड़प्पन का रोब या दबाव किसी पर नहीं डालती हैं। गाना ख़त्म हुआ तो अम्माँ ने पोते से गायक का नाम पूछा और फिर असली मुद्दे पर आते हुए भूमिका बाँधी, ''अंशु बेटा, आज शाम को तू घर पर ही है या कहीं जायेगा?'' अंशुमन के यह कहने पर कि वह शाम को घर पर ही रहेगा अम्माँ ने बताया कि तन्वी के परिवारवाले शाम को आ रहे हैं तो अंशु ने कहा, ''दादी आपकी सहेली आ रही हैं तो मेरे घर पर रहने या न रहने से क्या फ़र्क़ पड़ेगा?'' तब अम्माँ ने पोते को बताया कि वे लोग उसके और तन्वी के रिश्ते की बात करने के लिए आ रहे हैं। ''बेटा तुझे तन्वी पसन्द है न'' दादी के सवाल पर अंशुमन ने अपना पुराना जवाब दोहरा दिया कि सिर्फ़ एक बार देखकर वह कैसे किसी लड़की के लिए हाँ कह सकता है तब अम्माँ ने पोते को डाँट लगाते हुए कहा, ''तुम आजकल के बच्चों के दिमाग़ पर प्रेम विवाह का ऐसा भूत चढ़ा है कि और कुछ सूझता ही नहीं है। लेकिन बेटा, विवाह चाहे अपनी पसन्द से किया जाये चाहे अपने परिवार की पसन्द से, निभाव तभी होता है जब रिश्ते की शुरुआत समझदारी और विश्वास से की जाती है। अपने अहम् को भूलकर जब पति और पत्नी एक-दूसरे की बुराइयाँ नहीं बल्कि अच्छाइयाँ देखते हैं तभी शादी का रिश्ता आजीवन निभता है। हालाँकि शुरू में जब दो विभिन्न परिवारों और परिवेशों से आये हुए दो व्यक्ति एक साथ एक छत के नीचे रहना शुरू करते हैं तब कई बातों और आदतों को लेकर अनबन होती है और एक-दूसरे को समझने में समय भी लगता है लेकिन धीरे-धीरे दो अजनबी सच्चे दोस्त बन जाते हैं और यह रिश्ता संसार का सबसे अहम् रिश्ता बन जाता है।'' दादी की बात सुनकर अंशुमन ने सलूट करते हुए शादी के लिए अपनी स्वीकृति दी तो अम्माँ हलके मन से पोते के कमरे से बाहर आकर बैठक में बैठ गयीं और परिवार के बाक़ी लोगों को यह समाचार देने के इरादे से सबको आवाज़ देकर बुलाया तो वर्मा परिवार कुछ ही देर में वहाँ इकट्ठा हो गया तब अम्माँ ने इत्मीनान के साथ पान की एक गिलौरी मुँह में दबाने के बाद सबको नागर परिवार के आने की सूचना दी तो अनुष्का ने झट से आकर दादी के कान में कुछ कहा जिस पर अम्माँ ने नयी दुल्हन को अपने पास बैठाते हुए उद्घोषणा की, ''आज शाम को मेरी सहेली पुष्पा अपने बेटी-दामाद के साथ अपनी नातिन का रिश्ता लेकर हमारे घर आ रही हैं।'' अम्माँ की बात से अरविन्द को छोड़कर बाक़ी सबके चेहरों पर ख़ुशी की चमक आ गयी जिसे देखकर वर्मा जी ने सबको अपनी सलाह देते हुए कहा, ''इतना ख़ुश होने की ज़रूरत नहीं है। पहले भी कई बार ऐसे रिश्ते आ चुके हैं और उलटे पैरों वापस जा चुके हैं।''

रत्ना जो कि ख़ुशी की वजह से यह तय नहीं कर पा रही थी कि इस असम्भव कार्य को सम्भव बनाने के लिए पहले किसे धन्यवाद दे, भगवान् को या हेरम बाबा जी को या फिर अपनी सासू माँ को, अपने पति की कड़वी वाणी सुनकर सक्रिय हो गयी और सुदीप से कहा कि वह बाज़ार जाकर बढ़िया बंगाली मिठाई और नमकीन लाकर रख दे और अनुष्का से कहा कि वह माखनलाल को और चन्दू को बुलाकर घर की सफ़ाई करवा दे। बेटे और बहू को काम बताकर रवाना करने के बाद रत्ना ने अरविन्द का हाथ पकड़ा और अन्दर कमरे में ले जाकर पलँग पर बैठा दिया तो वर्मा जी पत्नी की तरफ़ हैरानी से देखने लगे तब रत्ना ने जलती निगाहों से उन्हें देखकर कहा, ''तुम्हें कितनी बार समझाया है कि मुँह से अशुभ बातें मत निकाला करो, ख़ास तौर से अंशु की शादी के बारे में। कान खोलकर सुन लो, आज शाम को यह रिश्ता पक्का होकर रहेगा इसलिए तुम अपना मुँह ज़रा बन्द ही रखना।'' शाम को ठीक समय पर नागर दम्पति बा के साथ वर्मा जी के घर पहुँच गये। रत्ना और अनुष्का ने उनका स्वागत किया और ख़ातिरदारी में जुट गयीं। अम्माँ और अरविन्द भी मेहमानों से मिलने के लिए आ गये और बातों का सिलसिला शुरू हो गया। तब बा ने अंशुमन और सुदीप के बारे में पूछा तो अनुष्का दोनों को बुलाने के लिए चली गयी और अन्दर जाकर देखा कि दोनों भाइयों के बीच में कुछ गम्भीर विचार-विमर्श चल रहा है। अनुष्का ने जब दोनों को नागर परिवार के आने की सूचना देकर बाहर चलने को कहा तो सुदीप ने उसे बताया कि भैया तन्वी से कुछ मुलाक़ातें करने के बाद ही शादी के लिए 'हाँ' कहना चाहते हैं। यह सुनकर अनुष्का ने भैया से इसकी वजह जाननी चाही तो उसने बताया कि जूली से हुए 'ब्रेकअप' के बाद वह डर गया है और इसलिए किसी प्रकार की जल्दबाज़ी नहीं करना चाहता है। साथ ही वह तन्वी को अपने अतीत के बारे में पहले बता देना चाहता है। अंशुमन की बात सुनकर अनुष्का ने कहा, ''भैया, मैं नहीं जानती कि आपका 'ब्रेकअप' क्यों हुआ था लेकिन यह ज़रूर जानती हूँ कि तन्वी बहुत सुलझी हुई लड़की है और उसके साथ शादी करके आपको ज़िन्दगी में कभी भी अपने फ़ैसले पर पछतावा नहीं होगा। वैसे आप चाहें तो तन्वी से मिलकर उसे जूली के बारे में बता सकते हैं।'' अनुष्का की बात सुनकर उसने तुरन्त तन्वी से फ़ोन पर बात करके अगले दिन मिलने को कहा और उसकी स्वीकृति मिलने पर हलके मन से बैठक में आ गया।

शोभा और राकेश अपने भावी दामाद से मिलकर बहुत ख़ुश हुए और रिश्ते की बात को औपचारिक रूप देने के लिए वर्मा जी से सगाई की रस्म के बारे में बातचीत करने लगे। शोभा ने बताया कि उनके पण्डित जी ने अगले शुक्रवार को अच्छा मुहूर्त्त बताया है और उन लोगों की इच्छा है कि तन्वी और अंशुमन के अमरीका जाने से पहले यह औपचारिकता पूरी कर दी जाये। किसी को भी इस बात से आपत्ति नहीं थी लेकिन अंशुमन ने राकेश जी से कहा कि सगाई से पहले वह एक बार तन्वी से मिलकर बात

करना चाहता है और अगर उन्हें एतराज न हो तो कल वह उनके घर आकर उनकी बेटी से बात कर ले। राकेश ने पत्नी की तरफ़ देखा तो उन्होंने स्वीकृति देने का इशारा किया। मिठाई के स्वाद और मीठी-मीठी बातों से माहौल ख़ुशनुमा हो रहा था और दोनों बुज़ुर्ग सहेलियाँ अपने बच्चों के सामने एक-दूसरे की टाँग खींचने से बाज़ नहीं आ रही थीं। अम्माँ ने शोभा से कहा कि वह उसकी बा के बारे में ऐसी बात जानती हैं जो शोभा को किसी ने नहीं बतायी होगी। यह सुनकर शोभा ही नहीं बल्कि बाक़ी सब भी अम्माँ से बात बताने की ज़िद करने लगे। यह देखकर बा ने अपनी सहेली को गुस्से से आँखें दिखाते हुए मना करना चाहा लेकिन अम्माँ तो इस समय पूरी तौर से मस्ती के मूड में थीं इसलिए अपनी सहेली के घूरने पर ध्यान न देते हुए बोलीं, "जब हम दोनों कॉलेज में पढ़ती थीं तो इस पुष्पा की एक झलक देखने के लिए कॉलेज के बाहर भीड़ लगी रहती थी और इसकी चौकीदारी मुझे करनी पड़ती थी।" अम्माँ की बातों में सबको मज़ा आ रहा था इसलिए शोभा ने कहा, "मौसी और बातें बताइये क्योंकि बा ने तो हम लोगों को कभी भी यह सब क़िस्से नहीं सुनाये हैं।" उसकी बात सुनकर अम्माँ ने जवाब दिया, "बेटा, तेरी इस बा की पोल-पट्टी मेरे सिवाय किसी को नहीं मालूम है। एक बात और बताती हूँ कि मेरी वजह से ही इसकी शादी तेरे बाबू जी के संग हुई वरना यह तो गुजरात की किसी रियासत के बूढ़े राजा की चौथी रानी बनी बैठी होती और त्रिलोचन भाई इसकी याद में ही बूढ़े हो जाते।" पुष्पा जी ने जब देखा कि अम्माँ उनका सारा कच्चा चिट्ठा खोलने पर उतारू हैं तो उन्होंने भी सरला की शैतानियों के क़िस्से सुनाकर वर्मा और नागर परिवारों का ख़ूब मनोरंजन किया।

•

आज सुबह से ही रत्ना को भयंकर टेन्शन का दौरा पड़ रहा है जिसकी वजह है शाम को अंशुमन का तन्वी से मिलने जाना। "पता नहीं वहाँ जाकर यह लड़का क्या बात करेगा? कहीं ऐसा न हो कि बनी-बनायी बात इसकी बेवकूफ़ी से बिगड़ जाये। कैसे समझाऊँ इसे।" उसको समझ में नहीं आ रहा था कि अपनी इस विषम चिन्ता को वह किसके साथ बाँटे क्योंकि वह जानती है कि उसकी बात को कोई भी गम्भीरता से नहीं लेगा। अम्माँ भी दो-चार बातें समझाकर किनारा कर लेंगी। ऐसी स्थिति में एक भगवान् ही हैं जो बग़ैर बोले और उसका मज़ाक उड़ाये बिना उसकी बात सुनेंगे। यह सोचकर रत्ना पूजा-घर में भगवान् के सामने बैठकर अपनी चिन्ता उनके साथ बाँटते

हुए बेटे को सुबुद्धि देने की प्रार्थना करने लगी। उधर से गुज़रते हुए वर्मा जी के कानों में पत्नी की आवाज़ पड़ी तो वहीं ठिठक गये और उसके पास जाकर पूछ बैठे कि वह क्यों अंशुमन के लिए सुबुद्धि माँग रही है? रत्ना ने एक तुच्छ दृष्टि पति पर डालकर ठण्डी साँस लेते हुए जवाब दिया, ''यही फ़र्क़ होता है माँ और बाप में। माँ अपने बच्चों की हर बात जानती और महसूस करती है और उसके बारे में फ़िक्रमन्द रहती है इसीलिए दुनिया में ममता की दुहाई दी जाती है और बापता जैसा कोई शब्द होता ही नहीं है।'' पत्नी के शब्दों के तीर से आहत अरविन्द धम से फ़र्श पर बैठ गये और हाथ जोड़कर बोले, ''हे संसार की सर्वश्रेष्ठ माता! मैं तो क्या साक्षात् भगवान् भी तुम्हारी बराबरी नहीं कर सकते हैं मगर यह तो बताओ कि अब बेचारे अंशु ने ऐसा क्या कर दिया है कि उसको अक़्ल के रिचार्ज की ज़रूरत पड़ गयी?'' रत्ना ने ठण्डी साँस भरकर बताया कि शाम को अंशु तन्वी से मिलकर न जाने क्या बात करनेवाला है इसी बात से परेशान होकर वह भगवान् से प्रार्थना कर रही थी लेकिन अरविन्द ने बीच में आकर विघ्न डाल दिया, न जाने अब क्या होगा। बेचारे अरविन्द के पास दूसरा कोई चारा नहीं था इसलिए अपनी ग़लती की माफ़ी माँगकर सीन से बाहर हो गये।

किसी तरह दिन बीता और शाम को अंशुमन जाने के लिए घर से निकलने लगा तो अपनी मम्मी को अपने इन्तज़ार में चक्कर लगाते हुए देखकर पूछा, ''क्या आप भी मेरे साथ चल रही हैं।'' बेटे के इस सवाल पर रत्ना की इच्छा तो हुई कि साथ जाने के लिए कह दे लेकिन यह कुछ ज़्यादा हो जायेगा यह सोचकर बोली, ''अरे नहीं बेटा, मैं वहाँ क्या करूँगी। मैं तो बस यह कह रही थी कि तन्वी से घर पर मिलने से तो अच्छा है कि उसे लेकर कहीं घूमने चले जाना, उसको कोई गिफ़्ट दिलवाकर डिनर के लिए ले जाना।'' मम्मी की बात सुनकर अंशुमन ने कहा कि वह डेट पर नहीं जा रहा है बल्कि तन्वी से कुछ ज़रूरी बात करने जा रहा है और अपनी माता जी को आगे कुछ कहने का मौक़ा दिये बग़ैर वह बाहर निकल गया। रत्ना अपने बेटे की इस बात से आहत होकर अपना सिर लपेटकर अपने कमरे में बन्द हो गयी। ''बात हाथ से निकल गयी है अब तो भगवान् ही कुछ चमत्कार करें तो भला होगा।''

अंशुमन जब तन्वी के घर पहुँचा तो वह बालकनी में बैठी पौधों की कटाई-छँटाई करके उनमें पानी डाल रही थी। अंशुमन को देखकर अपना काम छोड़कर उठने लगी तो अंशु ख़ुद ही उनके पास पहुँचकर पौधों की सराहना करते हुए बोला, ''लगता है तुम्हें बाग़वानी का बहुत शौक है।'' तन्वी ने जवाब दिया, ''हाँ, बैंगलोर में भी मेरे पास बहुत-सारे पौधे थे जो मैं वहाँ से आते समय अपनी एक सहेली को दे आयी थी। सच तो यह है कि इनके पास बैठकर मुझे बहुत सुकून मिलता है। ख़ास तौर से कॉन्क्रीट के इन जंगलों में थोड़ी-सी भी हरियाली मिल जाती है तो आँखों को बड़ा अच्छा लगता है।'' अंशुमन कुर्सी खींचकर उसके पास बैठते हुए बोला, ''तुम अपना काम करती रहो,

मुझे जो कहना है वह मैं यहीं कह दूँगा। शायद अपने इन दोस्तों के बीच में रहकर तुम मेरी बात को ज़्यादा अच्छी तरह समझ सकोगी।'' तन्वी ने जब पूछा कि ऐसी कौन-सी गम्भीर बात कहनी है तो अंशुमन ने उसको अपनी और जूली येंग की 'लिव इन रिलेशनशिप' और 'ब्रेकअप' के बारे में बताते हुए कहा कि वह ज़िन्दगी में आगे बढ़ना चाहता है लेकिन अपनी भावी संगिनी से कोई भी दुराव या छिपाव नहीं रखना चाहता है। ''तन्वी अगर तुम्हें मेरे अतीत को लेकर कोई भी दिक़्क़त है तो साफ़-साफ़ कह सकती हो, मुझे बुरा नहीं लगेगा। क्योंकि अपनी ज़िन्दगी का फ़ैसला लेने का तुम्हें पूरा हक़ है। मैं नहीं चाहता कि शादी के बाद तुम्हें अपने निर्णय पर पछतावा हो।'' अंशुमन की सच्चाई से प्रभावित तन्वी ने जवाब दिया कि उसे अंशुमन के अतीत से कोई वास्ता नहीं है क्योंकि वह तो उसके भविष्य का हिस्सा बनेगी और अंशुमन की आगे आनेवाली ज़िन्दगी से उसकी डोर बँधेगी। उसने कहा, ''अंशुमन, अतीत सबका होता है लेकिन उसकी छाया के अँधेरे में ज़िन्दगी गुज़ारना अक़्लमन्दी नहीं होती है। हाँ, यह ज़रूर है कि भविष्य में अगर कोई जूली या मूली हमारे बीच में आयेगी तो उसको बर्दाश्त नहीं करूँगी।''

अंशु ने कोई जवाब नहीं दिया तो तन्वी ने फिर से कुरेदा, ''अगर मुझसे शादी न करने की कोई और भी वजह हो तो अभी बता दो ताकि तुम्हें बाद में पछताना न पड़े।'' तन्वी की आँखों में चमकती शरारत को पढ़कर अंशु ने भी बड़े नाटकीय ढंग से जवाब दिया, ''हाँ, एक वजह अर्भी सुदीप की शादी में मिली थी जो मुझे पसन्द आयी थी लेकिन उसे मैं पसन्द हूँ या नहीं यह जानने में अगर तुम मेरी मदद कर दोगी तो मैं ज़िन्दगी भर तुम्हारा एहसानमन्द रहूँगा।'' पानी की खाली बाल्टी उठाकर जाते हुए तन्वी ने जवाब दिया कि अगर तुम उसको पसन्द न होते तो वह अपने माता-पिता को तुम्हारे घर क्यों भेजती? तन्वी हँसती हुई चली गयी और अंशुमन के मन की चिन्ता भी जैसे ग़ायब हो गयी और वह बालकनी से उठकर अन्दर आ गया।

अंशुमन के जाने के बाद से रत्ना की बेचैनी बढ़ती ही जा रही थी। ''पता नहीं वहाँ इस लड़के ने क्या बात की होगी, क्या हुआ होगा'' यही सोच-सोचकर उसका सिर फटा जा रहा था। आख़िर मन नहीं माना तो अनुष्का से तन्वी को फ़ोन लगाने के लिए कहा। पहले तो अनुष्का हिचकिचायी लेकिन मम्मी जी की परेशानी देखते हुए उसने तन्वी को फ़ोन लगा दिया मगर उसने जब फ़ोन नहीं उठाया तो अपनी सास को भैया के वापस आने तक इन्तज़ार करने की सलाह देकर वह दूसरे काम में व्यस्त हो गयी और रत्ना हताश होकर बैठ गयी। पता नहीं कब तक वह यूँ ही कुर्सी से सिर टिकाकर बैठी रही, ध्यान तब टूटा जब अंशुमन ने आकर आवाज़ दी। बेटे को अच्छे मूड में देखकर रत्ना ने पूछा, ''बेटा बात हो गयी?'' अंशुमन ने माँ को पकड़कर एक चक्कर दिया और बोला, ''अपना टेन्शन उठाकर गेट से बाहर फेंक दीजिये और सगाई की

तैयारी करिये।'' बेटे की बात सुनकर रत्ना ने उसे गले उसे लगा लिया और फिर लपककर यह ख़बर अम्माँ को सुनाने चली गयी।

अगले सप्ताह एक छोटे-से आयोजन में अंशुमन और तन्वी की सगाई सम्पन्न हुई और रत्ना की बरसों पुरानी चिन्ता दूर हुई। मगर चिन्ता और रत्ना का तो चोली-दामन का साथ है लिहाज़ा एक नयी फ़िक्र का कीड़ा दिमाग़ में कुलबुलाने लगा। रात को खाना खाते समय सभी अंशु की सगाई के बारे में बातें करके हँस-बोल रहे थे लेकिन रत्ना जैसे वहाँ होते हुए भी नहीं थी। उसकी चुप्पी से सभी मायूस थे क्योंकि जब तक अरविन्द के साथ उसकी नोक-झोंक न हो तब तक किसी को खाने में मज़ा नहीं आता है। सुदीप ने पापा को इशारा करके मम्मी की चुप्पी तुड़वाने को कहा तो अरविन्द ने ततैया के छत्ते में हाथ डालने से इनकार कर दिया। आख़िर अंशुमन ने हिम्मत करके पूछा, ''मम्मी, क्या आपका मौन व्रत है?'' रत्ना ने बेटे की तरफ़ देखकर इनकार में सिर हिलाया तो अंशु ने फिर पूछा, ''तो आप बोल क्यों नहीं रही हैं? अब तो मेरी शादी का टेन्शन भी दूर हो गया है फिर क्यों इतनी उदास हैं?'' रत्ना ने एक गहरी साँस भरते हुए जवाब दिया, ''बेटा, मेरी क़िस्मत में तो चिन्ता करना ही लिखा है तो क्या करूँ।'' रत्ना के जवाब से सभी चौंक गये और लगभग एक साथ ही सबने पूछा, ''अब क्या हुआ?'' सबके ज़ोर देने पर रत्ना ने बताया, ''अब तो परेशानी ज़्यादा ही जटिल है जिसकी वजह यह है कि हफ़्ते भर बाद अंशुमन वापस जा रहा है और अगले महीने तन्वी भी चली जायेगी। बस...दोनों वहाँ जाकर शादी की बात को टालते रहेंगे और मैं यहाँ परेशान होती रहूँगी। सबसे ज़्यादा गुस्सा तो मुझे हेरम बाबा जी पर आ रहा है। बहुत अकड़कर बोले थे कि पूजा करवाने के 21 दिनों के अन्दर शादी हो जायेगी और यहाँ शादी छोड़ सगाई भी 21 दिनों के बाद हुई है। बाबा जी को तो मैं देख लूँगी। न मोर्चा लेकर पहुँची उनके आश्रम में तो मेरा भी नाम रत्ना नहीं है।''

सही मौक़ा देखकर अरविन्द ने पत्नी की चुटकी लेते हुए कहा, ''रत्ना, तुम्हारे बाबा जी ने कहा था कि विवाह हो जायेगा तो सुदीप की शादी हो गयी और बतौर बोनस अंशुमन की सगाई भी हो गयी अब 21 के बदले 41 दिनों में काम हुआ तो यह तो बाबा जी की कमज़ोर गणित का दोष है। वैसे अगर तुम उनको दस-पन्द्रह हज़ार का चढ़ावा और चढ़ा दो तो बाबा जी तुम्हारी यह चिन्ता भी हर लेंगे।'' रत्ना की इच्छा तो हुई कि वर्मा जी को खरी-खोटी सुनाकर उनकी इस तानेबाज़ी का हिसाब पूरा कर दे मगर शायद पतिदेव की किसी बात ने विचारशीलता को कोई नया आयाम दे दिया था इसलिए बहुत ही शान्त स्वर में जवाब दिया, ''अब बाबा जी से पूजा नहीं करवाऊँगी बल्कि बाबा जी की डण्डा पूजा करवाऊँगी जेल में। वैसे तुमने एक अच्छा सुझाव दे दिया है जिसके लिए धन्यवाद।'' सुदीप ने धीरे से पापा के कान में कहा, ''वाह पापा आज तो मम्मी ने आपको थैंक करके वन अप कर दिया।'' बेटे की बात सुनकर

अरविन्द ने जोश में आकर रत्ना से कहा कि वह तो ज़िन्दगी भर उसकी मदद करते रहे हैं लेकिन कभी भी देवी जी ने उनका एहसान नहीं माना तो फिर आज यह धन्यवाद किसलिए दिया गया है?

पति को जवाब देने की ज़रूरत न समझते हुए रत्ना ने अंशुमन से सवाल किया कि क्या वह अपनी छुट्टी कुछ दिनों के लिए बढ़वा सकता है। माँ के दिमाग़ में उपजती नयी सोच के बारे में जानने के इरादे से उसने बताया कि दस से पन्द्रह दिनों की छुट्टी वह और ले सकता है। बेटे का जवाब सुनने के बाद रत्ना अम्माँ के पास गयी और उनसे धीमी आवाज़ में कुछ कहा तो उन्होंने बहू को शाबाशी देते हुए कहा कि इस बारे में वह शोभा से बात करके तय कर ले। सास-बहू की इस कानाफूसी से सभी को उलझन हो रही थी लेकिन पूछने की हिम्मत किसी की नहीं थी तब अनुष्का ने एक अच्छी संवाददाता की हैसियत से ख़बर की जड़ तक पहुँचने का हौसला दिखाया और थोड़ी देर बाद ब्रेकिंग न्यूज़ को जनता तक पहुँचाते हुए बताया कि, "मम्मी जी चाहती हैं कि भैया और तन्वी की शादी तन्वी के अमरीका जाने से पहले करवा दी जाय ताकि यह दोनों एक साथ जा सकें और मम्मी की चिन्ता का निदान हो जाये।" बात तो सभी को अच्छी लगी लेकिन सोचनेवाली बात यह थी कि नागर दम्पति इस जल्दबाज़ी के लिए तैयार होंगे या नहीं। अंशुमन को शायद पहली बार अपनी मम्मी की कोई सलाह पसन्द आयी थी इसलिए उसने तुरन्त तन्वी को इस बारे में बताया तो उसने अपने पापा से बात करने के बाद जवाब देने को कहा। बहरहाल वर्मा परिवार और बा के प्रयासों से नागर दम्पति इस निर्णय को मान गये और शुभ विवाह का मुहूर्त्त दस दिनों के बाद का निकला लेकिन इसके साथ ही दोनों परिवारों की भाग-दौड़ का सिलसिला भी शुरू हो गया। विशेष रूप से राकेश जी को लग रहा था कि वर्मा जी जैसे सम्भ्रान्त व्यक्ति के परिवार में बेटी का रिश्ता तय करने के बाद इतने कम समय के अन्दर वह उन लोगों के आदर-सत्कार का उचित प्रबन्ध करने में असमर्थ रहेंगे लेकिन अरविन्द शंकर और रत्ना ने अपने समधियों की चिन्ता को दूर करते हुए उन्हें सादे और छोटे-से आयोजन में विवाह सम्पन्न करने की सलाह दी जिसके लिए वह सहर्ष मान गये मगर उनका एक आग्रह था कि विवाह नागरों के विधि-विधान से होगा और वर पक्ष को इसमें कोई आपत्ति नहीं थी।

कन्या पक्ष की समस्या को सुलझाने के बाद वर्मा दम्पति अपने प्रबन्धों में जुट गये। इस शादी में बाहर से आनेवाले सभी मेहमानों ने शादी में शामिल होने में अपनी असमर्थता जतायी है क्योंकि सुदीप के विवाह के तुरन्त बाद कोई भी दोबारा आने की स्थिति में नहीं है और साधना ने तो कह दिया है कि रत्ना भाभी ने उसकी होनेवाली बहू का ब्याह अपने बेटे से करवाकर उसे जो धोखा दिया है उसको वह कभी नहीं भूलेगी। बेचारी अम्माँ बेटी और बहू के इस संग्राम में फँसकर परेशान हैं और कभी

बहू तो कभी बेटी के गुस्से को शान्त करने में लगी हुई हैं। बहरहाल अंशुमन के विवाह में भी लगभग सारे आयोजन सुदीप की शादी की तरह ही रखे जा रहे हैं सिर्फ़ 'कॉकटेल पार्टी' के स्थान पर 'रिसेप्शन' रखने का निश्चय किया गया है।

उधर कन्या पक्ष को विवाह की तैयारियाँ करने के अलावा एक बड़ा काम करना था अपने रिश्तेदारों को इस अन्तर्जातीय विवाह के बारे में जानकारी देकर उन लोगों को विवाह में शामिल होने के लिए निमन्त्रित करना। कुछ रिश्तेदारों ने ऐसे रिश्ते को अपनी जाति पर कलंक मानते हुए बहुत-से उलाहने दिये तो कुछ ने समय के साथ बदलते विचारों को स्वीकार करते हुए वर-वधू को अपने आशीर्वाद भेजे लेकिन इस शादी के बारे में सुनकर सबसे अधिक कष्ट बा की छोटी बेटी शान्ति के ससुरालवालों को हुआ। शान्ति की सास श्रीमती चन्दो बेन ने पहले तो अपनी बहू को ताना देते हुए कहा कि लड़कियों को जब इतनी छूट दी जायेगी तो वे ऐसे ही किसी के भी साथ शादी कर लेंगी लेकिन जब शान्ति ने बताया कि यह रिश्ता बा ने तय करवाया है तब उनका सारा गुस्सा अपनी समधिन पुष्पा बेन पर उतरा, "अरे! पुष्पा बेन सठियाई गया छें सूं? अपनी न्यात में लड़का नहीं मिला जो काय्थों में पोती दे रही हैं?" शान्ति ने बताया कि लड़का बा की सहेली का पोता है और अमरीका में रहता है। सब सुनने के बाद उन्होंने अपनी बहू से कहा कि उसको शादी में दिल्ली जाना हो तो जाये लेकिन उसके परिवार से और कोई भी शादी में नहीं शामिल होगा यहाँ तक कि शान्ति के बच्चे भी नहीं जायेंगे। यह सुनकर शान्ति की बेटी मिहिका मचल गयी क्योंकि वह अपनी तन्वी दीदी को बहुत पसन्द करती है और उनकी शादी में जाने से दादी रोक रही हैं यह बात उसको ज़रा भी अच्छी नहीं लगी इसलिए उसने अपने दादा जी की ख़ुशामद की और किसी तरह से अपनी दादी से विवाह में शामिल होने की इजाज़त ले ही ली।

अन्ततः शादी का दिन भी आ गया। सुबह से ही घर में तैयारियों का दौर चल रहा था। सभी लोग और ख़ास तौर से दूल्हे राजा अपने कपड़ों और अपने चेहरे को बार-बार निहार रहे थे। शादी के समय पहनी जानेवाली शेरवानी कई बार नाप-जोखकर देखने के बाद पलँग पर रखी ही थी, तभी माखनलाल ने आकर बताया कि "मैडम बुलाय रही हैं कोई बहुतै ज़रूरी काम है।" मम्मी के पास पहुँचा तो देखा पूरा परिवार किसी समस्या में उलझा हुआ है। पूछने पर पता चला कि अभी तन्वी का भाई अनुज एक थाल में बनारसी साड़ी और फूलों की लम्बी-सी टोपी देकर गया है और कह गया है कि शादी के समय दूल्हे को यही पहनना है। सुदीप ने फ़ौरन थाल का निरीक्षण किया और बोला, "साड़ी के साथ ब्लाउज़ तो भेजा नहीं है तो क्या भैया सिर्फ़ साड़ी पहनकर जायेंगे" फिर अंशु से दर्ज़ी के यहाँ चलकर ब्लाउज़ सिलवाने की सलाह दी तो वर्मा जी ने दलील दी कि इतनी जल्दी तो कोई भी दर्ज़ी ब्लाउज़ सिलकर नहीं देगा इसलिए अंशु को सिर्फ़ साड़ी ही लपेटनी पड़ेगी। इस बहस से अंशु चिढ़ गया और बोला कि वह साड़ी पहनकर हरगिज़ नहीं जायेगा। भैया की परेशानी देखकर अनुष्का

ने तुरन्त तन्वी से इस बारे में पूछा तो उसने बताया कि साड़ी नहीं इसको पीताम्बर कहते हैं और नागरों की शादी में दूल्हा यही पहनता है। अनुष्का ने जब यह बात सबको बतायी तो अंशु दोनों चीज़ें लेकर सुदीप के साथ अपने कमरे में चला गया और पीताम्बर पहनने की कोशिश करने लगा लेकिन जब हार गया तो तन्वी को फ़ोन किया और इस सज़ा से मुक्ति देने को कहा तो वह हँसकर बोली, "अब जब नागरों की बेटी से शादी कर रहे हो तो हमारा रिवाज भी मानना पड़ेगा।" भैया कि परेशानी दूर करने के इरादे से सुदीप ने माखनलाल या माली की मदद लेने का सुझाव दिया तो अंशु और भी भड़क गया और फिर से पीताम्बर की परतों में उलझ गया।

पीताम्बर के इस नाटक में समय बीता जा रहा था। परिवार के बाक़ी सब लोग तैयार हो गये थे लेकिन बेचारा दूल्हा अभी तक अपनी समस्या नहीं सुलझा पाया था। तभी राकेश जी ने अरविन्द शंकर को फ़ोन करके समय पर बारात लेकर पहुँचने की प्रार्थना की तब वर्मा जी ने बताया कि "दूल्हा तो अभी तक आपके भेजे हुए पीताम्बर में उलझा हुआ है।" यह सुनकर राकेश ने हँसते हुए बताया कि पीताम्बर और खौंप (फूलों की टोपी) केवल शगुन के लिए भेजा है इसलिए अंशुमन जी जो भी चाहें पहन सकते हैं। वर्मा जी जब यह बात बेटे को बताने के लिए गये तो देखा दूल्हे राजा ने पीताम्बर को लुंगी की तरह लपेटकर ऊपर से बेल्ट बाँध रखी है और सिर पर खौंप पहनकर आईने के सामने खड़ा होकर बड़बड़ा रहा है और सुदीप उसको देखकर मुँह दबाकर हँस रहा है। अंशुमन का हुलिया देखकर वर्मा जी को भी हँसी आ गयी और उन्होंने बेटे को समझाते हुए कहा कि इस स्वाँग को उतारकर अचकन और साफ़ा पहनकर जल्दी से तैयार हो जायें क्योंकि कुछ देर के बाद बारात को यहाँ से निकलना है। अंशुमन ने पापा को बताया कि तन्वी ने कहा है कि उनके यहाँ शादी में यही पहना जाता है तब वर्मा जी हँसते हुए कहा, "बेटा जी, बहूरानी तुमको बकरा बना रही हैं। मेरी अभी राकेश जी से बात हुई है और उन्होंने बताया है कि यह सब शगुन के लिए भेजा गया था। अब जल्दी से तैयार होकर बाहर आ जाओ।"

आख़िर बारात के चलने का समय आया। रत्ना ने बेटे की नज़र उतारकर उसे गाड़ी में बैठने को कहा तभी सुदीप ने आकर बताया कि भैया की ससुरालवालों ने घोड़ी भेजी है। उसकी बात सुनकर अंशु जल्दी से कार में बैठकर बोला, "यार, यह घोड़ी वापस भेज दे मैं इस पर नहीं बैठूँगा।" और उसने ड्राइवर को चलने का इशारा किया तो अनुष्का बोली, "भैया, दूल्हा अकेला नहीं जाता है मैं आपके साथ चलूँगी।" दूल्हे की गाड़ी चली तो पीछे बारात भी चल पड़ी। यह देखकर घोड़ीवाले को अपने पेमेण्ट की फ़िक्र सताने लगी और वह तुरन्त घोड़ी पर बैठकर अपना पैसा लेने के लिए विवाह-स्थल की तरफ़ सरपट भागा। उधर बारात का स्वागत करने के लिए खड़े घरातियों ने जब घोड़ी पर दूल्हे की जगह किसी और को आते हुए देखा तो घबरा गये। अनुज ने तुरन्त घोड़ीवाले के पास पहुँचकर उससे पूछा, "दूल्हा कहाँ है और तुम कौन हो?"

घोड़ीवाले ने अपनी घोड़ी को थपकी देते हुए कहा, "भैया हम इस घोड़ी के मालिक हैं और अपना पेमेण्ट लेने आये हैं। तुम्हारे दूल्हे ने घोड़ी पर चढ़ने से मना कर दिया तो हम क्या करते? अब जल्दी से हमें पैसे दे दो तो हम कहीं और अपनी घोड़ी को लगायें।" घोड़ीवाले की बात सुनकर अनुज घबराकर अपने पापा के पास आया और उन्हें बताया कि जीजा जी ने आने से मना कर दिया। बेटे की बात से परेशान होकर राकेश जी घोड़ीवाले से पूरी बात जानने के लिए आये तो वह बोला, "साहब, हमें क्या मालूम आपके दूल्हे ने घोड़ी पर चढ़ने से क्यों मना कर दिया। उसी से पूछो जाकर, बस हमको तो हमारे पैसे दे दो।" राकेश जी ने गुस्से से कहा, "अबे तुझे अपने पैसों की पड़ी है और यहाँ मेरी बेटी की शादी का सवाल है। अच्छा एक बात बता, वहाँ पर दूल्हा और बाराती थे या नहीं?" घोड़ीवाला बोला, "अजी सब वहीं थे और दूल्हा भी सजा-धजा खड़ा था लेकिन घोड़ी पर चढ़ने से मना कर दिया। साहब हमें तो लगता है कुछ लेन-देन का मामला है लड़के के बाप की कोई दीमेण्ड (डिमाण्ड) होगी। अब साहब हमारा पेमेण्ट दे दो।" राकेश जी को लगा कि वह चक्कर खाकर गिर पड़ेंगे। किसी तरह घोड़ीवाले के रुपये दिये और लड़खड़ाते हुए वापस आने लगे तो पापा की हालत देखकर अनुज दौड़कर पास आया और उनको सहारा देकर ले जाते हुए बोला कि अभी वर्मा जी से उसकी बात हुई है और पता चला है कि बारात चल चुकी है और दस मिनट में यहाँ पहुँच जायेगी। राकेश जी ने तुरन्त पूछा, "तो फिर घोड़ी क्यों वापस भेजी थी?" तब अनुज ने बताया, "जीजा जी कार से आना चाहते थे इसलिए घोड़ीवाले को मना किया था लेकिन इसको अपने पेमेण्ट की फ़िक्र पड़ी थी तो यह यहाँ आकर न जाने क्या-क्या कहानी हम लोगों को बता रहा था।" कुछ ही देर में बारात आ पहुँची और घोड़ी के चक्कर में हुए नाटक का सुखान्त हुआ।

पूरे विधि-विधान से विवाह सम्पन्न हुआ। वर्मा परिवार के लिए गुजराती पद्धति का विवाह देखना एक नया और बहुत सुन्दर अनुभव था। सबसे ज़्यादा आनन्द फूलों की होली में आया जब वर और वधू ने एक-दूसरे पर फूलों की बौछार की। विवाह की रस्में पूरी होने के बाद तन्वी को विदा करवाकर बारात घर वापस आयी तो रत्ना ने अपनी दोनों बहुओं और बेटों को अपने पास बैठाकर जी भरकर प्यार किया और ईश्वर को अपनी मनोकामना पूरी करने के लिए धन्यवाद दिया। अंशुमन की शादी के बाद वर्मा परिवार में जैसे ख़ुशियों के रंग बिखर गये थे। परिवार के हर सदस्य के पास ख़ुशी की अपनी अलग वजह थी। रत्ना की बरसों पुरानी मुराद भगवान् ने दोनों बेटों की शादियाँ करवाकर पूरी की थी और उसके घर में सुन्दर और सुशील दो बहुएँ आ गयी थीं इसलिए उसकी ख़ुशी का तो ठिकाना ही नहीं था लेकिन वर्मा जी के पास ख़ुश होने की एक नहीं कई वजहें थीं क्योंकि शादी करवाने के नाम पर रत्ना द्वारा किये जानेवाले सारे ढकोसले और ख़र्चे अब बन्द हो जायेंगे, शाम को होनेवाले कीर्त्तन का शोर अब उनके काम में व्यवधान नहीं डालेगा और न ही हेरम बाबा जी अब इस घर में क़दम रखेंगे।

अम्माँ की प्रसन्नता थोड़ी अलग थी क्योंकि उनकी ख़ुशी में पोते की शादी के साथ-साथ अपनी प्यारी सहेली से रिश्ता जुड़ने की उमंग भी शामिल थी। रही बात अनुष्का की तो अपना मक़सद पूरा होने से वह तो जैसे सातवें आसमान पर थी और दूसरी ख़ुशी थी अंशु भैया का दिया हुआ स्विट्ज़रलैण्ड घूमने का उपहार जिसके लिए सुदीप और वह जल्दी ही जानेवाले हैं।

अंशुमन और तन्वी की शादी का रिसेप्शन दो दिन बाद दिल्ली के एक पाँच सितारा होटल में रखा गया है। इस शाम के लिए नव विवाहित जोड़े से भी ज़्यादा उत्सुक रत्ना है क्योंकि उसकी हर गतिविधि से उसका जोश झलकता है जिसे देखकर अरविन्द को किसी साज़िश की बू आ रही है। उन्होंने रत्ना को घेरकर उससे सच उगलवाने की हर कोशिश करके देख ली मगर वह हर बार पति के जाल से निकलकर साफ़ बच गयी। बहरहाल इस आयोजन में दिल्ली के सभी जाने-माने लोग पधारे जिनमें अरविन्द और रत्ना के परिचितों के अलावा सुदीप और अनुष्का के मित्र, स्वयं प्रकाश जी के राजनैतिक दल के लोग, दिल्ली के मुख्य मन्त्री आदि सभी लोग थे। लेकिन रत्ना की निगाहें अभी भी किसी की प्रतीक्षा में थीं और कुछ देर बाद उसका इन्तज़ार ख़त्म हुआ जब उसकी किट्टी पार्टी की महिलाओं का झुण्ड आ पहुँचा। उन लोगों को देखते ही रत्ना अपने दूसरे मेहमानों को छोड़कर उन महिलाओं के स्वागत के लिए पहुँच गयी और सबको लेकर नव विवाहितों से मिलवाने ले गयी और उन दोनों से सबका परिचय करवाते हुए बोली, "तन्वी और अंशु ये सारी महिलाएँ आज की ख़ास मेहमान हैं क्योंकि इन लोगों को तुम्हारी शादी न होने का दुःख मुझसे भी ज़्यादा रहता था। बेचारी सोचती थीं कि शायद तुमने वहाँ किसी गोरी से शादी कर ली है और यह मिसिज़ पुरी तो इतनी परेशान थीं कि इनको लगता था कि तुम्हारा किसी के साथ याराना है..." रत्ना की बात सुनकर एक-एक करके सारी महिलाएँ वहाँ से जाने लगीं तो रत्ना ने उन्हें रोककर कहा, "मैं यह सब तुम लोगों को ज़लील करने के लिए नहीं कह रही हूँ बल्कि यह एहसास दिलवाना चाहती हूँ कि जब बेवजह किसी की बेइज़्ज़ती की जाती है तो उसके दिल को कितनी चोट पहुँचती है। तुम लोगों ने अपनी बातों से मुझे इतना दुःख पहुँचाया था कि मैं अपनी जान तक देने के बारे में सोचने लगी थी।" सारी महिलाएँ सिर झुकाकर रत्ना की बातें सुनती रहीं फिर उनमें से एक महिला ने हाथ जोड़कर सबकी तरफ़ से माफ़ी माँगी तो रत्ना का गुस्सा शान्त हुआ और वह सबको खाना खिलाने के लिए लेकर चली गयी। लेकिन तन्वी के दिमाग़ में रत्ना की बात घूमती रही और वह अंशुमन से इसी बारे में बात करती रही। सभी मेहमानों से मिलते हुए अंशुमन और तन्वी थककर बैठ गये। वैसे भी अब धीरे-धीरे मेहमान वापस जा रहे थे इसलिए सुदीप अपने भैया और भाभी को लेकर अनुष्का के पास आ गया और चारों की गप्पें शुरू हो गयीं। कुछ दूर पर अम्माँ और बा अपने-अपने परिवार और

अनुष्का के माता-पिता के साथ बैठकर बातें कर रही थीं। तभी स्वयं प्रकाश अपने बेटी और दामाद से विदा लेने के लिए वहाँ पहुँचे तो अम्माँ का शरारती दिमाग़ अपने समधी के लत्ते लेने के लिए मचलने लगा। बड़े आग्रह के साथ उनको बैठाकर अम्माँ ने रत्ना से अपने बाबू जी के लिए गाजर का हलवा मँगवाने को कहा और फिर अपने समधी जी की तरफ़ मुड़कर पूछा, ‘‘भाई साहब, आपको हमारे अंशुमन की बहू कैसी लगी?’’ समधी जी ने बड़े सहज ढंग से जवाब दिया कि बहू बहुत अच्छी है और दोनों की जोड़ी बड़ी सुन्दर लग रही है। स्वयं प्रकाश का जवाब सुनकर अम्माँ ने इत्मीनान की साँस लेकर और हाथ जोड़कर ज़ोर से कहा, ‘‘राम जी आपका भला करें भाई साहब, मैं तो बहुत डर रही थी कि आपको वो...मार्तण्ड सिंह की बेटी से हमारे पोते का रिश्ता न होने के कारण आप कहीं बुरा न मान जायें और आपकी धमकी से भी हम सब बहुत घबराये हुए थे, आपने कहा था न कि अगर अंशु के यही हाल रहे तो उसकी कभी शादी नहीं होगी...’’ अपनी समधिन की छींटाकशी से हड़बड़ाकर रत्ना के बाबू जी बोले, ‘‘अरे नहीं बहन जी, ऐसी कोई बात नहीं है। दरअसल उस समय हमको भी अंशुमन के विवाह की चिन्ता रहती थी और हम यही सोचते थे कि अगर यह लड़का ऐसे ही मीन-मेख निकालता रहेगा तो इसका विवाह कैसे होगा। वरना हम क्यों बुरा मानेंगे आख़िर हमारा भी नवासा है।’’ तब तक गरमा-गरम गाजर का हलवा आ गया और हलवे की मिठास में दिलों और ज़ुबानों की कड़वाहट धुल गयी। हँसी-ख़ुशी के वातावरण में एक सुखद शाम का समापन हुआ और एक नये युगल ने अपने नये जीवन की तरफ़ क़दम बढ़ाये।

•

शादी के तीन-चार दिन बाद पुष्पा जी ने अम्माँ को फ़ोन पर बताया कि त्रिलोचन जी की तबीयत कुछ ख़राब हो गयी है इसलिए वह आगरा वापस जा रही हैं और जाने से पहले एक बार तन्वी और अंशुमन से मिलना चाहती हैं। अम्माँ ने सहेली को आश्वासन दिया कि वह दोनों को उनसे मिलने के लिए ज़रूर भेज देंगी। लेकिन बा से बात करने के बाद उन्होंने मन-ही-मन कुछ तय किया और फिर अरविन्द और रत्ना से सारी बात बताने के बाद कहा कि वह चाहती हैं कि अंशुमन और तन्वी बा के साथ आगरा जाकर त्रिलोचन जी से मिलकर आयें क्योंकि तबीयत ठीक न होने के कारण वह शादी में भी नहीं आये थे। अम्माँ का सुझाव दोनों को पसन्द आया और अरविन्द ने अंशुमन को बुलाकर इस बारे में बताते हुए उसे अगले दिन बा और तन्वी के साथ आगरा जाने के लिए कहा।

अगले दिन अंशुमन बा और तन्वी को लेकर जब तन्वी के ननिहाल पहुँचा तो बा के साथ तन्वी और नये दामाद को देखकर उसके मामा और मामी ने उन दोनों के स्वागत में पलक पाँवड़े बिछा दिये। ख़ातिर में कोई क़सर न रह जाये इसलिए चुन-चुनकर आगरा की ख़ास मिठाइयाँ और नमकीन मँगवाकर अंशुमन को ज़ोर दे-देकर खिलाये गये। इतना ही नहीं, मामी ने स्वादिष्ट गुजराती व्यंजन बनाकर दामाद जी के सामने परोसे। इतनी ख़ातिर से परेशान दामाद जी ने हाथ जोड़कर मामा और मामी से दया की भीख माँगी फिर भी मिठाइयों से छुटकारा नहीं मिला। आख़िर नाना जी से मिलने के बहाने से अंशुमन अपना पीछा मिठाइयों से छुड़ाने में सफल हो पाया। बा ने जब त्रिलोचन जी को अंशुमन से मिलवाया तो वह इतने ख़ुश हो गये कि बिस्तर से उठकर उसको गले से लगा लिया और बहुत देर तक उससे बातें करते रहे और फिर अपने बेटे को बुलाकर आदेश दिया कि तन्वी और दामाद जी को ताजमहल दिखाये बिना वापस न जाने दिया जाये। गौतम ने बापू जी की आज्ञा का पालन करते हुए अगले दिन भानजी और दामाद को ताजमहल ले जाने का कार्यक्रम बनाया तो पत्नी ने समझाया कि नव विवाहितों के साथ ख़ुद न जाकर दोनों बच्चों को भेजना उचित रहेगा। अगली सुबह अंशुमन ने जब मामा जी से साथ चलने के लिए कहा तो मामी ने जवाब दिया कि बापू जी की तबीयत की वजह से मामा नहीं जा सकेंगे इसलिए सोनू और मोनू को अपने साथ ले जाइये।

ताजमहल पहुँचने पर उसकी ख़ूबसूरती देखकर अंशुमन मुग्ध हो गया। ताज की भव्यता के सामने सब-कुछ बौना लग रहा था। इस सौन्दर्य को आत्मसात् करके और गाइड से ताजमहल का पूरा इतिहास सुनने के बाद सबने फ़ोटो खिंचवाये और फिर बाहर आने पर आसपास की गन्दगी और प्रदूषण आँखों को कुछ ज़्यादा ही खटकने लगे। अंशुमन यही सोचता रहा कि इतनी बहुमूल्य धरोहरों को हम किस तरह नष्ट होने के लिए छोड़ देते हैं। घर वापस लौटे हुए सोनू और मोनू ने अपने जीजू से आइसक्रीम खाने की फ़रमाइश की तो अंशुमन ने आइसक्रीम के बाद सबको फ़िल्म भी दिखायी और शाम को घर लौटने के बाद वापस दिल्ली जाने को कहा तो मामा ने अगली सुबह जाने का आग्रह करके रोक लिया और रात के खाने के बाद घर के पास की हलवाई की दुकान पर ले जाकर अंशुमन को औंटा हुआ मलाईदार दूध पिलाया तो उसके दिव्य स्वाद को चखकर दामाद जी प्रसन्न हो गये। अगली सुबह सबसे विदा लेकर अंशुमन और तन्वी दिल्ली के लिए चल दिये। दिल्ली पहुँचने के बाद कुछ समय बातों में और बाक़ी का समय अमरीका ले जानेवाले सामान को बाँधने में बीतने लगा क्योंकि अमरीका जाने के दिन पास आ रहे थे।

ढेर-सारी ख़ुशियों के बीच समय इतनी तेज़ी से बीत रहा था कि अचानक अमरीका प्रस्थान का दिन भी आ पहुँचा। अंशुमन के लिए तो यह घड़ी नयी नहीं थी लेकिन तन्वी की मनःस्थिति कुछ अलग थी। एक तरफ़ उसके सामने एक नयी दुनिया बाँहें

फैलाये खड़ी थी जिसके लिए मन में उत्साह था लेकिन दूसरी तरफ़ अपनों से हज़ारों मील दूर जाने की पीड़ा आँखों को रह-रहकर भिगो जाती थी। यही हाल शोभा और राकेश का भी था। हालाँकि पिछले कई सालों से तन्वी उन लोगों से दूर रह रही थी लेकिन इस बार उसके पराये हो जाने का एहसास मन पर हावी था। रत्ना को तो इस बार दुगनी पीड़ा हो रही थी। अंशु के जाने की तो आदत-सी हो गयी है लेकिन नयी बहू का जाना अधिक खल रहा था। इतने सारे आँसुओं के बीच दोनों के माँ-बाप अपने बच्चों की ख़ुशी देखकर सन्तुष्ट भी थे इसलिए दोनों ही परिवारों ने ढेर-सारे प्यार और ख़ूब सारे सामान के साथ अपने दिल के टुकड़ों को विदा किया।

लम्बे सफ़र के बाद जब अंशुमन और तन्वी सैनफ्रान्सिस्को हवाई अड्डे से बाहर निकले तो वैभव और लिपिका को अपनी प्रतीक्षा करते हुए पाया। इन दोनों को देखते ही लिपिका लपककर पास आयी और तन्वी को गले लगाकर शादी की बधाई दी। वैभव भी आकर अपना परिचय देने लगा तो तन्वी ने बताया कि अंशुमन उसे इन दोनों के बारे में बता चुका है और वह उन लोगों को देखते ही पहचान गयी थी। अंशुमन और तन्वी के साथ जब वैभव और लिपिका फूलों से सजी लिमोजिन के पास पहुँचे तो अंशुमन हैरानी से उन लोगों को देखने लगा। उसकी हैरानी देखकर लिपिका हँसकर बोली, ''बे एरिया में सबको मालूम तो पड़े कि अंशुमन वर्मा यहाँ की सैकड़ों लड़कियों का दिल तोड़कर अपनी दुल्हन भारत से लेकर आ गये हैं। अरे मैं तो बैण्ड बाजा भी लानेवाली थी लेकिन इन्तज़ाम हो नहीं पाया। हवाई अड्डे से चलकर घर पहुँचने के दौरान सुदीप और अंशु की शादियों के क़िस्से सुनने और सुनाने में रास्ता कब गुज़र गया पता ही नहीं चला। घर पहुँचने पर देखा कि कुछ और भी दोस्त फूल लेकर उन दोनों का इन्तज़ार कर रहे थे। सबसे मिलते-जुलते और बातें करते हुए रात हो गयी और सबके जाने के बाद जब अंशु और तन्वी थककर सोने गये तब ख़याल आया कि दो दिनों के बाद तन्वी को अपने नये ऑफ़िस में हाज़िरी देनी है। अंशुमन ने उसे बताया कि पहले दिन वह उसको छोड़ने और लाने की ड्यूटी निभायेगा लेकिन बाद में तब तक उसे बस या बार्ट से जाना पड़ेगा जब तक वह अपना ड्राइविंग का इम्तहान पास नहीं कर लेगी। और अगले ही दिन से तन्वी की दौड़-भाग शुरू हो गयी। बे एरिया का 'गाइड मैप' लेकर उसने आस-पास के स्थानों के रास्ते देखने और जानने के बाद ड्राइविंग का अभ्यास शुरू कर दिया ताकि जल्दी-से-जल्दी अपनी कार से दफ़्तर आना-जाना शुरू कर सके।

जब से तन्वी ने ऑफ़िस जाना शुरू किया है तब से तो जैसे वे दोनों एक छत के नीचे रहनेवाले दो अजनबी होकर रह गये हैं। सुबह घर से निकलकर देर शाम को वापस लौटना और फिर अगले दिन की तैयारी करने में समय कहाँ निकल जाता है पता ही नहीं चलता है। शुरू में नयी जगह और नये काम में मन रमा रहा लेकिन बाद में यह मशीनी ज़िन्दगी तन्वी को रसहीन लगने लगी। आख़िर इतनी मेहनत करके धन

कमाने का क्या फ़ायदा अगर उस धन का सुख न ले सकें, ज़िन्दगी के ख़ूबसूरत लम्हों को जी न सकें। अंशुमन को भी अपनी व्यस्तता अब बोझिल लगने लगी है। पति-पत्नी को अब 'वीकएण्ड' की प्रतीक्षा रहती थी क्योंकि उन दो दिनों में उनको साथ वक़्त बिताने का समय मिलता था। ऐसी ही एक छुट्टी के दिन टीवी पर हिन्दी धारावाहिक देखते हुए तन्वी ने अंशुमन से पूछा, "तुम्हें यह सीरियल अच्छा लगता है?" तो अंशु ने जवाब दिया कि इसको देखते हुए कुछ देर के लिए वह अपने देश और लोगों के बीच में पहुँच जाता है। तभी तन्वी ने पूछा क्या वह यहाँ रहते हुए अपने देश और अपने परिवार की कमी महसूस करता है तो अंशु ने इस बात को स्वीकार किया और बोला, "दुनिया में कहीं भी चले जाओ अपने परिवार की कमी तो महसूस होती ही है और यह भी ज़िन्दगी का कड़वा सच है कि सिर्फ़ भावनाओं और संवेदनाओं के सहारे ज़िन्दगी नहीं चलती है, ज़िन्दा रहने के लिए दुनिया के जिस भी कोने में रोज़ी-रोटी मिलने की उम्मीद होती है इन्सान वहीं चल देता है। जब मैं यहाँ आया था तो सोचा था कि तीन साल बाद वापस चला जाऊँगा लेकिन वे तीन साल बढ़ते चले गये और मैं यहीं का होकर रह गया। अब तो यही अपना घर लगने लगा है।" पतिदेव का उखड़ा मूड देखकर तन्वी हँसकर बोली, "हाँ! अपने देश में रहते हुए मुझे भी लगता था कि विदेश में जीवन बहुत अच्छा होगा लेकिन यहाँ आने के बाद महसूस हुआ कि विदेश सिर्फ़ थोड़े दिनों के लिए ही अच्छे लग सकते हैं बाद में अपना देश और अपने लोग ही याद आते हैं। अपनी बोली, अपना खान-पान और ख़ास तौर से अपने परिवार के साथ होने का वह सुखद एहसास।" तन्वी की बात सुनकर अंशुमन बोला, "यहाँ रहनेवाला हर विदेशी शायद ऐसे ही सोचता होगा लेकिन इतने साल यहाँ रहने के बाद सब-कुछ समेटकर वापस जाना इतना आसान नहीं होता है। इसीलिए यहाँ रहनेवाला हर भारतीय या तो साल-दो साल में अपने परिवार से मिलने चला जाता है या अपने माता-पिता को यहाँ बुला लेता है।" तभी तन्वी एकदम बोली, "अंशु क्यों न कुछ दिनों के लिए हम भी सबको दिल्ली से यहाँ बुला लें? पूरा परिवार आ जायेगा तो हम सब मिलकर घूमने जाया करेंगे, ख़ूब शॉपिंग करेंगे, वाक़ई बड़ा मज़ा आयेगा।" उसकी बात सुनकर अंशुमन ने बताया कि सब लोग एक साथ नहीं आ सकते हैं क्योंकि ड्यूक के साथ किसी का रहना ज़रूरी होता है। सुदीप उसको माखनलाल के भरोसे कभी नहीं छोड़ेगा। अभी जब सुदीप और अनुष्का स्विट्ज़रलैण्ड गये थे तो पापा बता रहे थे कि हर दो दिनों के बाद दीपू वहाँ से फ़ोन करके ड्यूक का हाल पूछता था और वह भी ऐसा बदमाश है कि सुदीप की ग़ैर-हाज़िरी में मम्मी और पापा को नाक़ों चने चबवा देता है। परिवार की बातें करते हुए उन लोगों की इतनी याद आने लगी कि अंशुमन ने मम्मी को फ़ोन मिला दिया और सबसे जी भरकर बातें कीं साथ ही तन्वी ने सबको अमरीका आने का न्योता भी दे दिया।

●

आज सुबह से ही रत्ना कुछ बेचैन दिखायी दे रही है। अरविन्द ने परेशानी जानने की कोशिश भी की पर रत्ना टाल गयी मगर जब सुदीप दफ़्तर जाने लगा तो उसे रोककर बोली, "बेटा, आज मेरा एक काम कर देना। वैसे तो मैं चली जाती लेकिन मेरी गाड़ी ठीक होने के लिए गयी हुई है इसलिए तुझसे कह रही हूँ..." सुदीप ने काम पूछा तो उसने कहा, "शाम को वापस आते समय हनुमान मन्दिर में प्रसाद चढ़ाकर ग्यारह सौ रुपये दान-पेटी में डाल देना और पण्डित जी से पूजावाला धागा लेते आना, भूलना मत बेटा, क्योंकि मैंने माना था कि तुम लोगों के स्विट्ज़रलैण्ड से वापस आने के बाद मन्दिर में प्रसाद चढ़ाऊँगी।" स्वीकृति में सिर हिलाकर सुदीप जल्दी से चला गया तो रत्ना को उसकी नीयत पर कुछ शंका हुई इसलिए दिन में कई बार फ़ोन करके बेटे को हनुमान मन्दिर जाने की याद दिलाती रही। शाम को घर में घुसते ही सुदीप ने ज़ोर-ज़ोर से माँ को आवाज़ें लगानी शुरू कर दीं तो रत्ना घबराकर बैठक में आयी और शोर मचाने की वजह पूछी तो जवाब में उसने माँ के हाथ में मिठाई के दो डिब्बे पकड़ा दिये। यह देखकर रत्ना ने कहा, "बेटा, मैंने तो तुम्हें एक प्रसाद चढ़ाने को कहा था फिर ये दो डिब्बे क्यों लाये हो?" सुदीप ने बड़े भोलेपन से जवाब दिया, "मम्मी, एक प्रसाद पेशगी चढ़ाकर भगवान् के खाते में लिखवा दिया है क्योंकि आप तो अपनी सिफ़ारिशों की अर्ज़ियाँ उनके ऑफ़िस में लगाती ही रहती हैं तो अगली बार भगवान् को बता दीजियेगा कि वह अपना रजिस्टर चेक कर लें और आपका काम बग़ैर मिठाई की रिश्वत लिये कर दें।" अपनी बात कहकर सुदीप माँ के कोप से बचने के लिए तुरन्त वहाँ से भाग गया और रत्ना ख़ून के घूँट पीकर रह गयी।

समय इतनी तेज़ी से बीतता है कि इन्सान को पता ही नहीं चलता है। बात करते अंशुमन और सुदीप की शादियों को पूरे दो साल हो गये हैं। अनुष्का-जैसी समझदार और इज़्ज़त करनेवाली बहू मिलने से रत्ना बहुत ख़ुश है और अब तो अंशुमन और तन्वी भी कुछ दिनों के लिए भारत आनेवाले हैं इसलिए ख़ुशी दुगनी हो गयी है। वर्मा जी तो ख़ैर अंशुमन की शादी के बाद से ही बहुत निश्चिन्त और प्रसन्न रहते हैं क्योंकि अब उनको अपनी पत्नी की बहू खोज अभियान की ख़तरनाक योजनाओं की कोई चिन्ता नहीं रहती है और वह अपने काम में पूरा ध्यान लगा सकते हैं। एक रात अपने एक महत्त्वपूर्ण मुक़द्दमे के बारे में पढ़ते हुए उनको काफ़ी रात हो गयी। क़ानून की किताबों के ढेर से घिरे हुए वकील साहब बीच-बीच में सामने टीवी पर चल रहे समाचारों पर भी नज़र डाल लेते थे। तभी एक ब्रेकिंग न्यूज़ सुनकर उन्होंने क़ानून की तरफ़ से हटाकर अपना पूरा ध्यान उस ब्रेकिंग न्यूज़ के ब्रेक होने पर गड़ा दिया।

संवाददाता बता रहा था, ''आजकल दिल्ली में चोरियों के मामले बहुत बढ़ते जा रहे हैं और पुलिस का कहना है कि इन सभी चोरियों के पीछे किसी एक ही गिरोह या व्यक्ति का हाथ है क्योंकि चोरी करने का तरीक़ा एक ही तरह का है। पुलिस का यह भी मानना है कि जो भी यह सब कर रहा है वह आधुनिक टेक्नोलॉजी का जानकार है। उसने शहर के रईसों के मोबाइल नम्बर इकट्‌ठे किये हैं और उनको वाट्सएप्प पर एक भजन का सन्देश भेजता है, ''तेरी गठरी में लागा चोर मुसाफ़िर जाग ज़रा'' जिसको सुनते ही वह व्यक्ति जहाँ भी होता है वहाँ से अपनी तिजोरी के पास जाता है और उसे खोलकर छोड़ देता है। उसके बाद घर का सदर दरवाज़ा भी खोल देता है। चोर यह सब अपने कम्प्यूटर पर देखता रहता है और फिर अपने शिकार के यहाँ पहुँचकर सबसे पहले उस घर में नींद की दवाई छिड़कता है और उसके बाद उस घर के पूजा-स्थल के पास जाकर ईश्वर से अपनी ग़लती की माफ़ी माँगता है और फिर सामान समेटकर भाग जाता है।'' इतनी ख़बर सुनकर वर्मा जी ने टीवी बन्द किया और अपनी किताबें और फ़ाइलें भी समेटकर रख दीं और जल्दी से ऑफ़िस बन्द करके घर की तरफ़ चले गये। बीच-बीच में उनकी नज़र अपने फ़ोन पर चली जाती थी यह देखने के लिए कि उनकी गठरी में तो चोर नहीं लगा है। घर में आने के बाद सभी दरवाज़ों के तालों की जाँच-पड़ताल करते हुए जब अरविन्द अपने कमरे की तरफ़ जाने लगे तो पूजा-घर के बन्द दरवाज़े से निकलती रोशनी की पतली लकीर फ़र्श पर चमकती देखकर वहीं ठिठक गये। उन्हें याद आया कि टीवी पर बताया गया था कि चोरी करने के बाद चोर पूजा-घर में जाता है। लेकिन उनके फ़ोन पर तो भजन नहीं बजा था फिर चोर घर में कैसे घुस गया? वकील का दिमाग़ तेज़ी से दौड़ने लगा और सहसा यह बात समझ में आयी कि चोर ने भजन रत्ना को भेजा होगा। यह ख़याल आया तो एक बार इच्छा हुई कि शोर मचाकर आस-पड़ोसवालों को बुला लें मगर फिर सोचा कि पहले झाँककर देख लें कि वह अकेले उस चोर को सम्हाल सकते हैं या नहीं। अगर ज़रूरत पड़ेगी तो बाद में चोर को पकड़ने के लिए सबको बुला लेंगे। यह तय करने के बाद गैलरी में रखी 'कार्नर टेबिल' को बतौर हथियार हाथ में उठाकर दबे पाँव पूजा-घर के दरवाज़े की तरफ़ बढ़ने लगे। मेज़ हाथों में इस तरह पकड़ रखी थी कि अन्दर छिपा चोर जैसे ही सामने आयेगा तो उसके सिर पर मेज़ से प्रहार करके उसे धराशायी कर देंगे। लेकिन दरवाज़ा तो हलका-सा धक्का देने से ही खुल गया और वर्मा जी अपना सन्तुलन खोकर मेज़ सहित भगवान् के सामने बैठी रत्ना के चरणों में लम्बायमान् हो गये। औंधे मुँह गिरे हुए वर्मा जी के ऊपर पड़ी मेज़ के कारण रत्ना को उनका चेहरा नज़र नहीं आया और उनको चोर समझकर उसने वही मेज़ उठाकर उनकी पीठ पर पटकते हुए कहा, ''चोर कहीं के, एक वकील के घर में घुसने की तेरी हिम्मत कैसे हुई।'' बेचारे वर्मा जी ने किसी तरह अपना सिर उठाकर रत्ना को अपना चेहरा दिखाकर कहा, ''अरे देवी जी. मैं चोर नहीं आपका वकील पति हूँ।'' अरविन्द को देखकर रत्ना ने उन्हें उठाते

हुए पूछा, ''तुम इतनी रात में यह वेट लिफ़्टिंग क्यों कर रहे थे और वह भी पूजा-घर में?'' अरविन्द शंकर ने चिढ़कर जवाब दिया, ''मैं तो अपने कमरे में जा रहा था यहाँ की लाइट खुली देखी तो सोचा कहीं कोई चोर न छिपा हो इसलिए मेज़ लेकर चोर को मारने आ रहा था।'' रत्ना ने पति की अक़्ल पर तरस खाते हुए कहा, ''तुम्हें क्या लगा था कि चोरी करने से पहले चोर भगवान् का आशीर्वाद लेने यहाँ आयेगा?'' तब अरविन्द ने टीवी पर बतायी गयी ख़बर का ब्यौरा देते हुए बताया कि यह चोर चोरी करने से पहले नहीं बल्कि चोरी करने के बाद भगवान् से क्षमा माँगने आता है। लेकिन तुम इतनी रात में यहाँ क्या कर रही थीं? रत्ना ने पति के इस सवाल पर कटाक्ष करते हुए कहा, ''अब पूजा-घर में कोई खाना खाने या फ़िल्म देखने तो आयेगा नहीं। भगवान् के घर में उनसे दो बातें करने ही आयेगा वही मैं भी कर रही थी।'' वर्मा जी ने अपनी पूरी उत्सुकता को अपनी आवाज़ में उँड़ेलते हुए पूछा, ''रत्ना, अब तो अंशु की शादी हुए भी दो साल हो चुके हैं अब कौन-सी प्रार्थना करने तुम भगवान् के मन्दिर में इतनी रात में आयी थीं?'' रत्ना ने बड़े ही उदास स्वर में जवाब दिया, ''यही तो तक़लीफ़ है कि दो साल हो गये हैं फिर भी...'' और उसने अपनी बात अधूरी छोड़ दी फिर कुछ सोचकर कहने लगी कि वह भगवान् से कुछ सवाल करने आयी थी। अरविन्द शंकर ने पत्नी को छेड़ने के लिए पूछा, ''मुझसे सवाल पूछ-पूछकर तुम्हारा दिल नहीं भरा जो आधी रात में भगवान् की नींद ख़राब करने आ गयीं।'' रत्ना ने ठण्डी साँस भरकर कहा, ''तुम मेरी सुनते ही कहाँ हो और वैसे भी तुमसे कुछ कहकर अपना वक़्त बर्बाद करने से कोई फ़ायदा भी नहीं है क्योंकि तुम्हें तो अपने बेटों और बहुओं की कोई चिन्ता ही नहीं रहती है।'' रत्ना की बात सुनकर अरविन्द ने अपना सिर पकड़ लिया, ''गयी भैंस पानी में! अभी कुछ दिनों पहले तक तो मैं सिर्फ़ अपने बड़े बेटे की फ़िक्र न करने का दोषी था मगर अब तो दोनों बेटों और दोनों बहुओं की चिन्ता करने का भार भी मेरे ऊपर आ गया है। रत्ना देवी, यह कब और कैसे हुआ इस विषय पर थोड़ा-सा प्रकाश डालने की कृपा करेंगी?'' रत्ना ने उनको समझाते हुए कहा कि एक ज़िम्मेदार पिता होने के नाते अरविन्द को अपने बेटों के बारे में चौकन्ना रहना चाहिए और समय-समय पर दोनों को समझाते रहना चाहिए। जब वर्मा जी की बुद्धि में पत्नी की बात नहीं घुसी तब रत्ना ने कहा, ''दोनों की शादी को दो साल हो गये हैं मगर दोनों में से किसी ने भी अभी तक कोई ख़बर नहीं दी है।'' वर्मा जी पत्नी का इशारा समझ रहे थे लेकिन फिर भी सीधेपन का मुखौटा चढ़ाकर पूछा, ''क्या अंशु और सुदीप अब तुम्हें अपनी कोई बात नहीं बताते हैं? देखो भाई, अब दोनों की शादी हो गयी है तो वे लोग अपनी बातें अब अपनी-अपनी पत्नियों को बताते होंगे इसमें बुरा मानने की कौन-सी बात है।'' रत्ना ने गुस्से से कहा, ''तुम्हारी अक़्ल तो लगता है एड़ी में है तभी तुम्हें कोई बात समझ में नहीं आती है। मैं यह कह रही थी कि दो साल हो गये हैं मगर अभी तक किसी भी बहू ने हमें ख़ुशख़बरी नहीं सुनायी है। इन लोगों की उम्र में मेरे तो दोनों

बेटे हो गये थे।'' अरविन्द ने पत्नी के सामने हाथ जोड़ते हुए कहा, ''श्रीमती जी बेसब्री की भी कोई हद होती है। पहले शादी न होने की चिन्ता और अब बच्चे न होने की फ़िक्र। बच्चे भी हो जायेंगे, अभी उन लोगों को कुछ साल अपनी ज़िन्दगी जी लेने दो।''

पति की बात अनसुनी करते हुए रत्ना ने जवाब दिया, ''हाँ! हाँ! तुम तो यही कहोगे क्योंकि तुम्हें तो अपने बच्चों की कोई फ़िक्र ही नहीं है। तभी तो मैं यहाँ भगवान् से प्रार्थना कर रही थी कि मेरी दोनों बहुओं की गोद जल्दी से भर दें। मेरी मुराद पूरी होगी तो मैं हर साल किसी अनाथ आश्रम में ग्यारह हज़ार रुपये दान दिया करूँगी।'' पत्नी की बात सुनकर वकील साहब का दिमाग़ गरम हो गया। आख़िर बर्दाश्त की भी कोई हद होती है और यह हद अब पार हो चुकी थी। आख़िर कब तक इस पढ़ी-लिखी जाहिल औरत को समझाया जायेगा। इसलिए वर्मा जी ने रत्ना का हाथ पकड़कर उसे भगवान् की मूर्ति के सामने बैठाया और ख़ुद भी उसकी बग़ल में हाथ जोड़कर बैठ गये और बोले, ''हे भगवान्! आज पहली बार आपसे कुछ माँग रहा हूँ इसलिए सुन ज़रूर लीजियेगा। मेरी बहुओं की गोद तो जब भरनी हो तब भरियेगा मगर मेरी इस कमअक़्ल बीवी के दिमाग़ में थोड़ी-सी अक़्ल ज़रूर डाल दीजिये। मैं आपको वचन देता हूँ कि आजीवन एक पागल के इलाज के लिए आर्थिक सहायता करता रहूँगा।'' अपनी बात कहकर वर्मा जी तो चले गये लेकिन रत्ना की भगवान् से चल रही बातों का सिलसिला निर्बाध चलता रहा।

यह तो था एक परिवार का क़िस्सा, लेकिन हमारे देश के हर परिवार में ऐसे ही खट्टे-मीठे क़िस्से निरन्तर चलते रहते हैं और भगवान् को मिठाइयों और चढ़ावों की घूस देकर अपने काम पूरे करवाने के प्रयत्न भी हर घड़ी होते रहते हैं। अब आप ख़ुद ही सोचिये कि, हम लोग जब भगवान् को ही घूस खिलाने से बाज़ नहीं आते हैं तो फिर बेचारे बाबू, अधिकारी और नेता क्या चीज़ हैं। हाँ, फ़र्क सिर्फ़ यह है कि भगवान् तो सच्ची श्रद्धा और उपासना की मिठाई से ही मान जाते हैं लेकिन बाक़ी लोगों को तो करारे नोटों का चढ़ावा चढ़ाकर काम निकलवाने पड़ते हैं। यह गन्दगी इतनी बढ़ गयी है कि दिल्ली की आपवाली झाड़ू भी इस गन्दगी में लिपट गयी है।

●●●